무자 아버지

무자 아버지

©김영덕 2024.

초판 1쇄 발행 2024년 8월 1일

지은이 김영덕

펴낸이 서연남
펴낸곳 ㈜도서출판 이음
책임편집 원상호
디자인 박미나, 김다슬

출판등록 제419-2017-00013호
주소 강원도 원주시 흥업면 한라대길 28 창업보육센터 203호
전화 033-761-3223 **팩스** 033-766-8750
전자우편 iumbook@naver.com

ISBN 979-11-980894-8-9

무자 아버지

김영덕
소설

이 땅을 힘겹게 살다 가신
우리 부모님께 이 이야기를 헌정합니다.

차례

전통적 가치를 견인하는 리얼리즘 서사

류재허(수필가)

작가의 두 번째 소설집 무자 아버지를 읽었다. 누구보다 먼저 숙독할 기회를 주신 김영덕 소설가에게 감사드린다. 하지만, 김영덕 소설가는 그리 빼어난 이야기꾼은 아닌 것 같다. 박진감 넘치는 에피소드가 별로 없고, 드라마틱한 반전도 찾아보기 어렵다. 그러나 확실한 것은 흔하게 접할 수 있는 소설은 아니라는 점이다. 소재도 그렇고 주제 또한 그렇다. 김영덕 소설은 설정 자체가 독특하다. 스토리가 새롭고 기승전결이 뚜렷하여 읽기에 부담이 없다. 일상의 주변에서 누구나 맞닥뜨릴 것 같은 서사는 끊임없이 상상력을 자극한다. 플롯도 탄탄하다. 문장은 평이하면서도 유연하고, 단어 하나하나에 의미소가 살아 있다. 사람은 무엇을 위해 살고, 이 세상을 어떻게 마무리해야 하는가를 생각하게 한다.

소설은 거의 모두가 비정상으로부터 비롯된다. 그 비정상은 개인이고, 가정이며 사회 속에서의 인간관계에서 기인한다. 장석주 작가의 주장처럼, 우리가 사는 세상이 완벽하다면 소설 같은 것은 필요치 않을 것이다. 현실은 뒤틀려있고 부조리하며 위선과 허위가 가득하다. 그런 상황에서 실존을 영위한다는 것은 구역질 나는 일이며 지겹고 끔찍하다. 그렇기에 우리는 소설을 읽는다. 소설은 현실이 감추고 있는 뒤틀림, 부조리, 위선과 허위를 지적하고 꼬집어 까발린다. 현실에 반향을 하지만 궁극적으로는 현실을 지향한다. 소설은 현실이 감추고 있는 진상을 폭로하기 위해 현실을 채용할 뿐이지 현실을 있는 그대로 묘사하지는 않는다. 그렇게 소설가는 현실에 초점을 맞추고, 결국은 새로운 현실을 창조한다. 작가의 소설은 그런 점에서 읽을 가치가 있다.

김영덕의 소설은 다섯 가지의 특징이 있다. 그 첫째는 방향성이다. 둘째는 교육적이고, 셋째는 긍정적이며, 넷째는 애국적이다.

다섯째는 전통적 가치를 존중한다는 점, 특히 효를 강조한다는 점이다.

유기체의 방향성은 매우 중요한 가치이다. 살아 움직이는 것들은 방향이 혼란스럽거나 헝클어지면 존립 자체가 어려워진다. 김영덕의 소설을 읽으면 감각적으로 방향성에 몰입한다. 인간이 지향해야 할 방향을 은연중에 감지한다. 자연인으로서의 인간이, 인간다운 가정이, 건전한 사회 국가가 지향해야 할 목표를 확연하게 보여준다. 무엇을 위해 어떻게 하는 게 옳은가를 성찰하고 싶어진다. 그게 방향성이다. 나아가 인간을 인간답게 만드는 작업이 교육이라면, 김영덕 소설은 다분히 교육적이다. 그 대상은 미성년으로부터 고령의 노인에게까지 스펙트럼이 아주 넓다. 작가는 유달리 교육의 가치를 존중하고 강조한다. 작가는 인간의 사고방식과 행동은 마음먹은 대로 교정이 가능하고, 그렇게 함으로써 인생을 더욱 당당하게 살아갈 수 있게 인도할 수 있다는 확신에 차 있다. 특히 작가는 국가 교육의 필요성을 주장한다. 국민을 국민답게 하는 길은 교육밖에 없다는 교육 우선주의자이다. 교육은 개인의 역량과 품격을 우상향하고 그 결과가 집적하여 실질적인 국력으로 나타나기에 그렇다는 것과, 그렇게 되면 허튼 이념이 파고들지를 못한다는 논리가 행간 여기저기에 숨어있다. 그리고 김영덕의 소설은 인간답지 않은 현실을 들춰내어 질책한다. 작가 자신의 생애 궤적을 잣대로 하여 그 척도에 미치지 못하는 실상들을 엄하게 훈계하고 교정하려고 한다. 그래서 김영덕의 소설은 학창시절 담임선생에게서나 들을 수 있는 훈화 같은 이야기가 유달리 많다. 그러면서도 결국은 새로운 꿈과 희망을 품을 수 있도록 인간적인 배려를 아끼지 않는다.

김영덕의 소설은 현재의 사회현상을 인간 본성에 터하여 신랄하게 비판하면서도 지극히 긍정적이다. 비판의 기준은 도덕성이고 윤리적이며 자유민주적이다. 비판을 위한 비판은 바람직하지 않지만, 건전한 비판은 항상 긴요하다는 것을 인식하게 한다. 사회현상을 비판하긴 하지만, 인간을 폄훼하거나 모독하지는 않는다. 모든 것을 그 상황에서 관조하고 측은지심으로 이해하려는 노력을 보인다. 결국은 좋게 마무리될 거라는 신호를 남긴다. 김영덕의 소설은 음모나 모략, 비난이나 모함, 시기, 질책, 질투가 전혀 없고 하나같이 긍정적이고 서정적이다. 숙명적인 생과 사에 대하여 순응하고 사유하며 인간사 모든 것을 있는 그대로 존중한다. 또한, 조국을 비방하고 명예를 실추시키는 무리가 설쳐대는 현실에서 김영덕의 소설을 읽노라면 은연중에 애국심이 끓어오른다. 작가는 애국의 필요성과 애국하는 방법을 가르친다. 애국은 애향이요 애족이고, 그 뿌리는 인간애라는 것을 공들여 설명한다. 그래서 소설을 읽다 보면 모든 곳에서 애국을 느끼고, 자신도 모르는 사이에 애국자가 된다. 작가의 향토애와 조국애는 언제나 지상이고 눈이 부시도록 아름답다. 아울러 경로효친의 미덕을 실천하고 찬양하는 에피소드가 유달리 많다는 점이다. 우리의 전통적 가치관인 가족 중심적, 가문의 번영, 경로효친, 인간의 도리 등을 주제로 하는 삶을 생생하게 보여주거나 찬양하는 문장을 읽을 수 있다. 그렇게 작가는 학문과 도덕을 비롯한 정신적 가치의 중요성을 끊임없이 갈파한다. 그렇다고 노동과 물질의 가치를 과소평가하지는 않는다. 다만, 도덕과 윤리를 강조하고 충효와 고결, 지조, 겸양 등을 장려하여 격조 높은 조국을 재건하겠다는 의지가 돋보인다. 더하여 김영덕의 소설은 인간의 심정을 손상하는 문제들을 성찰하게 한다. 그와 같은 문제의 발단은 대부분 가정에서 비롯한다. 가족 구성원 각자의 기대치에 대한 불만은 통상 불신과 증

오로 표출된다. 따지고 보면 그 시발은 몰이해와 환경의 변화이고, 그럼으로써 위상과 문화의 격차에 직면하게 되며, 결국 구성원 간의 갈등으로 발전한다. 그것은 어느 시점에서 반드시 폭발하고 가정은 파탄을 면치 못한다. 그러나 가족 구성원을 아우르는 믿음과 사랑이 있다면 가족의 연결고리는 절대로 끊어지지 않고 언젠가는 되살아나 새로운 가정으로 새롭게 탄생한다. 그렇게 작가는 가족의 가치를 강조한다.

김영덕의 소설을 읽으면서 평소에 접하고 싶던 인간사 속으로 깊이 빨려들었다. 허접스럽게 세상을 농락하던 인간들의 처참한 말로를 보았고, 원심으로 정성을 다하는 이들은 유종의 미를 거둔다는 것을 실감했다. 그러면서 나 자신이 그런 상황이었을 경우에 과연 어떻게 처신했을까를 생각했다. 나아가 나 자신과 관계를 맺고 있는 사람들에게 얼마나 순정적으로 대했는가. 도모하는 일에 얼마나 정성을 다했는가. 얼마나 공정했으며 원칙에 충실했는가. 충분히 도덕적이고 윤리적이었나. 과연 그것이 최선이었는가. 배려는 충분했고 과욕은 없었는가. 이기적이지는 않았는가. 타인에게 폐해를 끼친 적은 없었는가. 상대에게 악감정을 품거나 저주와 악담을 한 적은 없었는가. 거기에 더하여 나의 가정에 충실했는가. 가족들을 진정으로 사랑을 했는가. 인간관계에서 배은망덕하지는 않았는가? 등등을 반성했다. 특히 인간의 존엄성과 전통적 가치를 견인하는 리얼리즘 서사가 아름답다는 생각을 지울 수가 없었고, 창조적 의미를 형상화한 작가의 격조가 돋보였다. 은근한 감동이 오랫동안 사라지지 않았다.

모녀성

섬 영감의 장례는 구일장으로 모셨다. 영림이 그렇게 해야 한다고 우겼다. 삼일장이면 족할 것을 그렇게까지 할 필요가 있느냐고 말들이 많았지만, 심지어 장남과 장녀조차도 구일장은 과하다고 했지만, 영림은 고집을 꺾지 않았다.

"모든 장제비葬祭費는 저희가 감당할 겁니다. 저희 뜻에 따라주시기 바랍니다!"

막내며느리가 그렇게까지 나오는데, 누구도 더는 토를 달 수가 없었다. 그렇게 영림은 시아버지를 보내드리기 싫었다. 문상객을 대접하기 위해 암소를 한 마리 잡았고, 초혼에서부터 삼우제까지 전통 예법을 따라 했다. 바깥마당에는 황덕불을 피워놓고 밤샘하는 문상객들의 몸을 녹여드렸다. 물론 굴건제복하고 곡도 했다. 만장과 조화는 고맙게 접수했으나, 조의금은 정중히 사양했다. 조화는 백 개가 넘었고 만장 행렬은 오백 보나 되었다. 꽃상여의 위용은 누가 보아도 장관이었다. 도청소재지 시청의 행정국장 부친의 상이었으니 그쯤은 당연하다 할 터였었다. 섬강 섬씨 장손으로서 쌍둥이들은 의젓하기 그지없었다. 그 듬직한 모습을 보면서 영림은 힘든 줄을 모르고 시어른의 장례를 모실 수 있었다. 일가친척은 삼우제까지 예를 갖췄다. 백 리 이상의 원거리 조문객에게는 휘발유 30ℓ를 보충할 수 있는 주유권을 챙겨주었고, 이틀 이상 밤샘을 하는 조문객에게는 인근 호텔에서 숙박할 수 있는 숙박권을 제공했다. 섬 영감의 장례는 그렇게 인상 깊었다. 지방 유력 일간지에서는 르포기사를 내보냈고, 어떤 종편은 섬 영감의 49제에 맞춰 다큐멘터리를 방영하기로 했다. 사람들은 섬강 섬씨를 한낱 졸부의 집안에서 본받아도 좋을 가문으로 다시 보기 시작했다.

잠깐, 섬강蟾江 섬씨蟾氏의 전설 같은 이야기를 들어보자. 섬강은 남한강의 지류이다. 차령산맥의 등줄기 태기산에서 발원하여 횡성을 거쳐 원주를 끼고 돌아 부론에서 남한강으로 흘러든다. 굽이가 많고 여울도 급하며 물살이 거칠다. 장마철에는 가끔 변고를 일으킨다. 흔하진 않지만, 한양성漢陽城 광나루에서 소금과

해산물을 싣고 섬강나루까지 거슬러 올라오는 배도 간혹 있었다.

구한말舊韓末, 산전수전 다 겪은 젊은이가 하나 있었는데, 그는 만덕이라는 이름만 있을 뿐, 성도 일정한 거주지도 없었다. 물론, 생년월일도 몰랐다. 어느 해 초가을, 돈을 벌어 볼 요량으로 배에 소금과 미역, 굴비를 가득 싣고 섬강나루까지 올라갔다. 날은 어두워 배를 나루에 묶어놓고 주막에서 잠을 잤다. 날이 밝으면 소금과 미역, 굴비를 원주 장거리에 내다 팔 요량이었다. 그런데 간밤에 큰비가 내렸고, 섬강 일대는 홍수를 견디지 못하고 모든 것이 흙탕물에 쓸려가 버렸다. 겨우 목숨을 건진 만덕은 섬강나루 인근의 부잣집에서 머슴을 살다가 그 집의 과년한 딸을 유혹하여 야반도주한다. 만덕은 치악산 남쪽 자락 으슥한 골짜기에 움막을 짓고 화전을 일구며 아들 셋과 딸 하나를 낳았다. 그러나 아이들을 호적에도 올리지 못하고 불안하게 살아가고 있었다. 그러던 어느 날, 신림장거리에 능이와 더덕을 팔러 나갔다가 '전 국민 호적 특별정리 기간'이라는 방을 보게 된다. 그 기간에 신고하는 자는 과실 유무를 따지지 않는다는 내용이었다. 만덕은 그길로 관가에 달려갔다.

호적 담당 관리가 묻는다.

"성명과 생년월일은?"

만덕이 머뭇거리다가 대답한다.

"성과 생일은 없고, 이름은 만덕입니다."

관리가 한참을 노려보더니 크게 소리를 지른다.

"이거, 완전히 쌍놈이로군! 그럼, 성부터 새로 만들어야겠다. 평소 갖고 싶은 성씨가 있는가?"

만덕은 말없이 고개를 옆으로 흔든다.

"······"

관리가 성난 목소리로 다그친다.

"시간 없다. 빨리 대라!"

그 순간, 만덕의 머리를 스치는 게 있었다. 섬강나루에서 아내를 만났고, 그래서 가정을 이루어 애도 넷씩이나 낳았으니, 섬강 섬씨로 살아가면 좋겠다는 생각이 든다. 만덕은 큰 소리로 말한다.

"섬강 섬씨로 해 주십시오. 나으리!"

관리가 잠시 생각하는 듯싶더니 호쾌하게 웃는다.

"섬강 섬씨라…, 좋다. 그렇게 하자! 섬 자는 어떻게 쓰냐고 누가 묻거들랑 두꺼비 섬蟾 자를 쓴다고 하여라!"

"감사합니다. 나으리. 이 은공은 죽어도 잊지 않겠습니다!"

만덕이 코가 땅에 닿도록 허리를 굽혀 인사한다. 그리고 다음 장날, 표고 닷 근과 산삼 세 뿌리를 관리에게 진상한다. 그렇게 해서 섬만덕은 섬강 섬씨의 시조가 되었고, 그로부터 섬강 섬씨는 왕성하게 번식하고 재물을 긁어모아 치악산 일대를 장악하더니, 이제는 도청소재지까지 진출할 정도로 크게 두각을 나타내는 씨족이 되었다.

섬 영감의 몸속에는 섬강 섬씨의 시조 만덕공의 기질이 고스란히 숨어있었다. 그는 일찍이 도청소재지 중앙시장에 포목점을 차려 억수로 돈을 벌었다. 목 좋은 데에 땅도 사 놓았고, 건물도 여러 채 사들였다. 전망이 좋은 기업의 주식도 사 모았다. 그를 아는 사람들은 꾀가 조조를 뺨친다고들 했다. 2남 3녀를 두었는데, 장남은 서울에 본사를 둔 대기업의 영업부장이었고, 딸들 셋은 모두 마담뚜를 통하여 위세 당당한 집안의 자제와 혼인을 시켜 귀부인처럼 살아가게 만들어 놓았다. 거기에다 차남인 성찬은 공무원이었다. 섬강 섬씨 집안의 제1호 공무원이었다. 대학을 졸업도 하기 전에 면서기가 되었다. 그래서 섬 영감은 중앙시장 포목점 골목에 들어서면 마치 인기 연예인과도 같은 느낌이 들었다. 그런 맛에 섬 영감은 하루가 멀게 중앙시장을 찾아 한껏 거들먹거렸다. 그는 거의 한 달에 두세 번은 지인들에게 점심을 사거나 선물을 돌리며 은근히 자식들을 자랑하는 재미도 즐기고 있었다. 비밀금고에는 금괴와 현금 뭉치가 그득했고, 자녀들 다섯이 철 따라 보내주는 용돈으로 통장의 잔고는 눈덩이처럼 불어나고 있으니 그럴 만도 했다. 그렇지만, 장남을 생각하노라면 답답하기 그지없는 섬 영감이었다. 그렇게 열망을 해도 아직 종손이 없다는 거였다. 아무리 잘 낳은 딸 하나, 열 아들 부럽지 않은 세상이라지만 그놈은 딸만 둘을 두었다. 장손은 장남에게서 나오는 게 순리인데, 꼬락서니를 보니 그놈이 정관수술을 해버린 것 같아서 노심초사가 이만저만이 아니었다. 그래도 근자에 들어 희망이 싹트고 있긴 했다. 차남이 꽤 믿을만한 집 규수와 가까이 지내는 것 같기 때문이었다. 부인 완 노파의 건강이 들쑥날쑥해서 심기가 불편한 날이 점점 많아지고 있긴 하지만….

삼우제가 끝나자 일가친척들은 모두 돌아갔다. 섬 영감의 삼우제 날, 맏며느리는 친정엄마 병간호를 해야 한다며 오지도 않았고, 마지못해 참석했던 사위들까지도 말도 안 되는 핑계를 대고 일찌감치 떠나갔다. 섬강 섬씨네 5남매는 거실에 모여 앉았다. 가문의 어른이 사라진 거실은 어딘가 썰렁한 공간일 뿐이었다. 분위기는 무겁고 냉랭했다. 시선과 마음은 제각각이었다. 장녀는 말없이 창밖 먼 산을 바라보고 있었고, 막내는 딸내미의 머리를 쓰다듬고 있었으며, 장남은 굳은 얼굴로 무엇인가를 골똘히 생각하고 있었다. 그래도 쌍둥이들은 중학생답게, 그리고 장손답게 의젓했다. 침묵은 오래가지 않았다. 장남은 헛기침을 한 번 하고 자세를 고쳐앉더니 아주 비장한 말투로 입을 열었다.

"막내, 그동안 수고 많았다. 이제 부모님이 남기고 가신 것 정리하도록 하자!"

"그래. 유산 정리는 단절에 하는 게 좋지!"

기다렸다는 듯 장녀가 가세했다.

"아버지가 보관하고 있던 서류함을 내오거라!"

장남이 막내를 돌아보며 명령했다.

성찬은 안방으로 들어가 상자 두 개를 들고나왔다. 상자 속의 문서들을 빠르게 훑어보던 장남의 표정이 험상궂게 일그러지기 시작했다. 문서는 소유자가 모두 김영림으로 되어있었다. 문서를 잡은 장남의 손이 사시나무 떨듯 무섭게 떨렸다. 장남의 손에서 장녀가 문서를 낚아챘다. 딸들은 모가지를 길게 빼고 문서를 하나하나 살폈다. 문서를 들여다보는 딸들의 얼굴이 푸르딩딩하게 변하는가 싶더니, 장녀가 문서를 거실 바닥에 팽개쳤다.

"이건 말도 안 돼! 올케에게 우리 섬강 섬씨 재산을 넘기다니!"

섬씨네 5남매의 소행을 멀찌감치서 주시하고 있던 영림은 그동안 보관하고 있던 종이 두 장을 내밀었다. 그건 시아버지의 각서였다.

"이걸 보세요!"

그날은 화창한 토요일이었다. 성찬의 은회색 뉴칸타카가 바깥마당에 들어섰다. 섬씨네 4남매가 모두 모여 있었다. 3녀가 뉴칸타카의 뒷문을 열었고, 수수한 차림의 화장기도 없는 아가씨가 차에서 내렸다. 하이힐도 신지 않았다. 장녀를 필두로 다섯 명의 섬강 섬씨와 그 아가씨가 거실로 들어갔다. 섬 영감과 완 노파가 그 아가씨를 반갑게 맞아들였다. 그녀는 허리 굽혀 예를 올렸다.

"상천면 승지골에 사는 김해 김씨 안경공파 영림입니다."

"고맙다. 거기 앉아라."

완 노파가 소파를 가리켰다. 영림이 소파에 앉아 숨도 돌리기 전에 섬 영감의 목소리가 들렸다.

"우리 가문에 아직 종손이 없다. 네가 아들만 낳아준다면 이 집을 제외한 부동산은 모두가 네 것이다!"

영림은 성찬을 슬쩍 쳐다보고는 아주 당돌하고도 또렷하게 말했다.

"그렇다면 각서를 써 주세요!"

성찬은 약간 넋이 나간 얼굴로 눈만 껌벅거렸고, 다른 형제자매들은 혀를 내둘렀다. 섬 영감은 명쾌하게 반응했다.

"좋다. 지금 당장 각서를 써주마!"

3녀가 다과를 들고 왔다. 섬 영감이 차를 마시다 말고 또 입을 열었다. 이번에는 목소리가 비장했다.

"그리고 또 하나 조건이 있다. 내조를 잘해야 한다. 내 마음에 들게 내조를 잘하면 내가 소유하고 있는 유가증권을 모두 주마!"

"어떻게 하는 것이 내조를 잘하는 것인지요?"

영림의 목소리는 여전히 당돌하고 저돌적이었다.

"남편을 출세시키는 것이다. 면장이면 된다!"

섬 영감에게 면장은 대단한 고관대작이었다.

"알겠습니다. 그것도 각서를 써 주십시오!"

영림은 그 이상도 얼마든지 가능하다고 생각했다.

"알겠다. 그 각서도 지금 당장 써주마. 그리고 주식은 성찬이가 면장으로 승진하는 날 넘겨주겠다. 발령장을 들고 와서 받아 가거라!"

섬 영감은 기분이 날아갈 것 같았다. 사실, 그런 제안은 맏며느리에게도 했었다. 그러나 맏며느리는 시아버지의 간곡한 제안을 냉정하게 거절해버렸다.

"누가 시골 땅 몇 평 때문에 아들을 낳아요. 그리고 면장이 뭐 대단한 출센가요?"

섬 영감이 각서를 작성하여 날인까지 한 후, 완 노파와 다섯 명의 자녀들 앞에서 낭독했다.

"각서 / 각서인 / 주소: 강원도 춘천시 대룡동 1번지/ 성명: 섬강 섬씨 5대손 섬전창 / 내용: 섬강 섬씨 5대손 섬전창은 아래와 같이 이행할 것을 확약한다. / 아래 / 1. 종손(섬강 섬씨 7대손)을 출산하여 만 10세까지 잘 키우면 선산과 본가를 제외한 모든 부동산을 증여한다. 2. 남편 섬성찬(섬강 섬씨 6대손)을 면장 이상의 고위공직자로 출세시키면 소유한 유가증권을 모두 증여한다. 3. 섬강 섬씨 가문과 인연을 끊는 경우는 위 물건들은 반환해야 한다. / 소망사항: 영원한 동기간의 우애. 끝 / 을축년 9월 16일 /

섬강 섬씨 5대손의 자부 김영림에게"

섬 영감이 낭독을 끝내자마자 박수 소리가 들렸다. 장남이었다. 아들을 낳지 않아도 된다는 해방감이었을 터였다. 딸들도 손뼉을 쳐댔다. 박수가 잦아들기를 기다려 섬 영감이 영림에게 각서를 건네주었다.

"이제부터 넌 섬강 섬씨네 사람이다!"

또다시 섬씨네 식구들의 박수가 터졌다. 영림은 각서를 핸드백에 소중하게 넣고는 거실 내부를 찬찬히 둘러보았다. 거실은 넓고 단조로웠지만 정갈했다. 정면 벽 중앙에는 가족사진이 걸려 있었다. 의자에 나란히 앉은 섬 영감 부부의 뒤쪽에 5남매가 차례대로 서 있었는데, 그래도 성찬이 제일 귀티 나 보였다. 섬 영감은 상당히 주도면밀해 보였고 신뢰감이 대단하다는 생각이 들었다. 가문의 번영을 위해 할 수 있는 일은 모두 하겠다는 의지가 확고해 보이는 분이었다. 영림은 섬 영감의 그런 모습에 은근한 매력을 느꼈다. 존경할만한 분이 분명한 것 같았다. 완 노파도 그렇고, 성찬의 형님과 누나들도 모두가 좋아 보였다. 언제나 편이 되어줄 것 같다는 생각이 들었다. 하루라도 빨리 섬강 섬씨 가문의 사람이 되고 싶다는 생각이 솟구쳤다. 며칠 전 섬 주사의 부모님께 인사를 드리러 간다고 했을 때, 친정아버지의 말씀을 상기하면서, 그런 점만 염두에 두고 살면 이 가문은 분명코 명문 가문으로 탈바꿈해 놓을 수 있겠다는 자신감이 들었다. 그날, 완 노파는 멀리

삼악산이 바라보이는 2층 침실에 평소 아껴두었던 이부자리를 펴고 성찬과 영림을 밀어 넣었다. 내심 역사가 이루어지기를 간절히 바라면서 방문을 닫아주었고, 문밖에서 크게 소리쳤다.

"오늘은 여기서 자고, 내일은 시내 중심가에 가서 영화도 보고 맛있는 것도 먹으며 재미있게 놀아라!"

공무원으로서 성찬의 첫 부임지는 시청에서 승용차로 한 시간 반이나 걸리는 오지였다. 길은 커브도 많고 벼랑도 깊었다. 섬 영감은 막내가 공무원이 된 게 대견하고 고마워서 뉴칸타카를 새로 뽑아주었다. 그것뿐이 아니었다. 포목상을 하면서 단골이었던 김 영감을 찾아가 자취방까지 얻어 주었다. 처음에 김 영감은 방 내놓는 것이 영 달갑지 않았다. 과년한 딸 때문이었다. 김 영감의 외동딸은 중소도시에 있는 전문대학을 졸업하고서도 집에 틀어박혀 있었다. 웬만한 취직자리는 거들떠보지도 않고, 선머슴처럼 손을 안 대는 게 없는 억척이었다. 생산한 농작물이나 채취한 산나물을 봉고 트럭에 싣고 시장에 내다 파는 일도 마다하지 않았다. 심지어 동네 대소사에는 이집 저집 가리지 않고 들이닥쳐 부엌 허드렛일까지 도맡아 할 정도였다. 그리고 밤에는 자정이 넘도록 책을 읽었다. 김 영감은 그런 과년한 딸이 성품도 잘 모르는 시골 면서기와 정분이라도 날까 불안하여 핑계 아닌 핑계를 대며 방 내주기를 꺼렸다. 눈치 빠른 섬 영감이 김 영감을 안심시키는 건, 식은 죽 먹기였다.

"그건, 염려 마시오. 우리 막내는 섬강 섬씨 6대손이오. 쓸데없이 개개거나 불미스러운 짓거리는 절대로 없을 것이오. 내 방세는 곱절로 드리리다!"

성찬은 그렇게 김 영감네 사랑방에서 자취하며 토요일 오후 뉴칸타카를 몰고 본가로 갔다가 월요일 아침 일찍 근무지로 가는 객지 생활을 벌써 9개월째나 하는 중이었다.

그날, 성찬은 면장 정년퇴직 송별연을 마치고 다시 사무실로 복귀하여 잔무를 정리하다가 거의 자정이 되어 자취방에 들어왔다. 침구를 펴고 막 잠자리에 들려고 하는데 문밖에서 다급한 목소리가 들렸다.

"섬 주사님! 섬 주사님!"

성찬은 재빨리 방문을 열었다. 김 영감의 외동딸 영림이 발을 동동 구르며 안절부절못하고 있었다. 성찬은 잠옷 바람으로 뛰어나갔다.

"왜 그러세요?"

"엄마가 이상해요. 숨을 자꾸 몰아쉬고 있어요. 위독한 것 같아요! 아버지는 단지斷指를 하겠다고 우기시지만…."

영림의 목소리는 겁에 질려 있었다.

"그렇다면, 빨리 응급실로 모셔야죠! 내가 차로 모실 테니, 준비하세요!"

성찬은 뉴칸타카를 대문 앞에 대고 안방으로 뛰어 들어가 정 노파를 등에 업고 나와 뒷좌석에 태웠다. 영림은 뒷좌석에서 모친을 부축하고, 김 영감은 조수석에 앉았다.

"도청소재지에 있는 대학병원으로 가겠습니다. 아마도 50분은 걸릴 겁니다. 안전띠를 단단히 매주시고, 손잡이를 꽉 잡아주세요. 좀 빠르게 달리겠습니다."

성찬은 가속페달을 힘껏 밟았다. 벼랑도 깊고 노면도 고르지 못한 커브 길을 뉴칸타카는 그 이상의 속도는 불가능할 정도로 바람같이 달렸다. 비상등은 계속 깜박거렸고, 경적은 요란하게 울렸다. 정 노파는 집에서 출발한 지 46분 만에 응급실에 입원해 위기를 넘겼고, 그렇게 해서 일주일 만에 완전한 몸으로 퇴원했다. 영림은 모친이 퇴원하기 전날, 대학 구내서점에서 '존 맥스웰의 리더십의 법칙'을 찾아냈고, 책을 예쁘게 포장하여 성찬에게 선물했다.

"섬 주사님 아니었으면 우리 엄만 돌아가셨을 거예요. 이 은공을 어떻게 보답해야 할지 모르겠어요. 두고두고 갚아나가겠습니다. 감사합니다. 이 책, 한번 읽어보세요!"

정 노파는 그 후로도 거의 매년 갑자기 숨을 몰아쉬는 증상이 나타나곤 했지만, 그럴 때마다 위기를 넘기며 그럭저럭 생명을 부지하고 있었다.

"이 사진 좀 보세요. 막내가 애인 생긴 것 같아요."

성숙이 호들갑을 떨며 명함판 사진을 친정부모에게 내밀었다. 성숙은 섬씨네 셋째딸로 혼인한 지 3년이 넘었는데도 아직 아이가 없었다. 허전한 마음을 달래기 위해 자주 친정을 드나들었다. 그날도 남편 권 대위는 비상이 걸려 영내 대기 중이었고, 혼자서 시집에는 가고 싶지 않아 친정 식구들과 추석을 쇠려고 친정집에와 있었다. 추석 연휴 마지막 날, 성찬은 외출 중이었다. 2층 막내의 방을 청소하던 그녀는 책상 위에 헝클어진 책들을 정리하고 있었는데, 눈에 익지 않은 책이 한 권 보였다. 존 맥스웰의 리더십의 법칙, 평소 동생의 성격과 맞지 않는 서적이었다. 그녀는 책 표지를 열어보았다. 황록색 속표지에 '감사합니다. 더 원대한 꿈을 지향하시기 바랍니다. KYL로부터' 라는 손글씨가 또렷했다. 글씨는 단정하면서 자신감이 느껴졌다. 그녀는 KYL이라는 이니셜을 되새기며 책장을 넘겨보았다. 대략 스무 장쯤 넘기는데 책갈피로 쓰는 듯한 사진이 한 장 모습을 드러냈다. 사진 속에는 아리따운 아가씨가 한껏 미소를 머금고 있었다. 눈은 동그라면서도 그윽하고, 이마는 뒷박으로 다부졌다. 그러면서도 무한정 순박해 보였다. 밉지 않았다. 성찬은 오후 늦게 집으로 돌아왔다. 얼굴은 불그레하고, 술 냄새가 살짝 풍겼다. 성숙이 동생에게 다가가 물었다.

"궁금해서 그러는데, KYL이 누구야? 애인이냐?"

성찬은 누나를 슬쩍 쳐다보고는 못 들은 척 자기 방으로 들어가 버렸다. 저녁 식사 시간, 네 식구가 식탁에 둘러앉았다. 대화도 하나 없이 식사를 마쳤다. 섬 영감이 수저를 놓자마자 막내에게 물었다.

"너 사귀는 애 생겼니?"

"……"

성찬은 모친과 누나를 둘러볼 뿐 아무런 대답도 없었다.

섬 영감이 더는 못 참겠다는 듯 또다시 다그쳤다.

"너 여자 생겼지!"

성찬이 마지못해 입을 열었다.

"아직은 탐색 중입니다."

"탐색은 무슨 얼어 죽을 탐색! 언제 보여 줄 거냐?"

섬 영감의 목소리는 위압적이었다.

"제 결심이 서면 보여드리겠습니다."

성찬의 목소리는 무척 퉁명스러웠다.

섬 영감은 계속 다그쳤다.

"그렇다면, 어느 집 여식이냐?"

"상천면 승지골 저 자취하는 집 외동딸입니다."

성찬은 잠시 머뭇거리다가 대답했다.

"김 영감네라? 그렇다면, 탐색이고 뭐고 다 필요 없을 것 같다."

섬 영감의 얼굴에 화색이 만면했다.

"그 집처럼 인정 많고 믿을 수 있는 사람들은 어디에도 없을 거다. 우리 포목상에 수없이 드나들었지만, 약속을 어긴 적이 단 한 번도 없는 집이다."

완 노파도 거들었다.

"내 마음에 들어도 당사자가 마다하면 어쩔 수 없잖아요!"

성찬의 목소리는 계속 퉁명스러웠다.

"마음에 들면, 무슨 수를 써서라도 네 사람으로 만들어라! 우리 섬강 섬씨 시조이신 만덕공께서도 그렇게 했느니라. 네 능력으로 안 되면 내가 나서주마!"

섬 영감은 매우 적극적이었다.

성찬은 면사무소에 발령을 받은 지 1년 만에 시청 총무과로 영전했다. 섬 영감이 재력을 앞세워 이리저리 나서준 덕분이었다. 그로부터 3개월이 지난 일요일, 성찬과 영림은 결혼식을 올렸다. 봄기운이 무르익은 4월 중순이었다. 영림은 신혼여행에서 돌아오자마자 시아버지와 한 약속을 어떻게 이행할 것인가를 놓고 고민에 들어갔다. 인터넷을 검색하던 그녀의 눈빛이 반짝였다. 시험관 아기였다. 체외 수정란을 시험관에서 3~5일간 배양하고, 염색체 검사를 하여 남자의 염색체가 들어있는 배아세포를 자궁에 착상시키면 원하는 성의 아기를 낳을 수 있다는 것. 그녀는 산부인과 의사를 찾아가서 그 사실을 확인했다.

그렇게 해서 그녀는 남자 일란성 쌍둥이를 낳았고, 3년 후 자연 임신으로 딸 하나를 더 출산했다. 성찬은 막내라서 그런지 모질지가 못했다. 시도 때도 없이 친구들과 어울려 당구를 치거나 술을 마셨다. 어느 때는 고도리를 하느라 밤을 새우기도 했다. 영림은 억세기가 멧돼지 같은 쌍둥이들과 새침데기 계집애를 보살피느라 하루해가 짧았다. 성탄절도 지난 연말 어느 날, 그날도 성찬은 친구들과 송년회를 했다면서 자정에 가까울 무렵 만취 상태로 귀가했다. 영림은 무척 심기가 뒤틀려 있었고, 자신도 모르게 울화가 치밀었다.

　"당신, 그렇게 하면 면장은 커녕, 계장도 어려워요!"

　"그까짓 면장은 해서 뭘 하게? 마음 편히 사는 게 제일이지!"

　성찬은 노골적으로 본성을 드러냈다.

　"내가 리더십의 원칙은 괜히 선물한 줄 알아요? 좀 더 원대한 꿈을 가져 보라고!"

　그래도 영림은 성찬의 가능성을 믿고 싶었다.

　"리더는 아무나 하는 게 아니잖아! 나 같은 쌍것이 리더는 무슨 리더?"

　성찬은 너무나 자조적이었다.

　"내가 하라는 대로 하지 않으면 나는 당신 곁에 있을 수 없다는 거 명심하셔!"

　영림은 단호하게 최후통첩을 날렸다. 영림의 섬뜩한 표정을 보면서 성찬은 할 말을 잃고 말았다. 결국, 아내의 말대로 하는 것이 인생을 분란 없이 살아가는 길이라는 생각을 굳혔다. 새해가 되자 영림은 남편의 의사도 타진하지 않은 채 인근의 사립대 행정대학원에 입학원서를 접수했다. 다행히 정원미달로 성찬은 시험 없이 합격했다. 합격자 발표날, 영림은 남편을 다그쳤다.

"석사 논문이 통과되는 대로 5급 행정직 시험을 봐야 할 테니 그리 알아요. 수능 준비할 때만큼만 노력하면 당신은 장원급제도 가능해요!"

그로부터 4년 후, 성찬은 지방행정 5급 시험에 합격하고, 사무관이 되어 공무원으로 첫발을 디뎠던 상천면의 면장으로 부임했다. 물론, 섬 영감은 지니고 있던 주식을 남김없이 며느리에게 넘겨주었다. 상천면 승지골은 워낙 오지인지라 면장 관사가 따로 있었고, 그네들 다섯 식구는 관사에서 생활할 수밖에 없었다. 영림은 개 건너 친정집을 오가며 농사일을 도와드리는가 하면, 인근 초등학교에서 방과후 학교 활동도 지도하는 등, 바쁜 나날을 보내고 있었다. 그러던 어느 토요일, 성찬은 오전 근무를 마치고 관사로 퇴근하여 식구들과 늦은 점심을 먹었다. 영림이 식사를 하다 말고 성찬을 바라보며 느닷없이 말을 꺼냈다.

"오늘, 쌍둥이들 할아버지 할머니한테 인사드리러 갑시다!"

"아, 참. 그렇지 않아도 아버지가 오라고 하시던데…."

성찬은 대수롭지 않다는 말투로 대꾸했다.

"잘 됐어요. 준비되는 대로 출발해요!"

영림은 시아버지가 왜 오라는지, 시집에 무슨 일이 있는지, 묻지도 않았다. 점심을 먹자마자, 성찬은 뉴칸타카 뒷좌석에 쌍둥이들을 앉히고 안전띠를 단단히 매주었다. 데리고 간들 반길 사람도 별로 없을 딸내미는 외갓집에 맡겼다. 영림은 잘 포장하여 창고에 보관해 두었던 골판지상자들을 뉴칸타카 뒤 트렁크에 옮겨실었다. 봄부터 채취한 산나물이었다. 본가로 가는 길, 쌍둥이들은 신이 날 대로 나 있었다. 뉴칸타카가 출발하고 속도를 내기 시작하자 곧 산모퉁이가 나타났다. 매우 급한 커브였다. 영림이 손잡이를 잡은 손에 힘을 주며 말했다.

"이 길에서는 이 첫 커브가 제일 고약하지요. 운전 조심해요!"

성찬이 백미러로 뒷좌석의 쌍둥이들을 살피며 속도를 낮췄다.

"물론이지. 우리 섬강 섬씨 장손들이 타고 있는데…."

출발한 지 1시간 35분, 은회색 뉴칸타카가 섬강 섬씨네 본가 바깥마당에 도착했다. 섬강 섬씨네 식구들이 모두 나와 있었다. 장손의 행차에 그 정도는 돼야 섬강 섬씨답다 할 터, 고모들이 재빠르게 쌍둥이들을 번쩍 들어 올려 품에 안고 들어가 섬 영감과 완 노파 앞에 내려놓았다. 쌍둥이들은 넙죽 엎드려 큰절을 올렸다. 섬 영감은 쌍둥이를 끌어다 무릎에 앉혔다. 섬 영감과 완 노파를 중심으로 섬씨네 5남매 가족들이 둘러앉았다. 모두가 긴장한 표정들이었다. 섬 영감이 좌중을 한차례 둘러보더니 천천히 입을 열었다.

"너희들 중 누군가 이 집에 들어와야 할 것 같다. 너희 엄마가 나 밥해주는 걸 무척이나 힘들어한다. 어제도 난 밥을 두 끼밖에 못 먹었다."

섬씨네 5남매는 서로 얼굴을 번갈아 쳐다볼 뿐 묵묵부답이었다. 딸들은 자신과는 무관하다는 표정으로 창밖을 내다보았고, 장남은 머리만 득득 긁었다. 쌍둥이들도 낌새를 알아챘는지 조용했다. 그렇게 무거운 침묵이 흘렀고, 더는 버티기 어려웠던지 장남이 입을 열었다.

"저는 어려워요. 두 집 살림을 안 할 수가 없어요. 제 직장이 서울이니 온다면 제 처가 와야 하는데…. 그러니 전들 어떻게 하겠어요? 용서하세요!"

딸들도 주저리주저리 변명하기에 바빴다. 장녀는 남편이 경위 승진시험 준비하는 걸 보살펴야 해서, 차녀는 시아버지가 노환으로 일주일에 한 번씩은 병원에 모시고 가야 해서, 그리고 3녀는 불임 치료를 하고 있어서 도저히 곤란하다는 거였다. 성찬과 영림도 그런 정도의 핑계는 얼마든지 댈 수 있었지만, 내심 모든 건 시간이 해결한다는 생각으로 거취를 유예하고 있었다. 섬 영감이 쌍둥이들의 머리를 한차례 쓰다듬더니 또 입을 열었다.

"여기 들어와 우리와 함께 살아준다면 이 집을 물려주겠다. 희망자가 없으면 집을 팔아서 양로원으로 들어갈 생각이다."

섬씨네 5남매는 저녁을 먹자마자 노부모를 뒤로하고 각자 집으로 향할 채비를 하고 있었다. 영림은 갖고 온 산나물을 맏동서와 시누이들에게 한 상자씩 실어주었다. 그러면서 곰곰이 생각했다. 연로하신 부모를 모시는 건 자식 된 도리가 아닌가. 내가 그리 됐을 때 내 자식이 나 몰라라 한다면…, 더구나 섬강 섬씨네 본가가 남의 손에 들어가는 건 있을 수 없지 않은가. 무슨 수를 써서라도 그건 지켜내야 한다. 그래, 그걸 지켜낼 사람은 나밖에 없지 싶다. 더구나 나는 섬강 섬씨네 장손까지 출산하지 않았는가.

사실 섬 영감과 완 노파가 현재 사는 집은 섬강 섬씨의 본산이나 다름없었다. 천 평에 가까운 대지에 2층의 붉은벽돌 건물로, 섬 영감이 중앙시장에서 포목 장사를 하면서 번 돈으로 건립했다. 내장은 고급 목재와 천연 대리석으로 우아하기 그지없었고, 채광과 통풍도 최상이었다. 특히 전망이 기가 막혔다.

생각이 거기까지 미치자 영림은 자신도 모르게 거실로 달려가 섬 영감 앞에 무릎을 꿇고 앉았다. 쌍둥이들은 완 노파와 안방에서 놀고 있었다. 영림은 자못 떨리는 목소리로 섬 영감에게 아뢰었다.

"아버님, 저희가 여기 들어오겠습니다!"

"고맙다. 언제부터 가능하냐?"

심 영감은 기다렸다는 듯 반색을 했다.

"지금, 이 순간부터 모시겠습니다. 훗날 이 집을 저희에게 물려 준다는 약속도 각서로 해 주십시오!"

"그래, 알았다. 그런데, 섬 면장은 어떻게 하고?"

"아범의 숙식은 저희 친정에서 하면 되고, 다른 것들은 천천히 정리하겠습니다."

"고맙다! 정말 고맙다!"

섬 영감은 감복하여 말을 잊지 못했다. 섬 영감은 각자 자기 집 으로 돌아가려던 자녀들을 불러 모았다. 출발 준비를 하던 섬씨 네 5남매가 급히 거실로 들어와 섬 영감 앞에 둘러앉았다. 섬 영 감은 환한 얼굴로, 그리고 흥분을 감추지 못하고 선언하듯 말했 다.

"오늘부터 막내가 이 집에서 살기로 했다. 그래서, 이 집은 막 내에게 넘겨줄 것이다. 내가 그렇게 하기로 각서를 써서 줄 테니 까 너희들, 각서 전달식이 끝나면 출발하거라!"

섬 영감이 각서를 작성하기 위하여 자리를 뜨자, 딸들이 영림 을 치켜세웠다. 장녀는 영림을 두 팔로 끌어안으며 호들갑을 떨었 다.

"고마워, 올케! 앞으로 우린 무조건 올케 편이 되어줄게. 정말 고마워!"

장남은 동생에게 다가가 악수까지 하며 감탄사를 날렸다.

"고맙다, 성찬아! 내가 드디어 너 때문에 큰 시름을 놓았구나.

이제부터 우리 섬씨 가문의 모든 건 네가 알아서 해라! 고맙다! 사랑한다, 우리 막내!"

섬 영감이 각서를 작성하는 동안, 영림은 친정에 전화를 걸었다.

"엄마, 모레부터 섬 면장 밥 좀 해주세요. 자세한 건 아빠 생일 때 가서 말씀드릴게요."

섬 영감이 각서를 들고 거실로 돌아왔다. 섬씨네 5남매와 영림이 자세를 가다듬었다. 모두가 근심 걱정을 떨쳐버렸다는 안도감으로 한껏 상기된 표정들이었다. 완 노파는 아랑곳하지 않고 안방에서 쌍둥이들의 재롱을 즐기고 있었다.

"내, 이 각서를 네게 주기 전에 부탁 하나 하마. 각서의 말미에 소망 사항으로 명기한 것 말이다. 너의 성품으로 보아 그런 건 큰 의미가 없겠다 싶지만, 그래도 내 마음이 그렇다는 것이니 항상 유념하면 고맙겠다. 그렇게 해 주겠니?"

섬 영감은 지극히 애원 조로 말했다.

"네, 아버님. 최선을 다하겠습니다!"

영림의 대답은 시원스러웠다.

"그리고 내일 당장 네 앞으로 차를 한 대 뽑아주겠다. 시장도 보고 우릴 병원에도 데리고 다녀야 할 테니 말이다. 국산 차 중에서 제일 안전하고 편안한 차를 고르거라!"

"아버지, 이왕이면 자율주행차를 사세요. 집 앞에 주차해 놓으면 동네 사람들이 우리 집을 한 번 더 쳐다볼 거예요."

장녀가 또 호들갑을 떨었다. 그 호들갑과 허풍에 누구 하나도 거들떠보지 않았다.

"아버님 뜻은 고맙지만, 자동차는 저희가 장만하겠습니다."

영림은 완곡히 사양했다.

"아니다. 나도 좋은 차 타고 싶으니, 뉴아란타를 뽑아주마!"

"그건 유지비가 너무 많이 들어갑니다."

영림은 거듭 완곡하게 사양했다. 뉴아란타는 6기통 4륜구동에 배기량이 3.8이나 되었다.

"그래도 그걸로 하자. 어찌 되었든 고맙다. 너희들 5남매, 우애를 신주처럼 여기며 살기 바란다. 나는 우리 섬강 섬씨 가문이 다른 성씨들처럼 대우받기를 염원한다. 우애 없이는 결집이 없고, 결집이 없으면 번영하지 못한다. 번영이 없는 곳에서는 행복 또한 없단다. 우애가 없는 가문은 머지않아 멸렬하고 만다는 걸 모두 명심하거라. 그럼 각서의 내용을 낭독할 테니 잘들 들어라! 각서/ 각서인 / 주소: 강원도 춘천시 대룡동 1번지 / 성명: 섬강 섬씨 5대손 섬전창 / 내용: 섬강 섬씨 5대손 섬전창은 아래와 같이 이행할 것을 확약한다. / 아래 /섬강 섬씨 본가에 입주하여 시부모를 부양하면 소유하고 있는 건물 일체를 증여한다. 단, 섬강 섬씨 가문과 인연을 끊는 경우는 위 물건은 반환해야 한다./ 소망사항: 영원한 동기간의 우애. 끝 / 병진년 시월 초하루 / 섬강 섬씨 5대손의 자부 김영림에게."

섬 영감은 각서를 영림에게 건네주었다. 각서를 받아 든 영림의 표정은 비장감이 감돌았다. 영림은 아직도 어리둥절해 있는 남편을 한 차례 쏘아 보고는, 섬 영감을 향해 다소곳이 머리를 숙였다.

"아버님, 감사합니다. 아범은 이 도시의 시장까지 올려놓고, 우리 쌍둥이들은 기필코 박사를 만들어 놓겠습니다!"

"그렇게 된다면, 섬강 섬씨 선산에 네 공덕비를 세워주겠다. 그 것도 각서를 써주마!"

"이제 저는, 공덕비도 그 무엇도 바라지 않습니다. 아버님께서 저를 믿고 아껴주시는 것만으로 충분합니다. 섬강 섬씨가 명문가문으로 번영할 수 있도록 밑거름이 되겠습니다."

"고맙다. 정말로 고맙다. 앞으로 이 집의 모든 건 네 의지대로 하여라. 정말 고맙다!"

섬 영감의 목소리는 가볍게 떨렸고, 표정은 더없이 행복해 보였다. 섬씨네 4남매는 손바닥이 얼얼할 정도로 박수를 보냈다. 그리고 그들은 홀가분한 마음으로 각자의 승용차에 올라 홀연히 떠나갔다. 영림이 실어준 산나물과 함께 떠나갔다. 그렇게 영림은 시부모를 모시게 되었다. 그녀는 지극정성으로 혼정신성昏定晨省을 다했다. 시어른에게 식은 밥상을 올린 적은 단 한 번도 없었다. 매끼 찌개와 국을 새로 끓였고, 육식을 즐기는 섬 영감을 위해 냉장고에는 항상 한우와 삼겹살, 굴비와 간고등어, 훈제 오리와 닭갈비를 비축해 두고 있었다. 5대양 6대주 안 가본 데가 없을 정도로해외여행도 시켜드렸다. 모든 걸 지극정성으로 원 없이 해드렸다.건강이 좋지 못하여 골골대던 완 노파는 서서히 건강이 호전되더니 6년을 더 살다가 돌아갔다. 섬 영감은 그러고도 4년이나 더 살았다. 그렇지만, 상천면 친정에는 한 해에 세 번도 가질 못했다. 부모님 생일 때나 겨우 당일치기로 찾아뵐 정도였다. 그렇게도 아껴주시던 할머니 기일에도 약주 한잔 따라 올리지 못했다.

영림은 평소에 간직하고 있던 생각을 거듭 확인했다. 그것은섬강 섬씨 가문의 번영에 초점을 맞춘 전환점을 만들어 놓는 거였다. 친정아버지의 말씀처럼 섬강 섬씨의 사회적 평판을 드높일수만 있다면 아까울 게 없다는 생각, 그러기 위해서는 물질적 가치를 정신적 가치로 승화시켜 놓는 게 제일이라는 결론이었다. 그렇다. 그렇게 하자. 기회는 지금이다! 영림은 자리에서 벌떡 일어서서 소리쳤다.

"여러분, 여기 좀 봐주세요!"

섬강 섬씨 5남매가 하나같이 떫고 어두운 표정으로 영림을 주목했다.

"저는 아버님이 제 이름으로 넘겨주신 재산을 독식할 생각이 전혀 없습니다!"

영림이 그렇게 소리치자, 거실의 분위기는 일순간에 생기가 감돌기 시작했다. 그녀는 목소리의 톤을 한 옥타브 더 올렸다.

"여러분은 섬강 섬씨 6대손입니다. 우리 쌍둥이는 7대손이고요. 저는 섬강 섬씨는 아니지만, 그 누구 못지않게 섬강 섬씨가 크게 번영하기를 염원하는 세월을 살고 있습니다. 돌아가신 시부모님도 그러셨고요. 그래서 말씀인데, 제 이름으로 넘겨주신 모든 재산을 사회에 환원하고자 합니다. 아버님께서 제게 맡기신 현금과 금괴까지 모아서 섬전창장학재단을 만들 것입니다. 우리 섬강 섬씨의 위상을 업그레이드할 목적으로 그런 결정을 한 것이니 협조하여 주시기 바랍니다!"

영림의 기상천외한 선언이 끝나자마자 섬씨 5남매가 무섭게 들고 일어났다. 먼저 장녀가 크게 소리를 질렀다.

"그건 당치 않은 짓이야. 아버지가 일군 재산을 왜 남에게 줘?"

장남도 흥분을 감추지 못하고 횡설수설했다.

"사회에 환원한다고? 고마워하지도 않아요. 괜한 짓입니다! 장학금 받아서 엉뚱한 데 쓰는 애들도 많답디다!"

"그래요. 나도 반대예요!"

3녀도 얼굴을 있는 대로 찡그리며 소리를 질렀다.

그나마 차녀는 영림의 제안에 우호적이었다.

"그래도 아빠 명예를 드높여 드린다는 측면에서 깊이 생각해 볼 필요가 있지 않을까요?"

차녀의 말엔 일언반구도 없이 장남은 단호했다.

"아버지가 남긴 재산은 누구 한 사람의 것이 아닌 건 분명하다고 봐요. 이 문제는 법과 원칙에 따라야 하지만, 우리 섬강 섬씨들이 논의해서 결정해야 해요. 누님 생각은 어떠세요?"

장녀가 재빠르게 동조하고 나섰다.

"그래, 네 말이 원안이다. 지금, 2층 서재에 가서 우리끼리 의논하자!"

말이 떨어지기가 무섭게 장녀가 절룩거리며 2층으로 올라갔다. 그녀는 관절이 온전치 못하여 몇 년째 고생하고 있었다. 그 뒤를 장남이 따랐고, 이어서 차남이 따라갔다. 삼녀가 뒤질세라 계단을 밟았고, 머뭇거리던 차녀도 영림을 힐끔거리며 계단을 올라갔다. 거실에는 쌍둥이들과 영림만 남았다. 딸내미는 이미 잠자리에 들어있었다. 그 광경을 한심한 눈으로 주시하던 영림이 쌍둥이들을 침실로 들여보냈다.

"많이 피곤하겠다. 내일은 학교 가야지?"

2층에서는 잠시 수군대는 소리가 들리는가 싶더니, 간간이 웃음소리가 튀어나오기 시작했다. 장남의 호쾌한 웃음소리와 장녀의 간드러진 목소리가 뒤섞여 만들어진 섬강 섬씨네 특유의 역겨운 음악은 계단을 타고 내려와 거실 구석구석에 울려 퍼지고 있었다.

영림은 테이블 위에 널려 있는 다과 그릇을 들고 주방 개수대로 갔다. 수도꼭지를 열었다. 물 쏟아지는 소리가 2층에서 울려 퍼지는 소리를 제압하고 있었다. 다행이었다. 영림은 설거지를 시작했다. 시아버지의 수발을 드느라, 장례를 모시느라, 상당 기간 내버려두었던 배수구에서는 구정물이 빠져나가지를 못하고 오히려 역류하는 것이었다. 꾸르륵꾸르륵 역겨운 소리를 토하며 역류하는 구정물은, 마치 섬강 섬씨네와 함께한 세월의 흐름이 거대한 암벽에 부딪혀 방향을 잃은 채 소용돌이치는 것 같았다. 영림은 서둘러 수도꼭지를 잠그었다. 물 쏟아지는 소리가 끊기고 귀에 익은 소리가 들렸다. 성찬이 뒤에 서 있었다.

"아버지가 남긴 재산은 우리 섬강 섬씨 5남매가 1/n로 나누어 갖기로 했어. 물론, 이 집은 우리 것이고, 그러니 그리 알고 있으라고. 우린 간만에 2층에서 섬강 섬씨 동기간 고도리나 한판 하면서 우애를 다질 거야. 한 시간쯤 있다가 맛있는 간식이나 만들어줘. 누나들은 당신의 김치말이 국수가 먹고 싶다고 하데…"

그렇게 주절거리고 성찬은 다시 2층으로 올라갔다. 영림은 아무 대꾸도 하지 않았다. 할 말도 없고 하고 싶지도 않았다. 세상이 순식간에 뒤죽박죽이 된 느낌이었다. 고개를 들어 천장을 올려다보았다. 그리고 벽을 휘둘러보았다. 숨이 탁탁 막히고, 가슴속은

격하게 요동쳤다. 2층에서는 섬씨네 5남매의 징그러운 소리가 끊이지 않았고, 영림의 가슴은 갈기갈기 찢어지고 있었다. 바로 그때 휴대폰이 울렸다. 친정아버지의 전화였다.

"이 시간 웬일이세요?"

영림의 목소리는 떨렸다.

"엄마가 위독하다. 네가 와봐야 할 것 같다."

친정아버지의 목소리는 애절했다.

"우선 119에 연락하세요!"

그녀는 애써 침착하려 했다.

"그러기엔 이미 때가 늦었다. 어서 와라!"

친정아버지는 울먹였다. 그녀는 휴대폰을 든 채로 계단을 뛰어 올라가 남편에게 소리쳤다.

"쌍둥이 아빠, 잠깐 나와봐요!"

"잠깐만 기다려!"

성찬의 목소리는 지극히 건조했다. 그녀는 계단을 뛰어 내려와 서둘러 외출복으로 갈아입고 거실에서 남편을 기다렸다. 그러나 성찬은 쉽게 나타나지 않았다. 다시 계단을 뛰어 올라가 더 큰 소리로 말했다

"쌍둥이 아빠, 잠깐만요. 급해요!"

"기다리라니까!"

남편의 목소리는 정나미가 떨어질 정도로 짜증이 짙었다. 그녀

의 가슴에서는 불덩이가 치밀었다. 그 불덩이를 꺼내어 섬씨네 5남매가 노닥거리고 있는 방에 집어 던지고 싶었다. 그녀는 모든 걸 단념하고, 계단을 한 계단 한 계단 내려갔다. 오만가지가 머리를 스쳤다. 온기도 하나 없이 썰렁한 거실을 지나 아이들이 잠들어 있는 침실로 들어갔다. 쌍둥이들의 곤한 숨소리가 방안에 가득했다. 두 아들의 손을 잡아보았다. 도톰하고 따뜻했다. 딸내미는 잠자는 모습도 귀엽고 예뻤다. 걷어내 찬 이불을 잘 덮어주고는 볼에다 가볍게 뽀뽀를 했다. 사랑의 향기에 가슴이 울컥했다. 눈물이 쏟아졌다. 두 눈을 감고 기도를 올렸다.

  - 저 아이들에게 용기를 주소서. 몸은 비록 섬攣 가이오나, 심성은 저 김영림처럼 살아가게 하소서!

  그녀는 아이들의 침실을 다시 한번 찬찬히 살펴보고는 거실로 나갔다. 성찬은 아직도 2층에 있었고, 계단을 타고 내려오는 그들 섬씨네 5남매의 불협화음은 점점 더 역겨워지고 있었다. 영림은 서둘러 외출용 크로스백을 둘러메었다. 신발장 맨 위 칸에서 빛바랜 운동화를 꺼내 신고는 밖으로 달려 나갔다. 재빨리 바깥마당에 주차한 뉴아란타에 올라 시동을 걸고 상천면 친정집에 내비게이션을 맞췄다. 62㎞, 소요시간 1시간 25분. 일 분 일 초가 급했다. 순간, 그때가 생각났다. 그때는 섬 주사가 46분 만에 질주하여 엄마를 살려냈었다. 그렇다! 그보다 더 빨리 달려가서 내가 임마를 살려낼 터이다. 딸이 그 정도는 해야지! 영림은 친정집을

향해 차를 몰았다. 신호등도 무시하고 비상등을 깜박거리며 경적
도 크게 울렸다. 마주 오는 차들이 알아서 길을 비켜주었다. 그럴
수록 영림은 가속페달을 더 강하게 밟았다. 뉴아란타는 바람같
이 달렸다. 아슬아슬한 고비를 수없이 넘기며 내비게이션에는 목
표지점까지 2㎞가 남았다는 표시가 보였다.

　이제 마지막 커브 길, 이 산모퉁이만 돌아가면 친정집이다. 휴,
안도의 한숨이 절로 나온다. 드디어 영림은 울부짖기 시작한다.
　"엄마, 조금만 더! 제발, 조금만 더 기다려, 엄마! 엄마! 엄마!"
　그러면서 영림은 더 강하게 오른발에 힘을 준다. 그 순간, 뉴아
란타는 비행기로 변하고 영림은 새가 된다. 잠시 후, 천둥소리가
천지를 뒤흔든다. 분노의 불꽃이 계곡을 밝히는가 싶더니, 그 불
꽃은 산산이 부서져 하늘을 날아가 은하수에 가라앉는다.

　김 영감은 숨도 못 쉬고 맥도 뛰지 않는 정 노파에게 단지斷指
를 하다말고 외동딸에게 전화를 건다. 걸고 또 건다. 그러나 영림
의 목소리는 간 곳 없고 휴대폰에서는 '전원이 꺼져있어 음성사서
함으로 연결되며 삐-소리 후 통화료가 부과됩니다.' 라는 소리만
들린다. 김 영감은 무거운 몸을 일으켜 대문을 열고 나가 눈을 크
게 뜨고 동구 밖 신작로 산모퉁이 쪽을 살핀다. 보이는 게 아무것
도 없다. 자동차 소리도 들리지 않는다. 오로지 어둠뿐이다. 애써

절망을 삼키며 하늘을 쳐다본다. 은하수 저편에 파란 별 두 개,
모녀성母女星이 애처롭다.

무자 아버지

1

　집집마다 전화도 없었고 휴대폰이라는 것은 상상도 못 하던 시절이었다. 어느 해 삼복엔 큰아버지 댁에 도둑이 들어 밤낮으로 집을 잘 지키던 셰퍼트를 훔쳐 갔고, 그 다음날 밤에는 내 친구 순덕이가 기르던 누렁이도 도둑맞았다. 그렇게 개 도둑이 극성이었다. 개 도둑은 개를 끌어다 보신탕집에 팔아먹었다. 우리 집에도 용호라 부르는 세 살짜리 진돗개가 한 마리 있었는데, 그놈이 조금만 순했더라면 이미 잡혀갔을 것이다. 용호는 호랑이처럼 용맹스럽다 하여 우리 아버지가 붙여준 이름이나. 용호는 우리 식구들과 무자 아버지 말고는 우리 집에 들어서는 모든 사람에게 사납게 달려들며 무섭게 짖어대는 맹견이었다. 윗마을에 사시는 외할아버지도 허벅지를 물린 적이 있었다. 그래서 항상 질긴 가죽끈에 묶어 싸리나무 울타리 밑 말뚝에 매어놓고 길렀다. 용호를 보는 사람마다 근동에서는 보기 드문 명견이라고 칭송을 아끼지 않았다.

우리 아버지는 술을 참 좋아하셨다. 매끼 식사 때 소주 한 잔씩은 기본이었고, 일요일 오후에는 동네 친구들을 불러 모아 술을 마셨다. 아버지 친구 중에 무자 아버지라는 분이 있었다. 그분은 거의 일요일마다 우리 집에 오셨다. 어느 때는 나들이를 갔던 아버지하고 같이, 또 어느 때는 아버지의 다른 친구들과 함께 오셨다. 혼자 오실 때도 많았다. 혼자 오실 때는 건빵을 한 봉지 갖고 와서 내게 건네주었다. 이상하게도 나는 무자 아버지를 보면 기분이 매우 좋았다. 우리 용호도 무자 아버지에게만은 꼬리를 흔들며 반겨주었다. 엄마는 아버지의 친구들이 나타나면 늘 시큰둥한 표정을 지으며 크게 반기지 않는 눈치였다. 왜냐? 술상을 차리지 않으면 안 되었으니까.

우리 집에 친구들이 모이면 아버지는 엄마에게 술상을 보라했다. 술상을 차리는 엄마의 심기는 무척 불편해 보였다. 기분 좋게 술상을 차리는 게 아니라 항상 신경질을 내며 툴툴거렸다. 술 심부름은 매번 내 차지였다. 동생들은 너무 어렸고, 오빠는 중학생이라는 명분으로 엄마는 나에게만 술 심부름을 시켰다. 나는 어른들 술 심부름이 그리 즐거운 건 아니었지만 그렇다고 짜증이 나게 싫은 것도 아니었다. 우리 집에 많은 사람이 붐비는 게 좋아서 그랬던 것도 같다. 나는 고요하고 적적한 것보다는 여러 사람이 서로 어울려 북적거리는 걸 좋아하는 성미였다. 외동딸인 순덕이보다는 오빠도 있고 동생들도 둘씩이나 있는 내가 더 행복하다는 생각이었다.

2

무자 아버지는 우리 집에서 한 오리쯤 떨어진 이웃 마을에 살았다. 무자 아버지는 내가 학교에 가거나 학교에서 집으로 돌아올 때는 느티나무 당산목 부근의 인삼밭에서 일을 하다 말고 나를 바라보며 정답게 손을 흔들어 주었다. 나는 거의 매일 무자 아버지가 그 자리에서 일하는 걸 보며 학교로 갔고, 집으로 돌아올 때도 거기에서 그분을 볼 수 있었다. 무자 아버지가 밭에서 일하는 곁에는 언제나 잘생긴 진돗개 한 마리가 개 줄에 묶여 있었다. 진돗개는 마치 무자 아버지를 위험에서 지켜주려는 듯 주위를 살피며 느릿느릿 무자 아버지 곁을 맴돌았다.

어느 날씨 청명한 늦가을 아침, 나는 학교로 향하고 있었다. 무자 아버지가 등에 커다란 상자를 짊어진 채 진돗개를 끌고 다가오고 있었다. 무자 아버지는 나를 보자 발걸음을 멈추고 환하게 미소를 지었고, 내가 가까이 다가갈 때까지 나만 바라보고 있었다. 내 동생들이나 순덕이에게는 눈길도 한 번 주지 않은 채….

"무자네 아저씨 안녕하세요?"

"그래. 학교에 가는구나. 나는 인삼을 팔러 읍내 장에 가는 중이란다."

"아저씨 조심해 잘 다녀오셔요."

"그래, 고맙다."

읍내 쪽으로 향하는 무자 아버지는 짊어진 상자 때문인 듯 걸음걸이가 무척 무거워 보였다. 나는 학교에 가던 길을 멈추고 뒤돌아서서 무자 아버지의 뒷모습이 산모퉁이에 가려질 때까지 넋을 잃고 바라보았다. 커다랗고 허름한 상자를 짊어지고 배가 두리두리한 암캐를 끌고 가는 무자 아버지의 모습이 너무도 처량하고 쓸쓸해 보였다. 동생들과 순덕이는 벌써 느티나무 당산목에 거의 다가가고 있었다. 나는 두 주먹을 불끈 쥐고 한참을 달려서 동생들과 순덕이를 따라갈 수 있었다.

그 후로도 나는 무자 아버지가 그렇게 나들이하는 모습을 종종 볼 수 있었다. 그때마다 무자 아버지 등에는 커다란 상자가 매달려 있었고, 진돗개는 개 줄에 묶여 힘겹게 끌려갔으며, 무자 아버지의 걸음걸이는 더욱더 무거워 보였다. 그런 모습을 볼 때마다 나는 생각했다. 개를 끌고 가지 말고 무자네 아주머니와 함께 나란히 가면 더 보기 좋을 것 같다고.

무자 아버지는 평소 표정도 밝지 않았고 말수도 유달리 적었다. 그렇지만 내게는 아주 다정했고 자상했다. 어느 날인가 내가 술안주 접시를 들고 들어갔다가 무자 아버지가 무척 흥분하여 큰 소리로 이야기하는 소리를 들었다. 며칠 전 밤중에 밤손님이 들었는데 가까스로 쫓아버렸다는 거였다. 조금만 깊이 잠이 들었더라면 끌고 갔을 거라는 거였다. 생김새도 준수하고 성질도 양순해서 탐내는 자들이 많다는 거였다. 그렇다고 방안에 들여놓을 수도 없는 일이라는 거였다. 매우 흥분한 상태로 하소연하는 무자 아버지를 무시하고 어른들은 제각기 술만 마시고 있었다. 무자 아버지가 그렇게 열변을 토하는 데도 전혀 아랑곳하지 않는 태도들이었다. 술만 있으면 다른 것들은 아무 상관 없어 보이는 이 동네 어른들이 너무도 이상했다. 그날 나는 무자 아버지가 말할 수 없이 안쓰럽고 측은했다.

무자 아버지는 음성이 맑고 조용하며 부드러웠다. 내가 술 심부름을 하느라 가까이 가면 술을 드시다 말고 곧잘 나의 말동무가 되어주었다. 다른 어른들과는 달리 나에게 매우 진지하게 대하셨다. 우리 아버지나 아버지의 다른 친구들은 매우 무뚝뚝하고 어느 때는 나를 무시해버리기 일쑤인데, 무자 아버지는 마치 내 또래 절친한 친구 같이 느껴질 때가 많았다. 그래서 그런지 무자 아버지가 내 아버지였으면 좋겠다는 생각을 한 적도 여러 번 있었다. 무엇보다도 무자 아버지는 우리 집에서 술을 마시고 돌아갈 때면 나에게 천 원짜리 한 장을 쥐여주었다. 그러면서 늘 하시는 말씀은 '공부 열심히 하고 잘 커라!'였다. 나는 무자 아버지가 쥐여주는 천 원짜리를 쓰지 않고 모두 필통 밑바닥에 숨겨 놓았다. 중학교에 갈 때 내 마음에 드는 책가방을 살 요량이었다. 내가 돈을 가지고 있는 걸 알면 오빠가 뺏어가거나 몰래 훔쳐 가기 때문이기도 했다.

3

어느 날 무자 아버지가 술자리 도중에 밖으로 나와서 우리 용호를 쓰다듬고 있었다. 용호는 꼬리를 흔들며 무자 아버지 앞에서 재롱을 떨었다. 나는 그 옆으로 다가갔다.

"무자는 몇 학년인가요?"

"글쎄다, 알아맞혀 보렴!"

"아마도 저처럼 6학년은 되었겠지요?"

"글쎄다, 너와 좋은 친구가 될 것도 같다만…."

어느 날은 무자 아버지와 이런 대화도 나눴다.

"아저씨네 집은 어디쯤인가요?"

"너희 학교에 가는 길목 느티나무 당산목에서 왼쪽 길은 너희 학교로 가는 길이고, 오른쪽으로 조금 올라가면 외딴 기와집 한 채가 있다. 그게 우리 집이란다."

"놀러 가도 되나요?"

"되고말고. 그런데 맛있는 건 줄 게 아무것도 없을 것 같구나."

그런데 지난 일요일에는 무자 아버지가 우리 집에 오시지 않았다. 평소의 아버지 친구들은 다들 보이는데 무자 아버지는 아무리 기다려도 끝내 나타나지 않았다. 무자 아버지가 없는 술자리는 무척 허전해 보였다. 그런데도 아버지와 아버지의 친구들은 낄낄거리며 흥겹게 술만 마시고 있었다. 무자 아버지는 전혀 안중에도 없어 보였다. 그날 아버지와 아버지 친구들은 여느 때보다 더 늦게까지 술을 마셨다. 엄마는 여느 때보다 더 툴툴거렸고, 나는 여느 때보다 더 여러 차례 술 심부름을 해야 했다. 그런데도 누구

하나 내게 수고했다고 격려하는 어른은 없었다. 심부름 값으로 단돈 백 원을 쥐여주는 어른도 없었다. 무자 아버지가 계셨다면 빳빳한 천 원짜리를 얻어 가질 수 있었을 텐데…. 그날 나는 완전히 공치는 날이 되고 말았다.

그날 밤, 나는 무자 아버지가 궁금하여 도저히 견딜 수 없었다. 무슨 사고라도 당한 것은 아닌지? 가족 중에 누군가 갑작스럽게 큰 병에 걸린 건 아닌지? 불길한 생각이 꼬리에 꼬리를 물었다. 나는 근심이 되어 밤잠을 완전히 설치고 말았다. 월요일 아침, 나는 여느 때보다 일찍 일어났다. 아침밥을 먹는 둥 마는 둥 서둘러 책가방을 메고 동생들을 뒤로 한 채 학교로 향했다. 얼마나 부리나케 걸었는지 곧 느티나무 당산목이 눈앞에 나타났다. 나는 느티나무 당산목 오른쪽 작은 언덕길을 단숨에 뛰어 올라갔다. 그 길은 내가 처음 가보는 길이었다. 드디어 내 눈앞에 을씨년스러운 기와집 한 채가 나타났다. 대문은 반쯤 열려있었다. 집안은 아무런 인기척도 없이 쥐죽은 듯 조용했다. 도대체가 사람이 사는 집 같지 않게 썰렁했다. 나는 겁도 없이 대문 안으로 들어섰다. 그리고 큰 소리로 무자 아버지를 불렀다.

"무자네 아저씨!"

아무 대답이 없었다. 나는 다시 더 큰 소리로 불렀다.

"무자네 아저씨 집에 계세요?"

그러자 방안에서 신음 같은 게 들렸다. 나는 마루를 뛰어 올라가 방문을 열어젖혔다. 순간, 내 눈을 의심했다. 무자 아버지가 잔뜩 웅크린 채로 옆으로 쓰러져 있었다. 방바닥에는 피를 흘린 자국도 있었다. 나는 방안으로 뛰어 들어갔다.

"아저씨! 어디 아프세요?"

"……"

무자 아버지는 가늘게 눈을 뜨고 애처로운 눈빛으로 나를 바라보았다. 머리를 받쳐 누운 팔뚝에도 피가 검붉게 묻어 있었다.

"아저씨, 왜 그러세요?"

"……"

무자 아버지는 대답 대신 뜨고 있던 눈마저 힘없이 감아버리고 가쁘게 숨만 몰아쉬었다.

"아저씨, 아줌마는 어디 계셔요? 무자는 벌써 학교 갔나요?"

"……"

무자 아버지는 더 가쁘게 숨만 몰아쉴 뿐이었다. 순간, 나는 매고 있던 책가방을 그 자리에 벗어던지고 우리 집으로 달려갔다. 가을 운동회 날, 백 미터 달리기 경주를 할 때보다 더 죽을힘을 다해 달렸다. 우리 집이 그렇게 멀게 느껴지기는 그때가 처음이었다. 갑자기 집으로 되돌아온 나를 보고 엄마가 소리를 질렀다.

"학교는 어쩌고 왜 돌아왔어!"

"아빠는 어디 계셔?"

"저기! 그런데 왜 그래?"

나는 대답도 하지 않고 엄마가 가리키는 뒤꼍으로 달려갔다.
아버지는 돼지우리에서 돼지죽을 주고 있었다. 나는 발악을 하며
소리쳤다.
"무자네 아저씨가 다쳤어요! 너무 위독해요! 급해요!"

아버지는 하던 일을 내팽개치고 무자 아버지네 집으로 한걸음
에 달려갔고, 무자 아버지를 읍내 병원에 입원시켰다. 무자 아버
지는 꼭 보름 만에 퇴원했다. 나는 무자 아버지를 문병하고 싶었
지만, 학교를 결석할 수도 없었고, 솔직히 말하면 읍내로 가는 방
법도 잘 몰라서 직접 문병을 하지는 못했다.

4

병원에서 무자 아버지가 정신을 차리고 우리 아버지에게 들려
준 이야기는 참으로 무섭고 놀라웠다. 지난 일요일 꼭두새벽에
무자 아버지네 집에 개 도둑이 들었다. 개가 짖는 소리에 잠이 깬
무자 아버지는 개를 끌고 가려는 도둑의 목덜미를 낚아챘고, 그
도둑놈은 들고 있던 흉기로 무자 아버지의 머리통을 내리쳤다. 무

자 아버지는 정신을 잃고 그 자리에 쓰러졌다. 이른 아침 먼동이 틀 무렵에야 가까스로 정신을 차리고 안간힘을 다해 방안으로 기어들어 갈 수 있었다. 그러고는 내가 월요일 등굣길에 찾아갔을 때까지 거의 서른 시간을 쓰러진 채로 사경을 헤매야 했다. 물도 한 모금 못 마신 채.

"무자와 무자네 엄마는 어딜 갔대요?"
나는 아버지에게 따지듯 물었다.
"그 아저씨는 평생을 혼자 살았단다."
"그렇다면 무자는 누구래요? 아저씨가 너무 불쌍해요."
"그 사람은 너무 순수하고 너무 마음이 여려서 탈이다. 순정이 흘러넘치는 사람이다. 남을 이해하고 배려하는 마음도 그 사람을 따를 사람이 없단다. 젊어서 부인이 애를 낳다가 죽은 후부터 그 부인과 빛도 못 보고 가버린 아기만을 생각하면서 쓸쓸하게 평생을 살아가는 사람이다. 그런데도 성실하고 모든 일에 열정적이란다. 아마도 그 사람처럼 성실하고 근면한 사람은 이 세상 어디에도 없을 거다. 그 사람은 법 없이도 사는 사람이다. 그래서 답답하긴 하다만…. 그게 너무 안타까워서 내가 진돗개 암놈을 한 마리 얻어다 주었다. 그 집에 자식이 없으니까 없을 무無자에 아들 자子를 써서 '무자'라는 이름을 붙여줬고, 그때부터 동네 사람들은 그 사람을 무자 아버지라 부르기 시작했단다."

나는 아버지가 무자 아버지 이야기를 하면서 순정이 흘러넘치는 사람, 남을 이해하고 배려하는 사람, 성실하고 근면한 사람, 법 없이도 사는 사람이라는 표현이 매우 듣기 좋았고 가슴에 깊이 와 닿는 게 있었다. 평생을 변치 않고 한 사람만을 생각하면서 세상을 살아가는 무자 아버지야말로 내가 본받아 마땅한 인격이라는 생각이 들었다. 아버지와 어울리는 다른 친구들도 무자 아버지를 닮았으면 얼마나 좋을까? 그런 훌륭한 분이 가족도 하나 없이 외롭게 살고 있다니….

"무자라는 진돗개도 새끼를 낳지 못했나요?"

"무자는 새끼를 여러 번 낳았단다. 네가 기르는 용호도 무자가 낳았단다."

나는 순간적으로 용호라면 무자 아버지를 잘 지켜줄 수 있을 거라, 생각했다.

"우리 용호를 무자네 아저씨에게 다시 돌려 드리면 안 될까요?"

"글쎄다, 네가 좋다면 끌어다 드려라! 네가 무자 아버지를 살려냈으니…."

사실 용호는 어린 강아지 때부터 내 손으로 키웠다. 우리 집에서 용호에게 개죽을 만들어 주는 사람은 나밖에 없었다. 개집도 내가 만들어 주었고, 자주는 아니지만, 목욕도 내가 시켜주었다.

오빠도 돼지에게는 관심이 많았지만, 용호는 거들떠보지도 않았다. 그래서 그런지 용호는 내 말이라면 무엇이든지 다 잘 들었다. 내가 용호와 함께 있으면 동네 짓궂은 남자애들도 얼찐거리지 못했다. 용호는 내가 하라면 하고 하지 말라면 하던 짓도 멈추었다. 지난여름에는 노루 한 마리가 산에서 내려와 우리 집 뒷밭에 다 익어가는 옥수수를 뜯어 먹고 있었다. 나는 용호의 개 줄을 풀면서 물어와! 라고 소리쳤고, 용호는 도망가는 노루를 끝까지 뒤쫓아 가서 목덜미를 물고 왔다. 그날 용호가 물고 온 노루는 가마솥에 고아서 무릎관절이 아픈 엄마의 약으로 썼다. 그날 이후 엄마도 용호에게 가끔 개죽을 만들어 주기 시작했다.

무자 아버지가 퇴원하여 집으로 돌아온 그 날 오후, 나는 하교하자마자 용호를 끌고 무자 아버지네 집으로 향했다. 용호는 내 마음을 이미 알고 있는 듯 앞장서서 신나게 뛰어갔다. 무자 아버지는 나를 바라보며 겸연쩍은 듯 미소를 지으면서도 눈물을 글썽였다. 눈물이 그렁그렁한 무자 아버지의 눈은 참으로 애절해 보였다. 순간 나는 달려가 무자 아버지 품에 안기고 싶은 충동을 느꼈다. 그러나 용호가 먼저 달려가 무자 아버지 품에 안겨버렸다. 용호가 그렇게 재롱을 떠는 것은 이제껏 본 적이 없었다.

"아서씨, 밤에는 용호를 풀어놓으세요!"

"그래, 고맙다. 그렇게 하마."

"무척 용감해서 누구도 아저씨를 해치지 못할 거예요."

"그래, 고맙다. 정말 고맙다!"

무자 아버지는 연신 고맙다는 말만 되풀이하며 용호의 개 줄을 넘겨받아 대문 안쪽 기둥에 묶어놓았다. 내가 돌아가겠다고 인사를 하자 잠깐 기다리라며 안으로 들어가 잠시 후에 무엇인가를 들고 다시 나타났다.

"우리 집에는 과자도 없고…. 이거나 먹어라."

무자 아버지가 내미는 건 인삼이었다. 나는 절레절레 고개를 흔들었다. 인삼이 무척 쓰다는 걸 들어서 알고 있던 터였다.

"내가 꿀을 찍어 줄 테니 한번 먹어 봐라. 먹을 만하단다."

무자 아버지는 미끈하게 생긴 인삼 한 뿌리에 토종꿀을 듬뿍 찍어 내게 건네주었다. 못 먹을 것을 줄 리가 없다고 생각한 나는 무자 아버지가 건네주는 인삼을 받아 눈을 꼭 감고 빠른 속도로 우적우적 씹어 먹었다. 좀 쓰긴 했지만, 몸에 좋다는 생각을 하면서 먹으니 그런대로 먹을 만했다.

"그래, 그렇게 먹으면 된다. 고맙다."

"아저씨 감사합니다. 안녕히 계셔요."

"그래, 고맙다. 자주 놀러 오거라!"

"밤에는 용호를 꼭 풀어놓으세요."

"그래, 고맙다. 그렇게 하마. 조심해 가거라."

나는 용호를 남겨두고 콧노래를 흥얼거리며 집으로 돌아왔다. 이웃 마을에서 우리 집이 그렇게 가깝게 느껴지기는 그때가 처음이었다. 그 후로도 무자 아버지는 일요일마다 우리 집에서 아버지와 함께 술을 마셨다. 달라진 게 있다면, 올 때마다 용호가 함께 왔고, 돌아갈 때는 내게 천 원짜리를 두 장씩이나 쥐여주었다. 사람들은 그냥 무자네 아저씨를 무자 아버지라 불렀다. 분명히 용호 아버지라 불러야 맞을 것 같은데 계속 무자 아버지라 부르는 게 이상했다. 그래서 나도 그냥 무자네 아저씨라 불러드렸고, 토요일만 되면 하교하는 길에 무자 아버지네 집에 들러서 용호와 놀았다. 토요일 오후를 그렇게 용호와 보내는 게 나로서는 제일 즐거웠다.

그날도 학교에 다녀오는 길에 나는 무자 아버지네 집에 들어가 용호와 실컷 놀았다. 무자 아버지는 여느 때처럼 내게 토종꿀을 듬뿍 찍은 인삼을 한 뿌리 내어 주었다. 인삼을 곧잘 먹는 걸 알아차린 무자 아버지는 내가 놀러 갈 때마다 인삼을 한 뿌리씩 내어 주었다. 내가 용호와 놀고 있는 동안 무자 아버지는 집 앞 인삼밭에서 인삼을 캐느라 쉴 틈이 없었다. 건강을 완전히 되찾은 듯 쉬지 않고 땀을 흘리며 인삼을 캐고 있었는데, 여느 때와 달리 그날은 무자 아버지가 무척 더 쓸쓸해 보였다. 가족이 없으면 그렇게 쓸쓸한 깃인시….

"무자네 아저씨 안녕히 계셔요."

나는 용호와 무자 아버지를 뒤로하고 집을 향해 터덜터덜 걸어갔다. 한 여남은 발자국쯤 걸어갔을 때 무자 아버지가 나를 불렀다. 나는 뒤돌아섰다. 무자 아버지는 쟁기를 손에 든 채로 내게 다가오면서 물었다.

"내일 아저씨와 장 구경 가지 않을래? 오랜만에 인삼을 팔러 가려고 한다."

"가고는 싶어요."

사실 나는 이제껏 읍내 장 구경을 한 번도 한 적이 없었다. 작년 겨울 감기가 너무 오래가서 아버지를 따라 병원에 가느라 읍내에 가본 적은 있었지만, 그래서 무자 아버지의 장 구경 가자는 말에 귀가 번쩍 띄었다.

"부모님한테는 내가 허락을 받아내마. 지금 같이 가자!"

무자 아버지는 그길로 방금 캔 인삼을 몇 뿌리 들고 용호와 함께 우리 집으로 향했다. 무자 아버지는 용호의 개 줄을 내게 넘겨주며 네가 끌고 가라고 했다. 나는 오랜만에 용호의 개 줄을 잡고 앞장서서 걸어갔다. 용호는 꼬리를 흔들며 잘도 따라왔다. 그러나 나는 개 줄보다는 무자 아버지의 손을 잡고 걸어가고 싶은 충동을 느꼈다. 무자 아버지는 우리 집으로 가는 동안 별말씀이 없었다. 오늘따라 무자 아버지가 무척 더 측은하면서도 믿음직해 보였다. 이상하게도 오늘 또 그런 생각이 들었다. 무자 아버지가 내 아버지였으면 좋겠다고.

아버지는 엄마와 함께 뒤꼍에서 돼지우리를 고치고 있었다. 그 옆에서 오빠는 돼지 새끼를 돌보고 있었다. 사실 오빠는 시간만 나면 돼지를 보살폈다. 이 세상에서 돼지 새끼처럼 귀여운 동물은 없다는 돼지 예찬론자였다. 항상 더러운 똥구덩이 속에서 사는 돼지를 왜 그렇게 좋아하는지 나는 오빠를 이해할 수 없었다. 용호가 엄마에게로 달려가 꼬리를 치며 재롱을 떨었다. 엄마는 용호의 머리를 한 번 쓰다듬어 줄 뿐이었다. 아버지는 무자 아버지의 말씀을 듣고 깊이 생각도 않고 즉석에서 허락하였다. 엄마는 별로 달가워하지 않는 눈치였으나 무자 아버지가 건네주는 인삼은 사양하지 않았다. 무자 아버지는 나를 지긋한 눈길로 바라보았다.

"내일 아침, 내가 이리로 올 테니 기다리고 있어라!"

5

부자 아버지는 인삼이 가득한 상자를 등에 짊어지고 빠른 걸음으로 걸어갔다. 나는 용호의 개 줄을 오른손에 감아 잡고 무자 아버지 뒤를 따라갔다. 무자 아버지는 읍내 장거리에 도착할 때까지 별말씀이 없었지만, 용호가 유달리 청각이 예민하고 특이한 식습성을 갖고 있다는 이야기는 여러 번 하셨다.

"용호는 좀 별난 녀석인 것 같더라."

"아주 영리하고 용맹스럽지요."

"그도 그렇지만, 용호는 인삼을 참 잘 먹는단다."

"그 비싼 인삼을 먹여보셨나요?"

"그래, 무자에게도 인삼을 먹여봤지만 무자는 절대로 먹지 않았거든. 그런데 용호는 주는 대로 먹는 거야."

"참 신기하네요. 인삼을 자주 먹이나요?

"아마도 일주일에 한두 뿌리는 먹일 거다. 물론 파삼이긴 하지만."

나는 용호가 주인을 잘 만나 무척이나 호강하는 것 같아 기분이 매우 좋았다.

읍내 장마당에는 사람들이 정말 많았다. 세상 사람들이 모두 몰려나온 듯 북적거렸다. 무자 아버지는 비닐돗자리를 펴고 인삼을 상자에서 꺼내 진열했다. 나는 용호의 개 줄을 단단히 붙잡고 인삼을 진열하는 무자 아버지 곁에 서 있었다. 건강에 관심이 많은 것인지 아니면 병이 들어 아픈 사람이 많아서인지 인삼을 사려는 사람들이 의외로 많았다. 인삼을 사는 사람들은 각양각색이었다. 턱없이 인삼값을 깎으려는 사람들이 있는가 하면 인삼을 한 뿌리라도 더 가져가려는 사람들도 있었다. 그러나 무자 아버지는 누구에게도 인삼을 더 주거나 값을 깎아주지 않았다. 결국, 인삼을 사려고 마음먹었던 사람들은 무자 아버지가 부르는 값으로 인삼을 사야 했다. 그런데도 예외는 있었다. 인삼을 사면서 부모님의 약으로 쓴다든가 허약한 아이에게 먹이려고 사 가는 사람에게는 인삼을 몇 뿌리 더 얹어주는 것이었다. 점심때쯤 인삼은 모두 팔려나갔다. 무자 아버지는 점심을 먹으러 가자고 했다.

"무얼 먹고 싶은 게 있니?"

"저는 가리는 음식이 없어요."

"그럼 자장면 먹을까?"

자장면이 맛있다는 이야기를 나는 이미 순덕이로부터 들은 적이 있었다. 순덕이네 외가는 도청소재지 외곽의 교육대학 옆에 있는 기와집이라 했다. 외사촌 언니 하나가 교육대학에 다니는데 졸업하면 학교 선생님이 된다고도 했다. 지난 여름방학 때는 외가에 갔다가 외할아버지와 함께 시내 번화가로 택시를 타고 가서 자장면을 먹고 극장 구경도 했는데 자장면이 그렇게도 맛있었다고 자랑하는 걸 들었었다. 내가 그렇게도 맛있는 자장면을 먹을 수 있게 되다니, 나는 속으로 쾌재를 불렀다. 무자 아버지를 바라보면서 고개를 끄덕였다.

　자장면은 순덕이가 말하던 것보다 훨씬 더 맛이 있었다. 무자 아버지 덕분에 자장면을 먹어 보다니, 정말로 꿈만 같았다. 그 맛은 평생 잊지 못할 것 같았고, 무자 아버지에 대한 고마움이 빠른 속도로 내 몸속을 파고들었다. 무자 아버지는 점심을 먹고 나를 책방으로 데리고 갔다. 읍내에 책방이 있다는 이야기는 들은 적이 있었지만 직접 책방에 들어가 보기는 그때가 처음이었다. 사방을 모두 둘러보아도 온통 책뿐이었다. 책방의 주인은 의자에 앉아 두꺼운 책을 펴들고 열심히 들여다보고 있었다. 나는 책방 주인이 매우 멋져 보였고 한없이 부러웠다. 하루 종일 책 속에 파묻혀 살면 참으로 행복할 것 같았다. 나도 커서 책방을 하면 좋겠다는 생각도 들었다.

　"네가 갖고 싶은 책을 골라라. 몇 권이라도…."
　나는 우선 말로만 듣던 '동아전과'를 한 권 골랐다. 그리고 '작은 아씨들'과 '엄마 찾아 삼만 리'를 골랐다. 지난 학기 때 선생님의 이야기를 들으면서 마음속에 넣어 두었던 책이었다. 무자 아버지는 네 권짜리 '그리스로마신화'를 찾아다 내게 주었고, 오빠와 동생들에게 준다며 '콘사이스 영한사전'을 한 권, 동화책을 두 권 더 고르셨다. 무자 아버지가 책값을 지불하고 책방을 나서려는 순간 용호가 개 줄을 끊고 어디론가 쏜살같이 달려갔다. 나는 크게 소리쳤다.

"용호야! 어딜 가!"

그러나 용호는 순식간에 내달려 눈앞에서 사라졌다. 무자 아버지와 나는 용호가 사라진 쪽으로 뒤좇아 달려갔다. 큰 소리로 용호를 부르며 달렸다. 읍내 시장 거리의 골목은 매우 복잡했다. 이 골목 저 골목을 기웃거리며 큰 소리로 용호를 부르고 또 불렀다. 용호는 어디에도 보이지 않았다. 나는 생각했다. 아무래도 무슨 일이 있는가 보다. 용호가 무조건 나와 무자 아버지를 버리고 도망가지는 않을 텐데. 용호가 그렇게 바보 같은 놈은 아닌데. 자타가 인정하는 명견이 아니던가! 용호를 믿는 구석이 있어서인지 나는 그렇게 불안하지는 않았다.

"우리 저 큰길 건너편으로 가보자!"

무자 아버지가 가리키는 큰길 건너편 끝자락에는 건강보신탕이라는 음식점 간판이 보였다. 우리가 큰길을 거의 다 건너갔을 때 개 짖는 소리가 요란하게 들려왔다. '컹컹 컹컹컹 컹!' 마지막 컹! 에서는 오묘한 울림이 있는 소리, 그 소리는 용호의 짖는 소리가 분명했다. 보신탕집 대문 앞에서 무자 아버지와 나를 향해 용호기 기를 쓰며 짖어대고 있었다. 무자 아버지와 나는 용호를 향하여 더 힘껏 달려갔다. 우리를 확인한 용호는 안심이 되는 듯 이 번에는 대문 안을 향하여 누군가를 불러내려는 소리로 짖어대기 시작했다. 용호의 부름에 응답이라도 하듯 대문 안에서도 개 짖는 소리가 들려왔다. '컹컹 컹컹컹 컹!' 그 소리는 용호가 짖어대는 소리와 똑같았다. 바로 그 순간, 무자 아버지가 소리쳤다.

"무자다! 우리 무자가 저 안에 있다!"

두 마리의 개가 무섭게 짖어대는 소리를 듣고 건강보신탕집 주인이 대문을 열고 길거리로 뛰어나왔다. 순간 용호가 비호같이 달려들어 보신탕집 주인을 덮쳤다. 보신탕집 주인은 길바닥에 나가떨어졌다. 용호는 보신탕집 주인의 팔뚝을 물어뜯었다. 보신탕집 주인의 팔뚝에서는 시뻘건 피가 철철 흘러내리기 시작했다. 보신탕집 주인은 용호를 물리치려고 안간힘을 썼으나 속수무책이었다. 온 동네 사람들이 인정한 맹견 용호를 그 누가 당해낼 수 있을까. 안간힘을 쓰며 버둥거리는 보신탕집 주인을 이번에는 목덜미를 물려고 대들었다. 순간 무자 아버지가 재빠르게 용호를 막아섰다.

"용호야! 그만해!"

무자 아버지는 건강보신탕집 주인을 일으켜 세웠다. 보신탕집 주인은 피가 뚝뚝 흘러 떨어지는 팔뚝을 부여잡고 발악을 하며 소리쳤다. 괴물처럼 일그러진 얼굴은 분노로 가득했다.

"개를 풀어놓으면 어쩌자는 거야! 이 개새끼 가만두지 않을 거야!"

무자 아버지도 뒤질세라 큰소리로 외쳤다.

"그럼 이 개도 끌어다 보신탕을 끓이시오!"

갑자기 상황이 이상하게 돌아가는 것 같았다. 용호를 끌어가라니? 그건 절대로 있을 수 없는 일이었다. 나는 무자 아버지를 향해 소리쳤다.

"그건 안 돼요! 용호는 안 돼요! 절대로 안 돼요!"

용호는 그 순간 재빨리 몸을 날려 대문 안으로 뛰어 들어갔다. 나도 용호를 따라 대문 안으로 들어갔다. 안마당에는 무자가 짧은 개 줄에 묶여 안절부절못하고 있었다. 용호는 무자에게 달려들어 얼굴을 비벼댔다. 무자 아버지도 대문 안으로 들어섰다. 무자가 길길이 날뛰며 반가워했다. 무자 아버지는 무자의 머리를 쓰다듬었다. 무자는 그 자리에 벌렁 드러누워 뒹굴었다. 무자는 새끼를 여러 마리 밴 듯 배가 많이 불러있었다. 보신탕집 주인도 따라 들어왔다. 용호가 보신탕집 주인에게 다시 달려들기라도 하듯 날카로운 이빨을 드러내고 으르렁거렸다. 무자 아버지가 용호를 가리키며 보신탕집 주인에게 소리쳤다.

"이 개도 저렇게 묶어놨다가 잡아서 보신탕을 끓이시오!"
"……"

건강보신탕집 주인은 아무런 소리도 못 하고 용호를 피하여 뒤로 물러섰다.

"우리 경찰서로 가서 잘잘못을 따져봅시다! 자 따라오시오!"
무자 아버지는 앞장서서 대문을 나서려 했다. 바로 그때 건강보신탕집 주인이 무자 아버지를 막아섰다. 그리고 그 앞에 무릎을 꿇고 납작 엎드렸다.
"제가 잘못했습니다. 진돗개가 너무 탐이 나서 그랬습니다. 죽을죄를 졌습니다."
"……"

무자 아버지는 하늘만 쳐다볼 뿐 아무 말도 하지 않았다. 그러나 나는 달랐다. 나 같으면 꿇어앉은 그자를 발길질로 걷어 차버렸을 것이다. 그놈 때문에 목숨을 잃을 뻔하지 않았는가. 모질게 따귀를 갈기거나, 쌍욕을 하거나, 들이덤벼 물어뜯거나, 경찰서에 끌고 가서 콩밥을 먹이거나, 아니면 주리를 틀거나 했을 것이다. 그래야만 될 것 같았고, 그래야 직성이 풀릴 것 같았다. 그래야 조금이라도 억울함이 가실 것 같았다. 나는 건강보신탕집 주인에게 큰소리로 외쳤다.

"당신 때문에 우리 아버지가 죽을 뻔했어요. 치료받느라 돈도 많이 썼어요! 당신은 강도가 분명해요! 아버지, 이 도둑놈을 절대로 용서하지 말아요!"

내 입에서 어떻게 그런 말이 청산유수처럼 쏟아져 나오는지 나로서도 도저히 믿기지 않았다. 순간 나는 깜짝 놀랐다. 내가 무자네 아저씨를 우리 아버지라고 지칭했기 때문이다. 무자 아버지도 눈이 휘둥그레졌다. 무척 당황하는 기색이었다.

"아닙니다. 저는 개 도둑이 아닙니다!"

건강보신탕집 주인은 두 손을 모아 비벼대면서 떨리는 목소리로 소리쳤다. 나는 순간 보신탕집 주인이 변명만 늘어놓는다고 생각했다. 말할 수 없는 분노로 가슴이 방망이질을 치기 시작했다. 그것은 철천지원수에 대한 복수심이었다. 내가 그렇게도 믿고 따르는 무자네 아저씨를 죽음 직전까지 몰고 갔던 악마에 대한 분노였다. 너무도 괘씸했고 너무도 치가 떨렸다. 너무도 뻔뻔스러운 개 도둑이 아닌가! 몇 번 죽여도 분이 풀리지 않을 것 같았다. 그런 악마는 죽여야 마땅하다는 생각이 나의 뇌리를 빠르게 스치는 순간, 나도 모르게 용호를 향해 소리쳤다.

"용호야! 물어!"

용호는 비호처럼 몸을 날렸다. 건강보신탕집 주인이 마당에 그대로 꼬꾸라졌다. 용호는 마당에 꼬꾸라져 버둥거리는 보신탕집 주인의 목덜미를 사정없이 물었다. 그러나 무자 아버지가 더 빨랐다. 무자 아버지는 번개같이 몸을 날려 보신탕집 주인의 목을 감싸 안았다. 용호는 보신탕집 주인의 목덜미를 감싸 안은 무자 아버지의 손목을 물고 말았다. 보신탕집 주인은 새파랗게 질려 꼬꾸라진 채로 버둥거리고만 있었다. 무자 아버지의 손목에는 살짝 용호의 이빨 자국이 있을 뿐 상처는 나지 않았다. 무지하게 민첩한 진돗개 용호는 무자 아버지의 손목이 입안에 들어오는 순간 물어서는 안 되는 사람이라고 판단한 것 같았다. 나는 또다시 용호에게 공격 명령을 내리고 싶었지만 무자 아버지의 손목을 보살피는 것이 더 시급했다. 무자 아버지는 내 손을 잡으며 안심시켰다. 무자 아버지의 손길은 참으로 부드럽고 따뜻했다.

"나는 괜찮다. 걱정하지 마라!"

건강보신탕집 주인이 엉거주춤 일어나 정신을 차리고 다시 무릎을 꿇었다.

"치료비는 제가 다 갚아 드릴게요. 제발 용서하세요. 진돗개가 너무 탐나서 그랬습니다. 저는 보신탕을 팔아먹고 근근덕신 살고 있지만 개 도둑은 맹세코 아닙니다. 멋있는 진돗개를 키우고 싶었을 뿐입니다!"

무자 아버지는 울먹이는 건강보신탕집 주인을 일으켜 세웠다. 보신탕집 주인은 비척거리면서 일어섰다.

"당신의 소행일랑은 절대로 용서할 수는 없소. 그러나 더 이상 문제를 삼지는 않겠소. 앞으로는 세상을 바르게 사시오!"

"무자네 아저씨 그러면 안 돼요. 저 사람은 콩밥을 먹여야 해요!"

어느새 나는 마음을 가다듬고 있었다. 무자 아버지를 무자네 아저씨라고 제대로 부르게 되었으니까.

"그래 네 마음 잘 안다. 앞으로 또 그러면 반드시 콩밥을 먹이마. 이번에는 우리가 참도록 하자!"

"감사합니다. 평생을 형님처럼 극진히 모시겠습니다. 감사합니다!"

건강보신탕집 주인은 무자 아버지에게 치료비 전액에 마음고생을 한 값이라며 15만 원을 얹어 현금으로 내놓았다. 무자 아버지는 치료비는 받아 주머니에 넣고, 따로 내민 15만 원은 보신탕집 주인에게 다시 돌려주었다. 나는 도저히 무자 아버지를 이해할 수가 없었다. 무자 아버지의 행동이야말로 정말 바보 같고 어리석어 보였다. 저리도 흉악한 도둑놈에게 온정을 베풀다니, 분하고 억울했다. 더구나 받았던 돈까지 다시 돌려주는 이유를 도무지 가늠할 수가 없었다. 어른들의 마음속에는 도대체 무엇이 들어 있는지?

그러나 무자 아버지의 얼굴은 근자에 보기 드물게 편안해 보였다. 혈색이 돌고 광채도 나는 것 같았다. 건강보신탕집 주인은 무자의 개 줄을 무자 아버지에게 넘겨주면서 연거푸 머리를 조아렸다.

"고맙습니다. 이 은혜는 절대로 잊지 않겠습니다. 장에 오실 때마다 들려주십시오. 점심은 제가 대접하겠습니다."

무자 아버지는 무자의 개 줄을 잡아끌고 건강보신탕집 대문을 나섰다. 나는 용호의 개 줄을 잡고 무자 아버지의 뒤를 따라갔다. 큰길을 건너서 또다시 장거리에 들어섰다. 장거리에는 오전보다 사람들이 훨씬 더 북적거렸다. 발 디딜 틈이 없이 혼잡했다. 신기한 물건들이 무척 많았고, 진기한 광경들도 즐비했다. 세상 온갖 것들이 모두 모여 있다는 느낌이 들었다. 물건을 하나라도 더 팔기 위하여 목이 터져라, 외쳐대는 장돌뱅이를 보면서 사람 사는 방법이 참으로 여러 가지라는 생각도 들었다. 공통점이 있다면 장거리에 나온 사람들은 하나같이 무엇인가를 위하여 쉬지 않고 열심히 움직이고 있다는 거였다. 그 무엇인가를 위하여.

무자 아버지와의 장 구경은 참으로 즐거웠다. 무엇인가 큰일을 한 것 같은 뿌듯함도 맛보았다. 장 구경을 하고 집으로 돌아오는 길은 이십 리 길이 오리도 채 되지 않는 것 같이 가깝게 느껴졌다. 이렇게 무자 아버지와 용호와 무자와 한 가족이 되어 나들이 한다면 세상 어디까지라도 갈 수 있겠다는 어처구니없는 생각도 들었다. 우리 동네가 점점 더 가까워지는 것이 무척 아쉬웠다. 마을 어귀에 도착하자 무자 아버지가 걸음을 멈추고 물었다.

"용호와 무자 중에서 갖고 싶은 놈을 끌고 가거라!"

"무자를 데리고 갈게요."

나는 생각할 겨를도 없이 입에서 나오는 대로 대답했다.

"용호가 너희 거 아니냐?"

"그렇긴 하지만 무자네 아저씨는 앞으로도 용호가 계속 지켜 드려야 하거든요!"

"그래, 고맙다. 그렇게 해라!"

"무자네 아저씨 오늘 장 구경 참 잘했어요. 감사합니다!"

"그래, 고맙다. 공부 열심히 하고 잘 커라!"

"감사합니다. 사주신 책 잘 읽을게요."

"그래, 고맙다."

사실은 내가 더 무지하게 고마운데도 무자 아버지는 말끝마다 고맙다고 했다. 무자는 옛 주인을 따라가려고 안간힘을 썼다. 무자 때문인지 아니면 나를 더 보고 싶어서인지, 무자 아버지는 몇 번이고 뒤를 돌아다보았다. 용호는 씩씩하게 느티나무 당산목 쪽으로 앞장서서 걸어갔지만, 용호의 개 줄을 잡은 무자 아버지의 뒷모습은 여전히 쓸쓸해 보였다. 나는 무자의 개 줄을 다부지게 잡고 무자 아버지와 용호가 길모퉁이를 완전히 돌아가 보이지 않을 때까지 손을 흔들었다. 나는 생각했다. 무자 아버지의 뒷모습은 왜 저리도 볼 때마다 쓸쓸할까? 무자네 아저씨도 우리 집처럼 가족이 많았으면 참 좋겠다고!

6

그날 저녁 무자 아버지는 여느 때보다 좀 늦게 용호를 끌고 와서 무자가 매여 있는 말뚝에 개 줄을 묶어놓고 술자리에 합석했다. 엄마는 여전히 짜증 나는 얼굴로 술상을 차렸고, 나는 여느 때와 마찬가지로 술 심부름을 했다. 읍내 장거리 건강보신탕집에서 무자를 다시 찾은 이야기를 자랑스럽게 하는 무자 아버지는 무척 신나 보였다. 무자 아버지의 목소리는 힘이 들어 있었고 의기양양했다. 간간이 내 이름이 오르내렸다. 아버지와 아버지 친구들은 술잔을 내려놓고 무자 아버지의 이야기를 경청하느라 넋을 놓고 있었다. 나는 어른들의 그런 진지한 모습이 참 보기 좋았다. 도둑맞았던 진돗개를 되찾은 무용담이 끝나갈 무렵 우리 아버지가 무자 아버지에게 술을 권했다. 무자 아버지에게 그렇게 깍듯하게 대하는 아버지의 태도가 참으로 신기하게 느껴졌다.

"자네 참 대단하이! 내 술, 한 잔 받으시게!"

"고맙네. 현정이는 보통재목이 아니야. 분명 훌륭한 인물이 될 걸세!"

현정이, 임현정은 바로 내 이름이다. 술자리는 여느 날보다 엄청 늦게 끝났고, 엄마는 여느 날보다 엄청 더 얼굴을 찌푸렸다. 나는 여느 날보다 엄청 더 술 심부름을 해야 했으나 조금도 짜증이 나거나 힘들지 않았다. 오히려 기분이 매우 좋았다. 왜냐? 무자 아버지가 무척 즐거워하시니까.

무자 아버지는 싸리나무 울타리 밑 말뚝에서 용호의 개 줄을 끌러냈다. 용호를 앞세워 대문을 나서는 무자 아버지를 따라가려는 듯, 무자가 낑낑거리며 발버둥을 쳤다. 나는 대문 밖까지 무자 아버지를 따라 나가서 인사를 했고, 무자 아버지는 천 원짜리 세장을 내 손에 쥐여주었다.

"무자네 아저씨, 밤길 조심해 가세요."

"그래, 고맙다. 공부 열심히 하고 잘 커라!"

나는 무자 아버지와 용호가 보이지 않을 때까지 느티나무 당산목 쪽을 바라보며 그 자리에 서 있었다. 은하수가 고요히 흐르는 밤하늘을 하염없이 쳐다보다가 안마당으로 들어와 무자의 머리를 쓰다듬어주었다.

　내 생애, 가장 드라마틱한 그날 하루는 무자 아버지와 함께 시작해서 무자 아버지와 함께 마무리되었다. 물론 그 중심에는 이 세상에서 가장 개 다운 개, 무자와 용호가 있었다. 무자와 용호는 무자 아버지의 소중한 가족이었다. 무자와 용호가 인간이라면 얼마나 아름다운 가족이었을까? 그리고 무자 아버지가 얼마나 행복했을까? 생각하면 할수록 가슴이 아릿했다.

7

　무자 아버지는 내가 중학교에 입학할 때 책가방을 사주었고, 읍내 여고에 입학할 때는 자전거를 사주었다. 여고를 졸업하고 도청소재지에 있는 교대에 진학했을 때는 PC를 선물했다. 나는 교대를 졸업하고 고향에서 멀리 떨어진 소도시에 첫 발령을 받았다. 무자 아버지는 내가 첫 발령을 받았을 때는 뉴칸타카를 한 대 새로 뽑아주었다. 그곳에서 나는 지금의 남편을 만나 결혼했다. 무자 아버지는 우리 동네에서 백 리도 더 되는 결혼예식장까지 건강보신탕집 주인과 함께 와서 나의 결혼을 축하해 주었다. 건강보신탕집 주인은 너무도 큰 은혜를 입었다면서 나도 모르게 예식장 비용을 전액 내 주었고, 무자 아버지는 신혼 여행비까지 보태주었다. 나는 여러 지역을 전전하다가 우리 아버지가 돌아가시고 대상을 치른 다음 해 3월, 어릴 적 꿈을 키웠던 친정 동네 초등학교에 교감으로 부임하여 교장이 될 때까지 만 5년을 고향에서 생활했다. 노쇠하신 친정엄마의 벗이 되어드릴 요량이었지만, 내심은 술친구도 하나 없이 늙은 용호하고만 적적하게 살아가는 무자 아버지를 더 가까이서 보살펴드리기 위해서였다.

무자 아버지는 우리 아버지보다는 4년을, 우리 엄마보다는 3년을 더 버티셨다. 호스티스 병상에서 무자 아버지의 임종은 내가 했고, 장례식 때 나는 상복을 차려입고 상주 노릇을 했다. 건강보신탕집 주인은 기꺼이 장례식 집사가 되어주었고 장례비용도 전액 부담했다. 그때부터 사람들은 내가 무자 아버지의 친딸인 줄 알고 있다. 이 또한 우리 아버지가 알면 섭섭하겠지만, 오히려 나는 그 사실이 기쁘기 한량없다. 분명 무자 아버지는 내 마음의 아빠였고 나는 그분의 외동딸이었다. 마음에도 DNA가 있다면 무자 아버지와 나는 백 퍼센트 일치했을 것이다.

무자 아버지는 세상을 떠나면서 유품과 재산을 모두 나에게 물려주었다. 무자 아버지의 유품은 초라했으나 유산은 거의 12억에 가까웠다. 그렇게 무자 아버지는 성실 근면하게 평생을 살았다. 무자 아버지의 유품을 정리하던 중에 그분이 남긴 일기장을 읽어볼 수 있었다. 그분은 누구보다 과묵했지만, 생각은 누구보다 깊었다. 일기장 중간쯤에는 나를 부끄럽게 하는 글귀가 있었다.

－ 사기꾼이 득세하고 선동꾼과 패륜아와 파렴치범이 들끓어 마을이 뒤숭숭해지는 것은 근본적으로 존경할만한 어른이 없기 때문이다. 존경할만한 어른은 어려서부터 올바르게 교육을 받은 아이들이 성장하여 그리되는 것인데, 도대체 학교에서는 무엇을 가르치는가?

또 일기장의 뒤쪽에는, 식구는 많을수록 좋은데, 요즈음 어린 애들이 급격히 줄고 있어 마을이 죽어가는 것 같다. 너무 안타깝다. 젊은이들이 나처럼은 살지 말아야 할 텐데 참으로 큰일이다. 라고 출산을 기피하는 풍조를 우려하는 글귀도 보였다. 그걸 보면서 내가 아이를 여럿 낳아 기른 게 무자 아버지의 마음을 조금은 기쁘게 해드렸을지도 모른다는 생각이 들었다. 무자 아버지가 우리 집에 자주 오신 이유는 친구들과 술을 마시기보다는 많은 식구가 화목하게 살아가는 가정의 분위기를 느끼며, 그 속에서 구김살 없이 자라나고 있는 나를 보기 위해서였다. 내가 등하교할 때마다 무자 아버지의 모습을 볼 수 있었던 것도, 그 시간에 맞추어 그 자리에서 인삼을 가꾸는 척하면서 나를 바라보고 싶어서였다. 세상에 나오기도 전에 저세상으로 간 아이가 제대로 태어났다면 마치 나처럼 밝고 활달하게 자라나고 있을 거라는 믿음 때문에 그리한다 하였다. 그렇게 무자 아버지는 나를 마음의 딸로 여기며 이 삭막한 세상에서 평생 외로움을 참아낼 수 있었다. 일기장의 여기저기에 내가 유일한 희망이었다는 흔적을 보면서 나도 모르게 눈물이 흘러내렸다. 솔직히 말하면 우리 아버지가 돌아가셨을 때보다 더 많은 눈물을 쏟아냈다. 내가 고향에서 멀리 떨어진 지역에 첫 발령을 받았을 때, 뉴칸타카를 선물한 뜻도 그 차를 타고 고향에 자주 오라는 거였다. 그러면 그만큼 나를 더 자주 볼 수 있을 테니까.

나는 아직도 그 뉴칸타카를 몰고 다닌다. 주행거리가 36만 킬로를 넘어선 지금까지도 잔 고장 한번 없이 잘도 굴러간다. 무자 아버지의 나에 대한 사랑과 소망으로 가득 채워진 그 차 안에 있노라면 나는 최고의 평안함을 느끼고 신바람이 난다. 피스톤과 차축이 모두 마모되어 더는 자동차 바퀴가 굴러가지 않을 때까지 나는 무자 아버지가 내게 선물한 뉴칸타카를 타고 다닐 작정이다. 살아생전에 더 많이 찾아뵙지 못한 아쉬움이 나이가 들수록 점점 더 커진다. 무자 아버지만 생각하면 시도 때도 없이 눈물이 앞을 가린다.

나는 무자 아버지가 물려준 재산으로 용호의 어미 무자가 잡혀갔던 건강보신탕집 자리에 유치원을 세웠다. 무자를 끌고 갔던 건강보신탕집 주인은 놈이 너무 노쇠하여 음식 장사를 계속하기 어려웠고, 평생 생계유지의 수단이던 식당을 접으면서 시가의 반도 안 되는 공시지가로 내게 그 대지를 넘겨주었다. 만약 무자 아버지가 소생하지 못했다면 자신의 가문은 살인강도의 후예라는 손가락질을 받다가 결국은 멸문지화 되었을 거고 그 은인이 바로, 나라는 거였다. 능력만 된다면 그보다 더한 것도 마다하지 않을 거라고 하면서…. 나는 유치원 이름을 무자 아버지의 본명을 따철선민유치원이라 붙였다.

에필로그

나는 딸 셋에 아들 둘을 낳아 길렀다. 막내는 올해 사범대학 초등교육과를 졸업하고 운 좋게 임용고사에 합격하여 지금은 발령을 기다리는 중이다. 나는 철선민유치원의 원장으로, 전국사립유치원연합회 회장이다. 어느 정당으로부터 간곡하게 교육행정의 중책을 맡아달라는 제안을 받았지만, 하는 꼬락서니가 너무 유치하기도 하고 아직은 내가 나설 때가 아니라는 생각이다. 그러나 교육의 자주성과 전문성, 그리고 정치적 중립성을 확립하기 위하여 곧 나름의 결단을 내릴 작정이다. 쓸데없이 개혁이니 복지니 행복이니 하면서 공교육이 대중적인 인기와 영합하고 현실정치와 결탁하게 되면 일부 이념집단이나 정치집단의 또 다른 목적을 위한 도구로 전락해버리고, 교육기본법에 명시한 교육이념과 목적은 한낱 공염불이 되어버린다. 그렇게 되면 국가경쟁력은 급격히 떨어지고 조국은 곧바로 총체적인 위기에 빠져버리고 만다. 그런 게 현실이 된다면 참으로 큰일이다. 교육과 교육정책은 국가관과 교육철학이 뚜렷한 사람이 맡아 해야 하는 이유가 거기에 있다. 그래서 사람 가르치는 일은 절대로 아무나 해서는 안 되는 것이다. 교육의 백년대계는 아무리 강조해도 지나침이 없다는 게 내 확고한 소신이다. 나는 기울어져 가는 조국의 공교육을 바로 세울 확실한 묘안을 갖고 있다. 그뿐만 아니라 유치원 자모들과 양육 문제를 놓고 때로는 격돌하고 때로는 타협하면서 나름대로 터득한 출산율 제고 방안도 갖고 있다. 내 아이디어대로만 정책을 추진하면, 건전한 상식과 도덕적 가치를 존중하는 인격적 복지 사회는 반드시 실현될 것이고 출산율은 빠르게 정상화할 것이다. 그건 명약관화한 일이다. 오늘날 조국의 사회 현실과 공교육 현장은 아무리 좋게 보려고 해도 좋게 볼 구석이 하나도 없다. 안타깝고 한심하다.

철선민유치원에서 기르고자 하는 인간상은 바로 무자 아버지와 같은 사람이다. 순정이 흘러넘치는 사람, 타인에 대한 이해심과 배려심이 충만한 사람, 성실 근면한 사람, 그리고 법 없이도 사는 사람이다. 그것이 내가 진정으로 존경하는 인격이다. 무자 아버지처럼 순박한 사람들이 오순도순 정을 나누며 당당하게 사는 세상은 온 인류가 꿈꾸는 지상낙원일 터이다.

철선민유치원은 매년 지원자가 입학정원을 두세 배쯤 넘쳐난다. 전국 각처에서 철선민유치원에 자녀를 보내기 위하여 이 지역으로 거주지를 옮겨오는 사람도 점점 증가하고 있다. 며칠 전에도 지역 인구 증가가 모두 내 덕이라며 군수가 거나하게 점심까지 샀다. 내년에는 입학정원을 대폭 확대하고, 교정에는 무자 아버지의 동상을 건립할 계획이다.

넉뜨루저수지

무서리라도 내릴 것 같은 한밤중, 하늘에는 은하수가 느리게 흘러가고 있었다. 윤길수 순경은 마스크를 벗어 주머니에 넣었다. 독수리 문양이 선명한 모자도 벗어 옆구리에 꼈다. 그리고는 넉뜨루저수지 중심부를 향하여 부동자세를 취한 후, 유유히 헤엄을 치는 오리가족을 바라보며 머리를 깊이 숙이고 묵념을 한다. 3분도 넘게 고개를 숙이고 있는 윤길수 순경. 관내 순찰을 하는 날이면 그렇게 하는 것이 일과처럼 되었다. 그럴 때마다 윤길수 순경은 코로나X가 앗아간 한 가족의 명복을 경건한 마음으로 빌고 또 빈다. 특히 한 여인의 고혼이 동해와 이곳 넉뜨루저수지를 마음껏 넘나들며 평생 응어리였던 고독과 가난과 멸시와 질병의 공포로부터 완전히 해방되기를 기원한다.

　윤길수 순경은 묵념을 마치고 마을 앞 4차선 도로를 횡단하여 차량 두 대가 겨우 비켜 갈 수 있는 골목길에 들어선다. 도로는 아직도 한산하기 그지없다. 원래는 오고 가는 차들과 세상을 아주 힘들게, 또는 누구보다 열심히 살아가는 인간들로 쉴 틈이 없는 간선도로였다. 곧게 뻗은 그 도로를 따라 동쪽으로 가면 검푸른 파도가 넘실거리는 바다를 볼 수 있고, 서쪽으로 가면 세상의 중심 서울이 나온다. 이제는 대낮에도 나다니는 사람들이 가뭄에 콩 나기이다. 그나마 하나 같이 마스크를 쓰고 있다. 살아 있는 동안은 그래도 온전해야 하니까. 골목길 오른쪽 3층짜리 원룸 건물의 현관 입구 방에서는 아직도 불빛이 새어 나오고 있다. 누군가가 밤새워 취직시험준비를 하는 모양이다. 골목길 입구 원룸 건물 건너편 낡은 슬라브집은 불빛도 한 점 없이 굴왕산 같다.

　길수는 햄버거로 점심을 때우고 머리를 식힐 겸 공원 산책길에 나섰다. 물론 KF99 공적마스크를 썼다. 골목길 건너편 슬라브집은 오늘도 철제 대문이 굳게 닫혀있다. 길수는 4차선 도로를 건너 중앙공원으로 들어섰다. 공원 왼쪽 넉뜨루저수지 경사면에는 개나리꽃이 한창이고 듬성듬성 영산홍이 군락을 이루고 있었다. 밋밋한 경사면은 동네 애들의 신나는 놀이터였는데, 지금은 까치와 까마귀의 천국이 되었다. 저수지 물결은 정오의 햇살을 받아

눈부시게 찰랑거렸다. 오리라도 몇 마리 노닐고 있다면 저수지가 생기발랄하고 평화로울 거라는 생각을 하면서 길수는 공원 한가운데에 자리하고 있는 올림픽 기념탑을 향해 약간은 빠른 걸음으로 걸어갔다. 그렇게 복작거리던 공원도 한산하다 못해 고요하기 그지없다. 길수는 올림픽 기념탑 부근 느티나무 밑에 있는 목제 벤치에 걸터앉아 사방을 둘러보았다. 북쪽 멀리 제법 높다란 산자락을 따라 W시청 건물이 웅장하고, 시청 건물 좌측에는 지금 당장이라도 날아오를 것 같은 독수리가 노려보고 있다. 경찰서 건물이다. 시청 건물이 있는 산자락에서 오른쪽으로 한참 눈을 돌리면 4층짜리 우중충한 적벽돌 건물이 나온다. 그것은 국립종합병원으로, 지금은 코로나X 감염병 전담병원이라는 해괴망측한 이름으로 명칭을 바꾸어 달았다.

올림픽 기념탑 바로 옆 벤치에는 여인 하나가 마스크도 쓰지 않은 채 병원 쪽을 향하여 고개를 숙이고 앉아 있다. 거의 3주가 넘게 길수는 그 모습을 보아왔다. 무엇인가를 골똘히 생각하는 것도 같고, 열심히 기도하는 모습 같기도 하다. 여인은 미동도 하지 않는다. 이제는 여인의 거동을 살펴보는 게 습관처럼 되었다.

　- 오늘 저 여인이 나보다 먼저 벤치에서 일어나면 이번 시험은 합격인데….

　길수는 느닷없이 그런 이상한 생각에 사로잡혔다. 그러나 아무리 기다려도 여인은 벤치에서 일어날 기미를 보이지 않았다.

- 그럼 그렇지….

낙심이 커지면서 길수의 인내심이 바닥을 드러내기 시작했다. 길수는 더이상 여인 살펴보는 걸 포기하고 지그시 눈을 감았다. 머리를 식힐 요량이었는데 오히려 잡다한 생각들이 머릿속을 어지럽혔다.

- 올해는 반드시 취업에 성공해야 할 텐데….

언제나 상념의 결론은 그것이었다. 그때 인기척이 들렸다. 길수는 현실로 돌아와 감았던 눈을 떴다. 벤치에 앉아 있던 여인이 빠른 걸음으로 지나가고 있었다. 길수는 그제야 마음을 다시 가다듬었다. 일말의 희망이 되살아나면서 새로운 의욕이 요동치기 시작했다.

- 분명히 저 여인이 나보다 먼저 움직였네. 이번엔 합격이다!

길수는 잠시 후 벤치에서 일어나 두 팔을 하늘로 뻗쳐 들고 크게 휘둘렀다. 뭉쳤던 근육이 일순간에 풀리면서 새로운 기운이 몸속으로 파고들었다. 길수는 상쾌한 기분으로 귀가를 서둘렀다. 여인은 넉뜨루저수지를 지나 4차선 도로를 거의 건너가는 중이었고, 여인의 뒤를 얼룩무늬의 길고양이 한 마리가 살금살금 뒤따르고 있었다. 길수는 걸음을 재촉하여 저수지 둑길로 접어들었다. 한낮의 햇살을 받은 저수지의 은빛 물결은 아름답고 황홀했다. 길수는 걸음을 멈추고 찰랑거리는 저수지 물결을 바라보며 생각에 잠겼다. 저수지에 오리도 한 마리 없는 게 무척 아쉽다는 생각이 또 들었다. 오리들이 떼를 지어 유영하고 있다면 한결 도심의 저수지다울 거라는 상상을 하면서 원룸으로 발길을 재촉했다. 온라인 강의를 들어야 할 시간이 다가오고 있었다.

길수는 5년 차 취준생이었다. 지방대학 2학년을 수료하고 해병대에 입대하여 6여단 기습특공대대에서 전투병으로 군 복무를 마쳤다. 전역과 동시에 복학하여 우등으로 학사모를 썼다. 졸업하던 해 여러 개의 기업에 도전했으나 4.0이 넘는 성적이었음에도 서류전형에서부터 깡그리 탈락했다. 서울에 본부를 두고 있는 대기업 두 곳과 이 도시 주변의 중소기업 세 곳에 원서를 냈었다. 그다음 해에는 대기업 한 곳과 무려 여섯 곳이나 되는 중소기업에 이력서를 넣었으나 결과는 모두 다 허사였다. 면접고사 기회조차 얻을 수 없는 게 문제였다. 어떻게 해야 그런 기회라도 잡을 수 있으려는지…. 깐에는 악바리처럼 살아왔는데 도대체 무엇이 잘못되었단 말인가. 코로나X 때문에 더 큰 '잃어버린 세대'가 오고 있는 것은 아닌지…. 길수의 불안감은 하루가 다르게 고조되고 있었다.

상심이 컸던 길수는 동네 해병대 전우회관을 찾아 선배들과 어울렸다. 선배들이 따라주는 막걸리도 받아 마셨고, 선배들의 드라마 같은 인생 경험담도 들었다. 꽃길만을 걸어온 인생은 아무도 없다는 걸 알았다. 모두가 상상조차 하기 어려운 침불안석의 나날을 버텨내는 인생이었다. 그러면서도 그네들은 조국을 위해 서는 언제라도 목숨을 바칠 각오로 이 땅을 사랑하고 있었다. 길 수는 그런 선배들이 테스형처럼 멋져 보였다. 방방곡곡 으슥한 곳에는 별의별 기생충이 우글거리는 판국인데…. 길수는 굳게 결 심했다. 상황이 어떻게 전개되더라도 선배들 못지않은 심성으로 애국하며 살아가겠노라고.

"자네는 공무원 한 번 해보게! 경찰이나 소방관이 어울릴 것 같네만…."

변두리 파출소장으로 정년퇴직한 아버지뻘 되는 선배가 진지 하게 조언을 해주었다. 그다음 날 길수는 모교의 지도교수를 찾 아가 또다시 진로상담을 했다. 지도교수는 행정직 7급에 도전해 보라고 권했다.

"안 되면 될 때까지 정신이라면 무언들 못 하겠나! 그게 진정 한 해병 아닌가!"

그 길로 길수는 공무원학원 종합반에 등록하고 본격적으로 취준생이 되었다. 사실 지도교수도 해병대 출신이었다. 길수가 해 병대에 지원 입대한 것도 지도교수의 영향이 컸다.

아무리 그렇더라도 공무원이 되는 건 보통 난제가 아니었다. 거의 모든 젊은이가 그거 아니면 살길이 없는 것처럼 덤벼드는 바람에 귀신을 잡는다는 해병대 정신도 맥을 못 췄다. 벌써 두 번이나 보기 좋게 낙방하고 말았다. 그래서 올해는 지방행정 9급과 경찰직으로 방향을 바꾸어 대학입시를 준비할 때보다 더 모질게 파고드는 중이었다. 그러나 연초부터 몰아닥친 코로나X 팬데믹으로 모든 도서관이 폐쇄되었고, 길수가 등록한 공무원학원도 일찌감치 문을 닫고 온라인 강의에 들어갔다. 한없이 성스럽고 절대적이라는 주일예배조차도 마음대로 못 드리는 마당에 그깟 취업준비학원쯤이야 문을 닫아버린들 대수겠는가. 하여튼 상황은 날이 갈수록 악천후로 치닫고 있었고 애를 말리는 시간은 점점 더 늘어나고 있었다.

자정이 조금 넘은 시간, 길수는 행정법 강의 시청을 끝내고 늘 그랬던 것처럼 공원 쪽으로 난 창문을 열어젖혔다. 모니터를 한 시간쯤 들여다보노라면 동공이 튀어나오고 머리가 어질어질해진다. 바람도 쐬고 먼 곳도 바라보면서 심신을 가다듬어야 그다음 과목에 집중할 수 있었다. 길수는 높은 창틀을 두 손으로 짚고 숨을 깊이 들이마셨다. 4차선 도로 건너편 공원 쪽에서 넉뜨루저수지를 끼고 불어오는 바람은 어쩐지 음습하다는 느낌이 들었지만 그래도 제법 시원했다. 공원은 적막강산이었다. 움직이는 것이라고는 아무것도 없었다. 쓸데없이 돌아치다가는 언제 코로나바이러스의 습격을 받을지 모른다. 스스로 두문불출하는 게 최선이다. 인간은 누구나 저 살 궁리는 다부지게 할 줄 아는 존재이다.

그놈의 변종 코로나 때문에 파란만장의 기나긴 세월을 참고 견디며 다져놓은 질서가 맥없이 헝클어지고, 신바람 나던 판들이 졸지에 깨져버리고 있는 현실에서 그렇게라도 몸부림치는 게 당연지사이긴 하다만, 이제는 상식선에서 해법을 찾으려다가는 죽도 밥도 안 되고 큰 코만 다치고 만다. 코로나X가 이 세상을 그렇게 엉뚱한 방향으로 몰고 가는 길목에 고아처럼 서 있는 길수의 심정은 너울처럼 요동치고 있었고, 미래에 대한 공포는 천길 벼랑 끝에 서 있는 기분이었다. 그래서 그런지 아무리 마음을 가다듬어도 공부가 잘되지 않아 미칠 지경이었다.

"끼익!"

길수가 창문을 닫으려는 순간 자동차 급정거하는 소리가 날카롭게 들렸다. 동시에 무엇인가 격하게 부딪히는 소리가 울렸다. 길수는 온 신경을 집중하여 가로등이 대낮 같은 간선도로 쪽을 살펴보았다. 승용차에서 검정색 옷을 입은 인간이 황급하게 하차하여 축 늘어진 사람을 끌어내 길가에 내팽개치고는 이리저리 살피는 듯싶더니 재빨리 운전석에 다시 올라타고는 도망치듯 현장을 빠져나가고 있었다. 길수는 마스크도 쓸 겨를 없이 휴대폰만 든 채 총알 같이 간선도로로 달려 나갔다. 갓길 도로구조물 옆에 한 여인이 쓰러져 있었다. 무척이나 크게 다친 듯 괴로워하는 모습이었다. 길수는 휴대폰부터 열었다. 119에 구조요청을 할 요량으로.

그러나 여인이 애원 섞긴 목소리로 만류했다.

"신고하지 말아요! 제발 내버려둬요!"

그러나 길수는 여인의 호소를 묵살하고, 119를 눌렀다.

여인은 올림픽 기념탑 부근 벤치에 앉아서 기도하고 돌아오던 길이었다. 코로나X 감염병 전담병원 음압병실에서 치료를 받는 남편과 중학생 아들이 하루빨리 소생하기를 기원하는 게 여인의 일과였다. 그것은 기약도 없는 기도였다. 코로나X 의심 증상으로 선별진료소에 들어간 이후로는 한 번도 본 적이 없는 남편과 아들이었다. 회사를 멀쩡하게 다니던 남편이 원인도 모르게 감염되어 코로나X 확진 판정을 받았고, 그로부터 한 주도 지나지 않아 외아들이 확진 판정을 받아 남편과 같은 병동에 격리되어 병마와 사투를 벌이는 중이었다. 초기에는 휴대폰 통화는 가능했었다. 그러던 것이 이제는 통화조차 할 수 없는 상태로 악화되었다. 여인은 미칠 지경이었다. 여인은 남편과 아들이 생사기로에 처했는데도 기도밖에는 아무것도 할 수 없는 처지가 한스럽고 답답했으며 억울했다. 옆에서 목소리라도 들려주면 큰 힘이 될 터인데⋯ 안타까운 시간만 속절없이 흐르고 있었다.

남편과 아들보다 훨씬 나중에 병에 걸렸던 이들이 완치되어 가족의 품으로 돌아가는 걸 보면서 여인의 불안감은 감당하기 어려울 정도로 고조되어 갔다. 매 순간순간이 피를 말리는 절망감으로 점철되는 삶이었다. 차라리 자신도 병에 걸려 남편과 아들이 신음하고 있는 병실로 들어가 남편과 아들의 신음이라도 실컷 듣고 싶은 심정이었다. 남편의 믿음직한 모습도 볼 수 없고 아들의 낭랑한 목소리도 듣지 못하는 하루하루는 여삼추였고 지옥이었다. 여인은 더 살고 싶은 의욕이 거의 바닥을 드러내고 있었다. 가만히 있어도 숨이 막혀왔다. 여인은 마스크를 벗어 던졌다. 기를 쓰고 사 모았던 공적마스크도 모두 쓰레기통에 쑤셔 넣었다. 그런 상태에서 한밤중 기도를 마치고 집으로 돌아오다가 횡단보도에서 사고를 당했다. 차라리 그냥 그대로 죽고 싶었다. 더는 버텨낼 자신이 없었다. 그래서 병원으로 후송하겠다는 운전자의 손길을 단호하게 뿌리쳤다.

"당신은 잘못이 없으니 날 그냥 내버려둬요!"

여인은 부상 치료를 마치고 경찰서에서 사고에 대한 조사를 받으며 참고인 자격으로 호출된 길수와 마주쳤다. 여인은 마치 침몰하기 직전의 돛단배 같았으나 감사와 은혜를 아는 인격이었다. 길수를 바라보며 머리를 깊이 숙였다.

"신고하지 말라고 그리도 애원했건만…. 여하튼 진심으로 감사드립니다."

조사를 마치고 경찰서 현관을 나서며 여인은 길수에게 또다시 감사하다는 인사를 건넸다.

"고마워요. 어느 쪽으로 가시는지 제 차를 타세요. 모셔다드릴
게요."

길수는 사양하고 싶었지만, 온라인 강의를 수강해야 할 시간
이 촉박하여 여인의 아반떼에 올라탔다.

"이 도로를 신나게 달려 서울의 제일 좋은 대학교에 보내고 싶
었는데…"

말없이 운전만 하던 여인이 독백하듯 중얼거렸다.

"아드님이 공부를 열심히 했나 봐요."

길수가 관심을 보였다.

"축구도 잘하고 학급회장도 하고 있어요."

"절대로 포기하지 마세요. 기필코 이겨낼 겁니다!"

여인의 목소리는 한결 생기가 도는 듯했으나 가녀린 모습에서
어른거리는 절망의 그림자는 점점 더 짙어지고 있었다. 길수는 원
룸 건물 앞에서 하차하여 아반떼의 향방을 살펴보았다. 여인의
집은 골목길 입구 길수의 원룸 길 바로 건너편 슬라브집이었다.

여인은 일상으로 돌아갔으나 남편과 아들의 병세는 호전의 기
미를 보이지 않았다. 여전히 음압병실에서 산소호흡기까지 장착
한 채 사투를 벌이고 있는데도 아내로서, 엄마로서, 해줄 수 있는
게 아무것도 없었다. 무엇인가를 직접 해 줄 수만 있다면 남편과
아들을 살려내는 건 자신 있는데…. 거의 두 달이 다 되도록 헤어

나지 못하는 것으로 보아 소생할 가망은 거의 없지 싶다는 생각
이 들기 시작했고, 여인은 시시각각으로 극심한 공황의 늪으로 빠
져들고 있었다. 모든 게 절망이었고 불확실했다. 여인은 대낮에
한 차례, 밤중에 또 한 차례 공원으로 나가서 남편과 아들이 사
투를 벌이고 있는 코로나X 감염병 전담병원을 애절하게 바라보
며 기도를 드리는 게 전부였다. 그러노라니 여인의 슬라브집은 일
몰과 함께 점등했고 먼동이 틀 무렵에야 소등했다. 그게 여인의
일상이었고 규칙이었다. 그런 안타까운 규칙은 아들과 남편이 여
인의 품으로 돌아오거나, 여인의 심신이 강풍에 떠밀려 어디론가
날아가 버리는 날 소멸될 터였다.

여인이 차량사고의 충격에서 벗어나 안정을 되찾아갈 무렵 아
들이 먼저 저세상으로 갔다. 그렇게도 명랑하고 건강했었는데….
무슨 사이토카인 폭풍이라나 뭐라나. 여인은 마지막 가는 아들의
그 해맑은 얼굴도 보지 못했고, 그 낭랑한 목소리도 한마디 듣지
못했다. 아들이 숨을 거두던 날, 그 순간에 여인은 컵라면으로 끼
니를 때우고 있었다. 아들은 죽어가는 마당에 어미는 살겠다고
라면을 끓여 먹고 있었다니…. 이런 개떡 같은 세상이 어디에 또
있을까.

여인은 아들의 유골 항아리를 받아 가슴에 안으면서도 기가
막혀 눈물조차 흘리지 않았다. 그래도 친구에게는 알리고 싶었

다. 이 세상 하나밖에 없는 친구, 무덤에도 같이 가자고 언약까지
한 단 하나의 친구에게 전화를 걸었다. 아무리 걸어도 통화가 되
지 않았다. 친구의 남편에게 전화를 걸었다. 친구 남편은 전화는
받지 않고 곧바로 장문의 문자를 보내왔다. 코로나X로 그 친구가
나흘 전에 저세상으로 갔다는 내용이었다. 친구의 사망도 모르고
있었다니…. 상상조차 하기 어려울 정도로 뒤범벅이 된 현실에서
여인은 몸서리치며 그 자리에 주저앉고 말았다. 하늘이 노래지더
니 보이던 모든 것이 시야에서 사라져 버렸다. 생각이라는 것도
감각이라는 것도 기억조차도 모두 빠져나간 그런 솜뭉치 같은 몸
으로 아들의 유골 항아리를 끌어안고 그 자리에 주저앉아 마냥
허공만 쳐다보는 여인. 이 세상에 그보다 더 가련하고 처참한 인
생이 그 어디에 또 있을까. 차라리 여인은 인생이 아니었다. 여인
은 장례식도 치르지 않고 아들의 유골을 동해에 뿌려줬다. 아들
은 바다를 가장 동경했었다. 그러나 사는 게 힘들고 바빠서 바다
를 자주 데려가 주지 못했다. 한 줌 재가 되어 바다에 간들 그게
무슨 의미가 있으랴마는 영혼이라도 바다에 있게 해주고 싶었다.
그건 엄마의 마음이었다.

아들의 유골을 검푸른 파도에 흘려보낸 다음 다음날, 남편이
인사 한마디 없이 아들을 따라갔다. 평생을 사고무친이더니 숨을
거둘 때도 완벽하게 홀로였다. 가족이라면 용광로 속에라도 뛰어
들어갈 남편인데, 어찌 가족을 남겨 두고 눈을 감았는지…. 여인

은 남편의 유골 항아리를 받아 들고 남편의 짝패에게 전화를 걸었다. 전화는 남편의 친구 부인이 받았다. 여인이 말도 꺼내기 전에 하소연부터 하는 친구 부인.

"노인요양병원에서 치료를 받던 노모가 코로나X에 걸려 3주 동안이나 치료를 받다가 돌아가셨어요. 지금 남편은 유골을 인수하러 갔어요. 모두 안녕하시지요?"

"……."

여인은 더 할 말이 없었다.

"여보세요! 잘 안 들리나요? 여보세요! 3일장으로 모시려고요."

"……."

여인이 대답하지 않자 남편 친구의 부인은 계속 불러댔다. 남편의 친구 부친이 작고했을 때는 그 빈소에서 이틀 밤을 새워줬고, 장지까지 따라갔었는데…. 남편의 유골 항아리를 부여안고 있는 여인의 두 손에 경련이 일었다. 마치 신들린 듯 떨리고 있는 여인의 핏기 가신 두 손. 그 순간 유골 항아리 속에서는 남편의 원혼이 무섭게 오열하고 있었다. 그런 상태에서 어느 누군들, 그 무엇인들 온전할 수 있을까. 여인의 가슴은 억제할 수 없는 통한으로 새까맣게 타들어 가고 있었다. 이 가련한 여인에게 오늘 하루라도 버텨낼 힘이 되어줄 대상은 있으려는지… 남편의 회사에서 회사장을 치러 주겠다는 걸 거절하고, 여인은 남편의 유골도 동해에 뿌렸다. 거기에는 아빠를 빼다 박은 아들의 어린 영혼이 있지 않은가. 아빠의 그늘에 있어야 영혼도 영혼답게 자라날 수 있다고 믿는 여인이었다.

남편을 검푸른 파도에 실어 보내고 집으로 돌아온 여인은, 자정 무렵 늘 그랬던 것처럼 공원으로 나갔다. 멀리 남편과 아들을 앗아간 붉은벽돌건물이 보였다. 그건 병원이 아니었다. 다 죽어가는 사람도 살려내야 병원 아닌. 밥도 잘 먹고 노래도 잘 부르던 사람을 그것도 둘씩이나 강제로 끌고 가 한 줌의 재로 만들어버리는 병원도 병원이란 말인가. 여인은 올림픽 기념탑 부근 벤치에 앉았으나 기도조차 드릴 기분이 아니었다. 미련도 희망도 의지도 기력마저도 모두 빠져나가 허깨비 같은 몸, 그러나 천근보다 더 무거워진 몸을 이끌고 여인은 발길을 돌려 넉뜨루저수지 둑길에 올라섰다. 둑길을 따라 세워진 가로등 불빛이 저수지 수면에 반사하여 꿈결처럼 황홀한 물결이 찰랑거렸고, 그것은 가슴 벅차도록 아름다운 비단길이 되어 너풀거리고 있었다. 여인은 그 비단길을 따라 산책을 하기 시작했다. '사랑하는 당신'을 콧노래로 흥얼거리며 비단길로 접어들었다. 실로 오랜만에 불러보는 노래였다. 여인의 애절한 목소리는 저수지 물속으로 서럽게 스며들고 있었다.

그 시간 길수는 창밖을 내다보며 심호흡을 하고 있었다. 도저히 이해할 수 없는 광경이 눈 앞에 펼쳐지고 있었다. 단정하게 차려입은 여인 하나가 넉뜨루저수지로 빠져들고 있는 게 아닌가. 길수는 단숨에 공원으로 달려 나가 저수지에서 여인을 끌어냈다. 여인은 거칠게 몸부림치며 울먹였다.

"날 내버려두세요! 제발!"

길수는 몸을 가누기 어려울 정도로 탈진한 여인을 슬라브집까지 부축하여 데려다주었다. 그녀는 집 현관에 들어서면서도 오열을 멈추지 못한 채 원망 어린 눈으로 길수를 바라보며 중얼거렸다.

"죽는 것도 내 마음대로 안 되는가요?"

길수는 여인을 현관 안으로 밀어 넣으며 말했다.

"그래도 힘내세요!"

길수가 되돌아서려는데 여인의 떨리는 목소리가 들렸다.

"하여튼 고마워요. 따듯한 커피 한 잔 드리고 싶어요. 들어오세요!"

참으로 인사성이 밝고 은공도 제대로 아는 여인이 확실했다. 잠시 머뭇거리던 길수는 여인을 따라 들어갔다. 극단적인 선택을 하려던 여인을 위하여 무엇인가 할 일이 남아 있을 것 같은 느낌이 들어서였다. 길수와 여인은 좁다란 주방 4인용 식탁에 마주앉았다. 길수의 눈에는 여인이 전혀 여자로 보이지 않았다. 길수는 쓰고 있던 마스크를 슬그머니 벗어 주머니에 꾸겨 넣었다. 생을 포기하려는 여인의 면전에서 혼자 살겠다고 마스크를 눌러쓰고 있는 자신이 창피스러웠다. 커피를 마시면서 여인이 저간의 사정을 길수에게 털어놓았다. 여인은 완전하게 체념한 상태였다.

"모든 게 시들해졌어요. 노력만으로는 안 되는 게 너무 많아요."

참으로 난감한 상황이 전개되고 있었다. 여인을 어떻게 위로할지를 몰라 길수는 그냥 나오는 대로 말할 수밖에 없었다.

"아드님과 남편분의 유업이 있을 것 같아요. 아무리 그래도 생명의 결정권은 스스로 행사할 수 없습니다!"

길수는 여인을 썰렁한 거실에 남겨 놓고 원룸으로 향하면서 해병대 전우회관에서 주워들은 이야기가 떠올라 자신도 모르게 전율했다.

- 거긴 고혼들이 모여서 시름을 달래는 곳이야. 인간이고 동물이고 살아 움직이는 것 중에서 가장 불쌍한 것들만 거기에 들어가 놀 수가 있어. 저수지가 만들어지기 전에는 그 골짜기가 애총이었어. 지금도 한해에 적어도 한두 명은 제 발로 걸어 들어가고 있어. 그러니 넋들의 저수지가 분명하다고. 시장이 위령제라도 지내주면 좋으련만….

언젠가 이 동네가 고향이라는 칠십 고령의 선배는 저수지의 명칭도 넋들의 안식처가 되라는 의미로 그렇게 붙여졌다고 넉뜨루 저수지에 얽힌 이야기를 털어놓았었다.

원룸으로 돌아온 길수는 모니터를 켰으나 강의 내용이 머리에 들어오지 않았다. 인간에게 절망이란 무엇이기에 목숨마저 잡아 끌고 가려 하는가. 절망의 고리를 끊어 놓는다면 희망의 싹이 돋아날 수 있을까. 그 희망의 싹은 자라나서 푸른 언덕의 거목으로 자리할 수 있을까. 여인의 운명을 두 번이나 붙들어 놓은 당사자로서 무엇인가 절망의 고리는 끊어주어야 하지 않을까. 길수는 그 밤 한숨도 자지 못하고 기구한 운명에 대한 어떤 사명감을 다지며 수없이 뒤척였다.

길수는 평소보다 일찍 기상하여 샌드위치로 아침을 때우고 가축시장으로 달려갔다. 여러 종류의 가축이 저마다 그 특성을 들어내며 주인을 기다리고 있었다. 길수는 집오리 한 쌍과 오리병아리 세 마리를 구입했다. 토실토실하고 복스러운 오리가족이다. 오리는 우짖는 소리도 정겨웠다. 길수는 오리 다섯 마리가 들어있는 상자를 들고 여인의 슬라브집 초인종을 눌렀다. 여인은 마스크도 쓰지 않은 채 철제 대문을 열었다. 안정을 되찾은 듯 조금은 밝은 표정이었으나 표정 뒤쪽에서는 여전히 분노와 슬픔의 샘물이 솟구치고 있었다.

"이 오리를 길러보세요. 저 건너 넉뜨루저수지에서…. 가족이라 생각하며…"

길수는 오리 상자를 내려놓으며 약간은 멋쩍은 표정으로 여인의 반응을 살폈다. 여인은 오리를 들여다볼 뿐 가타부타 말이 없었다. 그러면서도 여인의 얼굴에서는 무엇인가 미세한 의욕의 그림자가 빠르게 스쳐 지나가고 있었다. 드디어 여인은 오리병아리를 들어 올려 품에 안고 쓰다듬기 시작했다.

"고마워요. 잘 길러볼게요."

그길로 길수와 여인은 오리가족을 데리고 4차선 도로의 횡단보도를 건너 공원 쪽으로 나갔다. 오리들은 꽥꽥거리며 넉뜨루저수지 쪽으로 방향을 틀었다. 그건 물을 그리워하는 오리의 본능이었다. 본능은 아무도 못 말린다. 본능이 헝클어지지만 않으면 세상만사가 순조로우련만, 본능을 뛰어넘으려는 탐욕의 무리가 환란을 만들어내고, 엉뚱하게도 그 여파는 탐욕의 근처에도 가본 적 없는 순둥이들을 도탄에 빠뜨린다. 그렇다고 탐욕의 무리는 천벌 하나 받지 않고 떵떵거리며 잘도 산다. 칼자루만 잡으면 양심이고 정의고 그 무엇이라도 난도질을 할 수 있는 무리가 그들이다. 그 시퍼런 칼날로 환란이라는 걸 난도질해서 물리쳐야 하거늘, 더 악질적인 무리는 오히려 환란으로 요리를 만들어 연회를 즐기고 광란의 춤판을 벌인다. 나머지는 모두가 구경꾼으로 단지 춤사위에 정신이 팔려 박수를 보낸다. 그렇게 전통질서가 무너져버린 자리에 개혁이라는 요물이 정좌하여 새로운 판을 만든다. 문제라면 그런 게 문제이다.

꽥꽥꽥! 오리가족 우짖는 소리가 공원의 적막을 깨뜨렸다. 공원이 비로소 공원다워지는 것 같았다. 참으로 오랜만이었다. 모든 게 멈춰버린 듯 조용하기만 하던 세상을 단지 오리 다섯 마리가 생기를 불어넣고 있었다. 세상은 움직임이 있어야 하고, 움직임이 있으면 소리가 나기 마련이다. 그곳이 어디든 소리가 있어야 비로소 세상은 세상다워진다. 실체라고는 눈에도 띄지 않는 미물들이 세상을 얼음장처럼 얼어붙게 하다니…. 도대체 코로나바이러스는 악마의 첨병일까, 아니면 천사의 파수꾼일까. 그 의문을 풀어 줄 수 있는 자는 과연 누구일까. 그 불안을 잠재워 줄 진정한 어른은 어디에 있는가.

맨 앞은 수컷오리였다. 언제나 수컷은 그래야 한다. 그렇지 못하면 수컷이 아니다. 그 뒤를 어미오리가 따르고 또 그 뒤를 오리 병아리 세 마리가 줄을 맞춰 뒤뚱거리며 따라간다. 그건 오리가족의 질서이다. 질서가 살아 있으면 모든 움직임은 가지런한 소리를 만들어내고, 그 소리는 결국 음악이 되어 시끄러운 세상을 평정한다. 그렇게 질서정연한 오리가족의 뒤를 한 여인이 따라가고 있다. 오리가족을 따라가면서 여인은 마음을 다시 가다듬고 있었다.

- 오리가 가는 대로 따라가 보자!

그건 여인의 새로운 출발이었다. 따라갈 게 있는 한 존재하게 된다. 그것은 살아 움직이는 것들의 운명이요 특권이었다.

오리가족은 저수지 둑길에서 한참을 서성거렸다. 다섯 마리의 오리가 주위를 살피는 듯도 싶고, 머리를 맞대고 무엇인가를 난상으로 토론하는 듯도 싶더니 잔뜩 겁에 질린 소리로 울어대기 시작했다. 어떤 불안요소를 감지하고 두려움에 몸서리치는 모습이었다. 여인은 오리가족을 안심시키기 위하여 오리를 한 마리씩 품에 안았다 내려놓았다. 수컷오리를 들어 올려 품에 안고는 속삭였다.

"너는 아빠오리야!"

어미오리를 품에 안고 속삭였다.

"너는 엄마오리고!"

오리병아리 세 마리를 차례로 품에 안고는 사랑을 가득 담아 속삭였다.

"너는 맏이, 너는 둘째, 너는 귀여운 막내야!"

오리가족은 여인을 향해 다시 한번 크게 소리를 지르고는 날개를 한 차례 크게 휘저은 후, 수컷오리를 따라 미끄러지듯 저수지 안으로 들어갔다. 물속으로 들어가서는 또 한 차례 날개를 휘저으며 큰 소리로 울어댔다. 꽉꽉꽉! 오리가족의 합창 소리가 저수지 안에 가득하게 울려 퍼졌다. 여인은 오리가족을 향해 손을 흔들어 주었다. 오리들은 힘차게 저수지 중앙으로 헤엄쳐 들어갔다. 넉뜨루저수지는 새로운 오리가족을 맞이하는 기쁨으로 한결 더 찬란하게 물결치고 있었다. 여인은 저수지 둑길에 서서 오리가족 다섯 마리가 노니는 광경을 하염없이 바라보다가 갑자기 어딘가를 가리키며 소리쳤다.

"저놈이 여기까지!"

길수는 여인이 가리키는 저수지 건너편 영산홍군락과 개나리 숲 부근으로 눈길을 돌렸다. 거기에는 호랑이 무늬 길고양이 한 마리가 어슬렁거리고 있었다.

"저놈의 고양이가 코로나X를 퍼뜨렸다는 생각이 들어요. 모든 악마의 쓰레기통을 뒤엎어 놓잖아요!"

여인이 몸서리를 쳤다.

"어쨌거나 조심은 해야 할 것 같은데…"

길수는 말끝을 흐리며 여인을 돌아보았다.

"도처에 출몰하는 길고양이를 그냥 내버려둘 때부터 불안하고 불길했어요. 이러다간 길고양이 세상이 될 것 같아요. 저놈의 길고양이 때문에 남편과 아들이…"

여인은 말을 잊지 못하고 올먹였다. 참으로 난감한 상황이 또 벌어지고 있었다.

"오리 잘 키워보세요!"

길수는 그 상황에서 그렇게 말할 수밖에 없었다. 길수는 더는 거기에 남아 있기가 거북하여 올먹이는 여인을 남겨 놓고 원룸으로 향했다.

"선생님 명함 한 장 주세요!"

길수가 막 한두 걸음 옮기고 있는데 여인이 불러 세웠다. 취준생이 무슨 명함이 있겠는가. 길수는 잠시 망설이다가 메모지에 휴대폰 번호와 이름을 적어 건네주며 여인을 안심시켰다.

"저 길고양이는 포획해서 없애버리도록 해 볼게요!"

원룸으로 향하는 길수의 등 뒤에서 여인이 소리쳤다. 한결 밝아진 목소리였다.

"고마워요. 그런데 마스크 절대로 벗지 마세요! 선생님은 미래가 있잖아요!"

다음날 여인은 동해로 아반떼를 몰았다. 뒷좌석에는 1.5리터 빈 페트병이 세 개나 놓여 있었다. 여인은 남편과 아들의 유골을 뿌린 해변으로 갔다. 그 바다는 그 자리에 그대로 있건만…. 먼바다에서 불어오는 바람 소리는 남편이 불러주는 노래인 듯 그윽하기 그지없고, 파도 소리는 엄마를 애타게 부르는 아들의 목소리처럼 가슴을 울렸다. 여인은 서러움이 북받쳐 목 놓아 통곡했다. 두 뺨에서는 눈물이 철철 흘러내렸다. 흐르는 눈물은 바다를 넘칠 것만 같았고 통곡 소리는 파도 소리를 잠재우고도 남았다. 여인은 울다 지쳐 백사장에 쓰러져 잠이 들었다. 여인은 꿈을 꾸었다. 세 식구가 하늘을 날아오르는 꿈을 꾸었다. 남편과 아들을 따라갈 수 없어 여인은 하늘에서 떨어지고 말았다. 여인은 비명을 지르며 잠에서 깨어났다.

그리도 무섭게 출렁이던 파도가 부드러워지고 있었다. 여인은 페트병 뚜껑을 열고 바닷물을 담았다. 그러면서 작은 소리로 말했다.

"아빠, 저희 곁으로 가요!"

두 번째 페트병을 열고 바닷물을 담았다. 그러면서 마음속으로 속삭였다.

"당신이 좋아하는 넉뜨루저수지로 가요!"

마지막 페트병을 열고 바닷물을 가득 담았다. 그러면서 또 속삭였다.

"아들아, 넉뜨루저수지로 가서 엄마 곁에 있어 주렴!"

여인은 세 개의 페트병을 조심스럽게 아반떼 뒷좌석에 태우고 집으로 돌아와 거실 중앙에 모셔놓고 제사를 올렸다. 그리고 넉뜨루저수지로 나가서 정성을 다해 하나씩 쏟아부었다. 오리가족 다섯 마리가 여인의 곁으로 모여들었다. 여인은 다정하게 속삭였다.

"너희들에게 내 사랑하는 영혼을 선물하마!"

넉뜨루저수지는 이제 여인의 심령이 살아 숨 쉬는 우주가 만들어지고 있었다. 그건 여인의 마음이었다. 저수지에는 세상천지에 단지 하나뿐인 남편과 아들이 있고 부친도 있었다. 여인에게 마지막 희망이요 미래인 오리도 다섯 마리나 있었다. 그러나 여인의 생모는 거기에 없었다. 여인의 우주에는 생모가 없는 게 더 평화로웠다. 그렇게 넉뜨루저수지는 여인의 안식처였다. 그래서 여인은 넉뜨루저수지로 나가야만 그나마 살아 있다는 느낌이 들었다. 사실 넉뜨루저수지는 여인과의 연고가 매우 깊었다. 결혼 전 남편과의 데이트 코스도 저수지 둑길이었고, 아들의 놀이터도 저수지 경사면이었다. 저수지와 더불어 가정을 일궜고, 저수지의 반짝거리는 물결을 바라보며 아들을 키웠다. 그런데 이젠 남편도 아들도 아무도 없었다. 그렇지만 그렇게 여인은 조금씩 일상으로 돌아가고 있었다.

길수는 공무원시험 준비에 온 정열을 쏟았다. 단 하나 밖에 없는 누이동생이 결혼하는 날도 밤새워 책과 씨름했다. 해병대 사령부에서 부사관으로 장기복무하고 있는 동기를 만나러 시외버스 터미널 부근 카페에 딱 한 번 나간 적 말고는 누구도 만나지 않았다. 피보다 더 진한 전우애를 나눠 가진 해병 동기가 보고 싶다는데 못 갈 곳이 어디이며 그깟 취직시험공부가 대수겠는가. 공원을 산책하는 것도, 골목길 건너 여인의 슬라브집을 살펴보는 것도 까맣게 잊을 정도로 취직시험 준비에 몰두했다. 혹한기 천리행군과 각개전투 훈련을 할 때보다 더 극기력을 발휘했다. 길고양이를 포획하여 없애버리겠다고 한 여인과의 약속조차 잊어버릴 정도로 혼신의 노력을 기울였다. 그렇게 매진하고도 합격이 안 된다면 그건 분명 잘못된 것일터, 시험문제를 잘 못 만들었거나 아니면 부정이 끼어들었거나….

길수는 드디어 9급 지방행정직에 합격했다. 그리고 연이어 경찰관 채용시험에도 월등한 성적으로 합격했다. 공무원 합격증을 두 개씩이나 받아 들고 해병대 전우회관에 나타난 길수에게 선배들의 축하와 덕담이 밤새도록 이어졌다. 선배들은 길수의 합격을 형제들보다, 친구들보다 더 자랑스러워하며 좋아했다. 그날 길수는 막걸리를 족히 한 말도 더 마셨다. 최종적으로 어느 길을 갈 것인가를 선택해야 하는 기로에서 길수는 추호의 망설임도 없이 더 활동적이고 더 봉사적인 삶을 사는 길을 택했다. 그렇게 결심한 길수는 경찰학교에서 기초교육을 마치고 W시 경찰서 중앙지구대에 발령을 받았다. 자랑스러운 시민의 지팡이가 되었다. 그 지팡이는 어떤 위력으로도 생전 부러지지 않을 것이고, 지팡이를 잘못 휘둘러 착하디착한 시민을 다치게 하지도 않을 터였다.

윤길수 순경의 첫 임무는 관내 순찰이었다. 지구대를 출발하여 중앙공원 올림픽 기념탑을 지나 넉뜨루저수지 둑길을 한 바퀴 돌아 살피고, 4차선 횡단보도를 건너 길수가 취업준비를 하느라 밤잠을 설쳤던 원룸 건물 골목길을 따라 마을 안쪽까지 들어가서 골목길 끝에 있는 시장관저와 K개발공사 회장의 사저를 살펴본 후, 그 길을 되돌아오는 코스였다. 시장관저와 대기업 회장의 사저는 어쩜 그렇게 으리으리한지, 그리고 그 육중한 대문은 밤낮없이 굳게 닫아 놓아야 하는지 모르지만, 순찰코스는 길수가 눈을 감고도 찾아갈 수 있는 낯익은 길이었다.

그날도 윤길수 순경은 관내를 순찰하는 중이었다. 넉뜨루저수지에 여인이 보였다. 여인은 저수지 경사면을 이리저리 불안스럽게 왔다 갔다 하면서 무엇인가를 찾아 헤매는 것 같았다. 길수는 빠른 걸음으로 여인에게로 다가갔다. 여인은 길수를 보자 마치 막내동생의 장한 모습을 대하듯 좋아했다.

"경찰관 되셨네요. 축하해요. 참으로 멋져요!"

길수의 성공을 그 누구보다 기뻐하는 여인의 눈길은 더없이 그윽했다.

"감사합니다. 그런데 무슨 일이 있나요?"

"오리새끼 한 마리가 보이지 않아요."

길수는 저수지 안을 샅샅이 살펴보았다. 모두 네 마리의 오리만 헤엄을 치고 있었다. 길수는 저수지 건너편 영산홍군락과 개나리 숲속까지 뒤졌다. 개나리 숲속에 여기저기 오리털이 흩어져 있었다. 들짐승에게 공격당한 게 분명해 보였다.

"지난밤에 당한 것 같아요. 어제까지는 모두 잘 있었는데…."

뒤따라온 여인이 나뒹구는 오리 깃털을 하나 주워 들며 울먹거리는가 싶더니 흐느껴 울기 시작했다.

"귀여운 막내였는데…."

길수는 그제야 길고양이를 포획하여 없애버리겠다고 한 말이

허언이 되었음을 알고 양심의 가책을 느꼈다.

"제가 약속을 지키지 않아서 그리되었네요. 미안합니다."

허망한 심정을 가누기 힘든 듯 여인은 말없이 저수지 상공을 바라보았다. 그녀의 눈길 저 멀리에는 뭉게구름 한 조각이 허허롭게 흘러가고 있었다. 길수는 여인을 넉뜨루저수지에 남겨 두고 서둘러 관내 순찰을 계속했다. 근무 시간을 지켜야 했기에. 윤길수 순경이 관내 순찰을 마치고 지구대로 복귀하니 긴급 출장명령이 나 있었다. 예고도 없이 발발하는 상황이 너무도 많아 헷갈리는 세상이긴 하지만 해도 너무한다 싶은 출장명령이었다. 돌발적이지 않은 것은 아무것도 없다는 걸 진즉 알았어야 했는데…. 지진도 그렇고 화재도 그렇다. 감염병 발생도 경찰의 출장명령도 교통사고도 마찬가지였다. 그래서 인간은 자나 깨나 긴장의 끈을 놓지 말아야 하고, 접근해 오는 모든 상대에게 의심을 품어야 하며, 사주경계를 철저히 해야 목숨이라도 부지할 수 있다. 물렁하게 보이면 언제 누구에게 잡아먹힐지 모른다. 눈 감으면 코 베어 가는 세상이 아니던가. 그렇게 윤길수 순경은 코로나X의 확산을 막기 위하여 모든 종교시설과 공공시설의 출입을 통제하는 일에 차출되었다. 서울 청량리역 부근에 있는 대형 교회의 예배객 출입을 통제하는 임무를 띠고 그 길로 출장을 떠났다. 7박 8일의 일정이었다. 그건 코로나X의 준엄한 명령이었다.

그다음 날도 여인은 일찍 조반을 먹고 넉뜨루저수지로 나갔다. 새끼오리 한 마리가 또 보이지 않았다. 여인이 맏이로 지정을 해놓은 새끼오리는 온전했다. 부리가 유난히 다부지고 몸집이 억세어 보이는 새끼오리는 어미오리들과 함께 활발하게 헤엄을 치고 있었다. 그나마 다행이었다. 여인은 저수지 주위를 이 잡듯 살펴 상처투성이로 죽어 있는 새끼오리를 찾아냈다. 여인은 새끼오리의 시체를 들어 올려 가슴에 감싸 안았다.

"불쌍한 것."

여인은 오리를 끌어안은 채로 저수지 경사면에 주저앉아 흐느꼈다.

"너희들 커가는 걸 보면서 버티고 있는데. 나는 어찌하라고…."

또다시 절망의 늪으로 빠져들기 시작하는 여인. 그러나 아직은 버텨낼 명분은 남아 있었다. 여인의 그림자만 나타나도 한꺼번에 모여들어 재잘거리는 오리가족을 어떻게 모른 척하겠는가. 여인은 세 마리의 오리가족을 잘 지켜내기 위하여 넉뜨루저수지에서 밤새워 보초를 서기로 결심했다. 늦은 저녁을 먹고 아들과 남편의 스냅사진으로 빈틈이 없는 앨범을 한차례 훑어보다가 저수지로 나갔다. 오리가족이 잠을 자는 저수지 경사면의 영산홍군락과 개나리 숲 근처에서 이 생각 저 생각을 하며 시간을 보내다가 먼동이 틀 무렵 집으로 돌아갔다. 날이 궂지만 않으면 늘 그렇게 했다. 세 마리의 오리가족은 여인의 정성으로 나날이 생기를 더해

가며 여인의 마음에 온기를 불어넣어 주고 있었다. 집에 있노라면 저수지에서 노닐고 있는 오리들이 눈에 어른거리고, 공원에 나가면 아들과 남편의 모습에 휩싸이는 게 일상이 되었다. 아들이 그리도 잘 먹던 호떡을 구워주고 싶고, 남편이 좋아하는 칼국수도 끓여주고 싶다는 생각이 솟구치면서 미치도록 가슴이 방망이질을 쳐도 그런대로 버텨낼 수 있게 모질어지고 있었다. 그렇게라도 버텨내는 게 맞는 것인지 부질없는 짓인지 번민에 번민을 거듭하면서 세월의 흐름에 떠내려가고 있었다. 어떤 흐름이든지 그 흐름에 역류하지만 않는다면 생명은 부지할 수 있는 것, 그러나 어떤 흐름은 너무도 탁하고 악취가 진동하여 합류하기가 어려울 때도 많았다.

그렇게 보초를 서며 세 밤을 지내고 네 번째 되는 날, 여인이 오리가족 옆에서 밤을 지새우고 집으로 발길을 옮기려는 순간, 영산홍군락과 개나리 숲속에서 오리의 비명이 시끄러웠다. 여인은 소리 나는 곳으로 달려갔다. 호랑이 무늬 길고양이가 어미오리를 물어뜯고 있었고, 어미오리는 거기서 헤어나려고 두 날개를 격하게 퍼득거리며 발버둥을 치고 있었다. 여인은 생각할 겨를도 없이 몸을 날려 어미오리를 낚아챘고, 길고양이 목을 조였다. 길고양이의 목을 조르는 여인의 손끝에서는 원한 맺힌 살기가 불을 뿜어대고 있었다. 여인의 손끝에서 길고양이는 버둥거리다가 금세 축늘어졌다. 길고양이는 남편과 아들을 빼앗아 간 코로나X의 화신

일 거라고 단정하는 여인. 길고양이만 없었다면 코로나바이러스도 생겨나지 않았을 것이고, 그러면 아들도 남편도 아무 일 없었을 터였다. 그게 여인의 생각이요 마음이었다. 여인은 어미오리를 들어 올려 이리저리 살펴보다가 가슴에 감싸 안았다. 크게 다친 데는 없었다. 여인은 어미오리를 저수지 경사면에 내려놓고 숨이 끊어진 길고양이 뒷다리를 잡아끌고 4차선 도로를 건너 자택으로 들어갔다. 길고양이를 마당 한가운데에 던져놓고는 무수알콜을 들어부었다. 흠뻑 들어부었다. 그리고는 불울 붙였다. 푸른 불꽃 속에서 길고양이는 타들어 갔다. 여인은 타들어 가는 길고양이를 향하여 소리쳤다.

"악마여, 영원히 없어져라!"

무수알콜은 코로나X 팬데믹 초기에 남편이 사다 놓은 거였다.

길고양이를 태워 없애버린 여인은 일이 손에 잡히지 않았다. 식욕마저도 바닥나버렸다. 도무지 음식이 입속으로 들어가지 않았다. 손가락 하나 까딱하고 싶지 않았다. 모든 게 재미없고 꼴도 보기 싫었다.

- 참으로 밥맛 없는 세상이다. 오리 세 마리마저도 언제 어떻게 될지 모른다. 또 다른 천적이 나타날지도 모르고, 어떤 못된 인간이 몰래 잡아다 고아 먹을 수도 있지 않은가. 또 다른 괴질에 걸려 몰살할지도 모르고…. 세상엔 아직도 길고양이들이 득시글거리

는데….

그런저런 생각을 하면서 여인은 걷잡을 수 없는 불안과 공포에 휩싸이고 있었다. 급기야는 극도의 절망감으로 몸도 못 가눌 정도로 흐느적거리다가 거실 소파에 쓰러지고 말았다. 꽤나 긴 시간이 흐른 후 여인은 기운을 차렸다. 동쪽의 창으로 햇살이 쏟아져 들어오고 있었다. 여인은 자다 깨다를 반복 하면서 비몽사몽 간에 다지고 또 다졌던 결심을 입속으로 되뇌어 보았다.

- 오늘 중으로 그렇게 하고야 말겠다. 그 길밖에 다른 길은 없다!

겨우 정신을 가다듬은 여인은 무척 바쁜 하루를 보냈다. 오전 일찍 남편과 아들의 유골을 뿌린 동해로 아반떼를 몰았다. 가속 페달을 더 밟을 여지가 없을 정도의 고속으로 달렸다. 두려울 게 아무것도 없는 여인이었다. 대관령 산자락은 단풍도 끝 무렵이었다. 바다는 거기 그대로 있었다. 바다는 언제나 그랬다. 여인은 백사장에 주저앉아 먼바다를 바라보며 한없이 울다가 더욱더 쓰리고 억울한 가슴만 안고 집으로 돌아왔다. 컵라면으로 늦은 점심을 때우고 시내 중심가에 있는 변호사사무소와 동사무소에서 볼일을 본 후, 문구점에 들려 몇 가지 문구류를 사들였다. 거의 자정이 가까워질 무렵, 집 현관문도 잠그지 않은 채 4차선 도로를 건너 공원으로 나갔다. 올림픽 기념탑까지 걸어갔다. 공원에는 아무도 없었다. 아직도 이 땅은 모든 게 멈추어 있었다. 그것은 코로나X의 위력이었다. 참으로 오랜만에 코로나X 감염병 전담병원을 향해 벤치에 앉았다. 여인은 두 손을 모으고 눈을 감았다. 하지만 무슨 기도를 누구에게 어떻게 드려야 할지 머릿속이 하얘졌다. 기도라는 게 과연 소용이 있었던가. 여인은 실성한 듯 히죽거리며 오던 길을 되돌아 넉뜨루저수지 둑길로 들어섰다. 오리가족이 밤을 보내는 영산홍군락과 개나리 숲으로 다가갔다. 오리가족 세 마리는 그 자리에 그대로 곤히 잠들어 있었다. 여인은 오리가족 옆으로 조심스럽게 다가가 살며시 앉았다. 인기척에 놀란 수컷오리가 꽥꽥꽥! 우렁차게 소리를 지르며 물속으로 뛰어들었다. 어미 오리와 새끼오리가 그 뒤를 따랐다. 그건 당연한 절차였다.

여인은 저수지 한가운데로 도망치듯 헤엄쳐가는 오리가족을 넋이 나간 듯 바라보다가 저수지 경사면에서 벌떡 일어났다. 저수지에서는 물안개가 구름처럼 피어오르고 오리들은 구름 위를 날아다니는 천사처럼 유영을 하고 있었다. 그건 오리가족의 아름다운 보금자리였고, 넉뜨루저수지는 아들과 남편과 부친까지도 살아 있는 천국이 분명해 보였다.

드디어 여인은 소리를 들었다.

- 엄마!

소리가 또 들렸다.

- 여보!

그건 환청이 아니었다. 꿈은 더더욱 아니었다. 그건 미몽이로 되 여인의 소망이었다. 물안개의 가물거림 속에서 아들이 그 오 망한 입을 벌리고 웃고 있었다. 여인은 한 발짝 앞으로 나가며 아들을 불렀다.

"선길아!"

아들이 활짝 웃고 있는 바로 뒤에서 남편이 손짓하고 있었다. 여인은 두 손을 크게 흔들며 남편을 불렀다.

"선길이 아빠!"

여인은 더는 그 자리에 서 있을 수가 없었다. 어느새 여인은 아들과 남편과 오리가족이 즐겁게 어울리고 있는 천국으로 달려가고 있었다. 사력을 다해 달려가고 있었다. 참으로 오랜만의 희망이요 평화요 행복이었다. 잠시 후 넉뜨루저수지 수면에서는 은하수보다 더 장엄한 물결이 퍼져나가고 있었다. 그 아름다운 물결 위에서 그리움에 애태우던 영혼들이 서로 얼싸안고 군무를 추었다. 그것은 고독과 가난과 멸시와 질병의 고통을 영원히 털어버리는 춤이었다. 그렇게 또 하나의 새로운 우주가 탄생하고 있었다. 그러나 점점 더 짙어지는 물안개의 장막 저쪽에서는 오리가족의 서글픈 합창 소리가 계속되고 있었다. 오리들은 저수지 한가운데서 먼동이 틀 때까지 서글프게 울어대고 있었다.

윤길수 순경은 출장 기간이 아직 남았음에도 지구대로 즉시 복귀하라는 명령을 받고 서둘러 귀대했다. 출장이 돌발적이더니 귀대하는 것조차도 돌발적이었다. 저녁 아홉 시가 넘은 시간이었다.

"이걸 보게!"

지구대장이 메모지를 하나 내밀었다. 메모지는 물에 젖어 형체를 알아볼 수 없을 정도로 뒤틀려져 있었다.

"무엇입니까?"

길수는 의아한 표정으로 자세를 가다듬었다. 오전 관내 순찰 중이던 지구대원이 넉뜨루저수지에서 여자 변사체를 발견하여 시립병원 영안실에 안치했는데, 아직 신원을 확인하지 못했단다. 신원을 확인할 만한 주민등록증이나 운전면허증 같은 건 아무것도 없고, 바지 안주머니 깊은 곳에서 길수의 휴대폰 번호가 적혀 있는 메모지가 발견되어 급히 호출했다는 거였다. 지구대장과 윤길수 순경은 순찰차를 급히 몰아 시신이 안치되어 있는 시립병원 영안실로 달려갔다. 변사체는 골목길 입구 원룸 건물 건너편 슬라브집 여인이 분명했다. 길수는 재빨리 마스크를 벗고 머리를 숙여 여인의 명복을 빌었다. 울컥한 심정을 가누기 어려웠으나 애써 마음을 가다듬고 지구대장에게 말했다.

"제가 고인의 집을 알고 있습니다. 거기에 가보면 신원확인이 가능할 것 같습니다."

지구대장은 길수의 위아래를 훑어보며 의아해하는 눈치였다.

길수는 해명보다는 고인의 신원확인이 더 시급하다고 생각했다.

"자세한 것은 신원확인 후 말씀드리겠습니다."

지구대장과 윤길수 순경은 서둘러 골목길 입구 원룸 건물 건너편 슬라브집으로 순찰차를 몰았다. 원룸 건물의 현관 입구 방은 여전히 불빛이 강렬하고, 슬라브집의 철제 대문과 현관문은 잠겨있지 않았다. 길수는 앞장서 집 안으로 들어갔다. 집안은 정갈했다. 주방 4인용 식탁 위에는 두툼한 각봉투가 놓여 있고, 그 위에는 흰 봉투가 하나 가지런했다. 봉투에는 '윤길수 선생님께'라는 글씨가 보였다. 지구대장이 흰 봉투를 건네주며 거의 명령조로 말했다.

"읽어보게!"

길수는 흰 봉투를 받아 개봉했다. 요즈음 보기 드문 편지지에 단정한 손 글씨가 한눈에 들어왔다. 길수는 초등학생이 국어책을 읽듯 편지를 읽어 내려갔다.

제 생명의 은인이신 윤길수 경찰관님께

윤길수 경찰관님은 제가 서신을 드리는 세 번째이자 마지막 분이십니다.

제가 편지를 써 보낸 사람은 제 남편이 첫 번째이고, 중학교 졸업반 담임선생님이 두 번째이십니다. 제가 경찰관님께 드리고 싶은 말씀을

늘어놓기 전에 우선 감사하다는 말씀을 드립니다. 저의 생명을 두 번씩이나 구해주신 은혜는 저세상에서도 결코 잊지 않으렵니다.

저는 부모가 누구인지도 모르고 세상을 살았습니다. 어떤 연유로 섭강보육원까지 왔는지는 아는 게 없습니다. 저의 남편 또한 저와 다를 게 없는 사람입니다. 다만 동해바다에서 뱃일하던 아버지가 먼바다에 나갔다가 모진 풍랑을 만나서 가정이 파탄 났고, 생모는 그길로 핏덩이인 나를 버리고 어디론가 사라졌다는 이야기를 들은 적은 있으나 그 이상은 모릅니다. 섭강보육원의 보살핌 속에서 중학교까지 마치고 직업전선에 뛰어들었고, 나중에 방송통신고등학교도 다녔습니다. 성인이 되자마자 결혼했습니다. 중학교 졸업반 담임선생님께서 주례를 서 주셨습니다. 그분은 몇 년 전 작고하셨지만, 저의 부모님 같은 분이십니다.

제가 집 앞 4차선 도로에서 사고를 당하던 날은 죽으려고 그랬던 것은 아닙니다. 그 순간 그냥 삶의 의미를 완전히 상실하고 있었던 것은 사실입니다. 나의 마지막 희망이던 아들이 괴질에 걸려 사경을 헤매고 있는데도 탕약 한 첩 달여주지 못하는 어미였습니다. 모든 게 절망이었습니다. 사고를 당하고 보니 그냥 그렇게 끝내버리고 말아야겠다는 생각이었습니다.

이제 이 세상 유일의 핏줄마저 가버렸고 남편도 떠나보낸 마당에 저는 목숨을 부지할 이유가 하나도 없습니다. 단 하나 있던 친구까지 괴질에 끌려가 버렸습니다. 이 삭막한 세상 이젠 그만 살려고 합니다. 살아서 밥 몇 끼 더 먹는 게 무슨 의미가 있겠습니까? 모든 게 허무하고 시들해졌습니다. 경찰관님이 오리 다섯 마리를 주시며 마지막 희망의 끈을 엮어주셨지만, 그것마저도 언제 누가 끊어버릴지 알 수 없게 되었습니다. 세상은 제 편이 아니라는 것을 또다시 깨달았습니다.

저의 유해는 아들과 남편이 있는 동해바다에 뿌려주시면 고맙겠습니다. 그 바다에서는 제 가족들의 영혼이 내가 오기를 기다리고 있을 것 같아서입니다. 그리고 그 바다의 물을 한 병만 담아다 넉뜨루저수지에 뿌려주시고, 가족으로 의지하며 바라보던 오리 세 마리가 자유롭게 살아갈 수 있도록 보살펴주시기 바랍니다. 제 마지막 희망의 불씨를 살려주려고 애쓰셨던 경찰관님의 그 숭고한 모습도 가끔은 바라보고 싶습니다.

따로 동봉한 각봉투에 저의 모든 게 다 들어있습니다. 봉투 속에는 제 유산의 목록이 들어있고, 가족관계 증명서와 변호사가 공증한 유서도 들어있습니다. 이 모든 것을 윤길수 경찰관님께 드리오니 뜻대로 하시기 바랍니다.

어려운 부탁을 드려서 죄송합니다. 경찰관님은 훗날 좋은 가정 이

루어 평생을 행복하시기 바랍니다.

고진숙 드림

편지를 다 읽고 난 길수의 가슴속에서는 형언할 수 없는 슬픔
이 아리게 흘러내렸다. 지구대장은 집안 곳곳을 살피느라 여념이
없고, 길수는 실성한 사람처럼 슬프게 웃으며 밖으로 뛰쳐나갔
다. 마당 한가운데에 길고양이를 화장한 흔적이 그대로 남아 있
었다. 아직도 노린내가 풍겼다. 길수는 담장 너머 공원 쪽 허공을
쳐다보았다. 하늘은 억세게 까맣고, 희끄무레한 은하수가 한 줄기
넉뜨루저수지 쪽으로 흘러내리고 있었다. 그건 외로운 별들의 눈
물, 길수는 철제 대문을 박차고 달려 나가 4차선 도로를 건너 넉
뜨루저수지 제방에 올라섰다. 오리가족마저 잠들어 있는 고혼의
저수지에는 서글픈 적막이 무겁게 가라앉아 있었다. 길수는 마스
크를 벗어 주머니에 넣고, 독수리 문양이 선명한 모자를 벗어 옆
구리에 꼈다. 그리고는 넉뜨루저수지 중심부를 향하여 머리를 숙
였다.

천국
시니어타운

1

완 노인은 아홉시 정례 뉴스를 시청하면서도 온갖 신경은 현관 쪽에 두고 있었다. 외아들 태완은 뉴스가 거의 끝날 무렵에 겨우 나타났다. 표정은 굳어 있었고 긴장감이 역력했다. 현관에서부터 묵은김치와 식은 된장찌개와 오래 찌든 늙은이 냄새가 뒤섞여 태완의 코끝을 자극했다. 그는 얼굴을 잔뜩 찌푸리며 거실로 들어섰다. 참으로 오랜만에 들어가 보는 부친의 생활공간이었다. 모친이 생존해 있을 때는 적어도 한 달에 한 번은 들렀었다. 엄마가 보고 싶거나, 감자범벅이나 장칼국수가 먹고 싶을 때는 예고도 없이 찾아들었다. 그랬는데, 3년 전 노모가 갑자기 뇌졸중에 걸렸고, 그것이 악화하여 반신불수로 몇 달 살다가 별세했다. 엄마가 없는 집은 집이 아니었다. 이제 엄마의 흔적이라고는 남아 있는 게 하나도 없었다. 점점 허접해져 가는 부친의 모습은 집으로 향하던 발길도 되돌려놓기 일쑤였다. 그렇게 날카롭던 완 노인의 이빨도 완전히 빠져버렸다. 그래서 요즈음은 완 노인이 불러야 갔고, 불러도 가기 싫으면 가지 않았다. 핑계만 적당히 대면 더는 캐묻지도 않았고 닦달도 하지 않았다.

"혼자 왔냐?"

완 노인이 태완의 뒤를 건너다보며 물었다.

"무슨 일이 있어요?"

아들의 목소리는 짜증스러웠다.

"성준이 함께 온다더니…."

완 노인이 말끝을 흐렸다.

"성준이는 숙제가 남아 있대요."

태완은 건성으로 대답했다.

성준이는 완 노인의 장손이다. 지난 설에 세배를 받았으니 손자를 보지 못한지 두 달도 더 되었다. 지척에 살면서도 벼르고 별러야 겨우 동냥하듯 손자 얼굴을 볼 수가 있었다. 그건 완 노인에게만 그런 건 아니었다. 선진국의 반열에 들어섰다는 이 땅의 할아버지들 거의 모두가 그런 판국이었다. 손자에게 전화도 마음 놓고 걸지 못하고 머리도 마음대로 쓰다듬지 못한다. 물론 고추 따먹기는 꿈도 꿀 수 없다. 전화 연결도 어렵거니와 설사 연결되었다 하더라도 숙제하는 중이라든가 학원에 가야 할 시간이라면 수화기를 내려놓아야 한다. 그러니 수시로 손자의 얼굴을 본다는 건 절대로 있을 수 없는 일이었다. 적어도 이 땅에서는 그랬다.

손자를 볼 수 있으리란 기대가 일순간에 날아가 버린 완 노인의 얼굴에는 허망의 그림자가 어른거렸다. 그냥 보고 싶었고 앙증맞은 손을 한번 잡아보고 싶었을 뿐이었다. 그건 완 노인의 장손에 대한 마음이었다. 그런 마음은 아무리 억제하려고 해도 뜻과 같이 되지 않았다. 그냥 본능처럼 자신도 모르게 생겨나서는 한참 동안을 미치도록 괴롭히며 애를 태웠다. 며칠 그러다가 사그라졌었는데, 그날은 허망하다는 느낌이 유달리 컸고 오래갔다.

"무슨 문제라도 생겼어요?"

태완이 소파에 엉거주춤 걸터앉으며 은근히 완 노인을 다그쳤다.

"……"

완 노인은 대답 대신 천장을 쳐다보며 뜸을 들였다. 아들이 어떻게 반응할지가 신경이 쓰였다. 왜 그런 짓을 했느냐고 하며 당장 취소하시라고 하면? 그때는 아들의 효심을 다시 확인하면서 못 이기는 척 그렇게 하리라 생각하고 있었다. 그런데, 참 잘하셨다. 진작 그렇게 하실 일이지 왜 이제까지 혼자 고생하셨냐고 한다면? 그때는 아들에 대한 그동안의 기대와 믿음이 깡그리 날아갈지도 모른다는 생각으로 섣불리 입을 열 수가 없었다.

태완은 마치 빚 독촉을 하듯 완 노인은 바라보았다. 늙을 대로 늙은 부친의 얼굴에 더 깊어진 주름살은 보일 리 없었다. 더 헝클어진 머리카락과 더 흐릿해진 눈동자도 관심이 없었다. 태완은 얼굴을 찌푸리며 스포츠 뉴스가 한창인 TV 화면으로 눈을 돌렸다. 마치 말하기 싫으면 그만두라는 투였다. TV에서는 김광팔 선수가 시즌 5승을 거머쥐었다는 소식을 전하고 있었다. 마치 자기가 승리한 듯 아나운서의 목소리는 신바람이 나 있었다. 태완은 김광팔 선수의 광팬이었다. 그 선수가 도미하기 전에는 성준이와 함께 그가 출전하는 게임마다 찾아다니며 열렬하게 응원을 했었다.

태완은 또다시 완 노인의 표정을 힐끔거렸다. 완 노인의 모습은 더욱더 초라해 보였다. 입고 있는 옷은 외출복인지 잠옷인지 모를 정도로 꾀죄죄했다. 완 노인은 아들의 눈길이 부담스러웠다. 무슨 죄라도 저지른 듯 더듬거리며 입을 열기 시작했다.

"오늘 천국씨니어타운에 입소원을 냈다. 윤실이 아버지와 같이 들어가기로 했다만…"

"참 잘 생각하셨네요. 입소는 언제쯤인가요?"

아들의 표정이 갑자기 환해지는가 싶더니 완 노인의 말이 끝나기도 전에 대답이 돌아왔다. 순간 완 노인의 얼굴에는 실망의 그림자가 진하게 드리워지고 있었다.

"이젠 씨니어타운에서 연락 올 때까지 기다리고 계셔야겠네요. 거긴 꽤 오래 기다려야 한다던데…"

"그래서 말인데, 그쪽에 영향력 있는 친구 있으면 빨리 입소할 수 있도록 힘을 좀 써 보거라! 윤실이 아버지도 같이 입소할 수 있도록!"

"그런데 거긴 5년 동안의 생활비를 보증금조로 선납한다면서요?"

"그래서 들어가기 전에 모두 정리하련다. 5년을 더 살면 그때부터는 네가 알아서 하고…"

"그건 걱정하지 마세요. 당연히 그래야죠. 제가 적극 힘을 써 볼게요."

"이젠 혼자 밥해 먹는 것도 가증스럽다. 하루라도 빨리 들어갈 수 있으면 좋겠다."

"그리 어렵지는 않을 거예요. 다음에 올 때는 성준이 꼭 데리고 올게요."

태완은 싱글벙글하며 자리에서 일어섰다.

2

마을 경로당은 초만원이었다. 지난번 군수 선거 때, 입후보자 하나가 선거공약으로 이 마을 경로당 건립을 내걸었고, 그 자가 군수로 당선되고서 2년인가 있다가 꽤 그럴듯한 건물을 지어 문을 열었다. 물론 경로당 개관식에는 군수가 커다란 꽃을 가슴에 달고 참석했다. 군수가 참석하니 소위 지역의 유지들이 줄줄이 얼굴을 내밀었고, 지역 사단장과 교육장까지 참석하여 대성황을 이루었다. 거기서도 자리다툼은 꼴불견이었다. 그놈의 자리가 무언지 로열석에 가까운 자리를 차지하려는 신경전은 실로 가관이었다. 가장 눈꼴시게 그 짓을 하는 자는 동네 지서장이었다. 지서장은 노골적으로 교장보다 상석에 앉아야 생색을 낼 수 있다는 생각이었다. 지서장은 일찌감치 지서의 차석을 행사장에 보내어 경찰서장에게서 가장 가까운 자리를 맡아 놓고 있었다. 뒤늦게 도착한 교장은 동네 이장보다도 더 뒷좌석에 겨우 앉았다. 젊은 시절 이 동네 학교에서 가르쳤던 코흘리개들이 자라나서 이제는 군의회 의원이 되고 농협조합장이 되어 맨 앞줄에 다리를 꼬고 앉아 거드름을 피우고 있었다. 교장이 나타나자 그들은 건성으로 허리를 굽혔다. 사실 군수와 교장은 읍내에서 같은 중고등학교를 다녔다. 교장은 어릴 적 내리닫이 반장을 하면서 우등상도 도맡아 받았다. 그 시절 군수는 별 볼 일 없는 아이였다. 공부도 별로였고 사회성도 별로여서 고등학교 졸업 시까지 주변을 맴돌았다. 시험을 볼 때마다 곁눈질로 답안을 작성하여 겨우 낙제를 면했다. 찢어지게 가난했던 그들은 학비가 별로 안 드는 교육대학에 함께 원서를 냈고, 군수는 보기 좋게 낙방했다. 그랬었는데 지금은 완전히 처지가 뒤바뀌어 군수는 그 지역의 모든 게 자기 것인 양 거들먹거렸고, 교장은 완전하게 주변을 맴돌고 있었다. 교장은 더는 그 자리에 앉아 있고 싶지 않았다. 슬그머니 일어나 화장실에 가는 척 행사장을 빠져나왔다. 머리가 허옇고 허리가 똑바르지 못한 노인들 열댓 명은 철제의자에 앉아 내용도 모른 채 사회자가 유도하는 대로 박수를 쳐대고 있었다. 그렇게 이 마을 경로당은 인원도 몇 안 되는 썰렁한 경로당이었다. 그러던 것이 요 몇 년 사이에 시설이 감당하기 어려울 정도로 노인들이 많아졌다. 초고령사회가 되었으니 그건 당연한 현상이었다. 경로당의 규모가 커지다 보니 웃지 못할 해프닝도 끊일 날이 없었다. 어디나 그렇겠지만 이 마을 경로당도 끼리끼리 어울렸다. 노파들은 뒤엉켜 며느리 흉 질을 하노라면 하루해가 짧았다. 군인 출신들은 경로당 한가운데를 독차지하고 앉아 고스톱을 치며 부하들에게 호령하던 시절을 되씹었고, 여행을 즐기는 노인들은 묻지 마 관광을 하던 때의 이야기로 종일 낄낄거렸다. 같은 지역 사투리를 쓰는 사람들끼리 무리를 지을 때도 있었고, 게이트볼을 칠 줄 아는 노인끼리만 이야기를 나누는 광경도 종종 보였다. 그렇게 어딜 가나 이 땅의 인간들은 연결고리를 찾아 되살리느라 안간힘을 쓰고 있었다. 또 어떤 이는 젊었을 때 제 자랑을 하느라 입에 침을 튀겼다. 그 틈에서 철 노인과 완 노인은 거의 매일 장기를 두거나 바둑을 두었다. 그들은 그날 점심을 먹은 후 자원봉사자가 건네주는 커피잔을 들고 경로당 정원 벤치에 나란히 앉아 허허롭게 흘러가는 조각구름을 바라보며 담소를 나누고 있었다. 커피는 쓴맛만 강했다. 싸구려 믹스커피를 덜 끓인 물에 성의 없이 탄 듯싶었다. 자원봉사자들은 어느 때는 그럴듯한데 어느 때는 완전히 생색내기였다. 완 노인이 마시다 만 커피를 신경질적으로 잔디밭에 쏟아버리며 입을 열었다.

"어제저녁 TV 봤어?"

"뭔데?"

철 노인이 조각구름에 눈을 고정한 채 물었다. 조각구름의 생김이 마치 칠순도 못 넘기고 하늘나라로 간 그녀의 뒷모습 같아 보였다.

"천국시니어타운 선전하는 거…."

완 노인은 짝패의 옆모습을 힐끔거리며 말했다.

"그거 조간에도 광고가 났던데…."

여전히 철 노인은 흘러가는 조각구름에서 눈을 떼지 못하고 있었다.

"자네나 나나 애들 힘들게 하지 말고 거기나 들어가는 게 어떨까?"

완 노인이 종이컵을 우그러트리며 말했다.

"그거, 좋은 생각이다. 거기 입소 조건이나 잘 알아보시게."

철 노인이 본격적으로 관심을 보였다.

"인터넷으로 알아보면 어떨까? 자네 인터넷 도사잖아!"

완 노인의 목소리에 생기가 넘쳐흘렀다.

철 노인과 완 노인은 서둘러 PC가 설치되어있는 경로당 사무실로 들어갔다. 사무실에는 마침 아무도 없었다. 천국시니어타운홈피에 접속했다. 입소 조건은 까다롭지 않았다. 노인휴양원을 칭찬하는 글이 많이 올라와 있었다.

- 무엇보다 자유로운 분위기가 좋다.

- 음식 맛이 집밥보다 좋아 과식을 할 정도다.

- 환경이 청결하고 직원들이 가족처럼 친절하다.

- 누구에게나 공정한 대우를 해준다. 차별은 추호도 없다.

- 생의 마지막까지 책임을 져준다. 즐겁게 들어와서 안락한 영
  혼으로 떠나간다.

등등. 대충 그런 것들이었다.

"분위기가 자유롭다는 게 매력적이네."

완 노인이 약간 흥분한 목소리로 말했다.

"나는 즐겁게 들어와서 안락한 영혼으로 떠나간다는 말이 인상 깊네."

철 노인도 마음이 끌리는 눈치였다. 입소할 때는 5년간 생활비를 선납해야 하는 조건이 있었고, 노인휴양원 생활 중에 사망하

게 되면 천국시니어타운의 장례 규정에 따라 시신은 반드시 화장해야 한다는 유별난 내용도 있었다. 그런 조건이 없다 하더라도 요즈음은 거의 모두 화장을 하니까 사실 그건 무의미한 것이기도 했다.

"모든 게 마음에 드는군. 난 지금 당장 입소원을 내겠네. 지금 제출해도 빨라야 1년 후에나 들어갈 수 있다는데…."

성질 급한 완 노인이 서둘렀다.

"좀 더 생각해보는 게 어떨까? 거기 말고도 갈 데는 많지 않은가!"

철 노인은 철 노인답게 신중했다.

"갈 거면 서둘러야지. 쓸데없이 뭉그적거릴 필요 없다고 생각하네. 자네도 나와 함께 입소원을 제출하세나! 자네와 함께라면 그런대로 재미도 있을 거 같네."

완 노인은 거의 강요하는 말투였다. 그런 곳은 시쳇말로 시설이다. 노인요양병원, 노인요양원, 양로원, 써드에이지, 노인휴양원 등등…. 끝 무렵의 인간들이 단체로 그날을 기다리는 곳, 한마디로 시설이고 듣기 쉽게 표현하면 현대판 고려장이다. 한 번 거기에 발을 들여놓으면 그게 끝이다. 거기 들어갔다가 온전한 몸으로 다시 세상 밖으로 나온 인간은 본 적이 없다. 거기를 들어간다는 것은 살아 꿈지럭거렸던 자들의 마지막이다. 마지막이라고 하는 것은 그게 무엇이라도 언젠가는 저절로 오는 것인데, 자청해서 거기로 다가갈 필요는 없지 않은가. 그렇다고 평생을 일심동체가되어 동고동락하던 그녀마저 사라져버린 마당에 기를 쓰고 버틴다는 건 객기에 불과하지 않은가. 결국, 철 노인도 완 노인과 함께천국시니어타운에 입소원을 제출하기로 마음먹었다.

"난 무엇보다도 5년 이상 살면 그다음부터 생활비가 무료라는게 마음에 들어. 8년 이상만 살면 장제비도 다 대준다니 내가 한번 도전해보려네!"

완 노인은 의기양양했다.

"자네라면 얼마든지 그럴 수 있을 거야. 그렇게 되도록 같이 애써보세."

철 노인은 그렇게 말하면서도 살던 집을 떠나 시설로 들어가야 한다는 사실에 울적한 마음을 금할 수 없었다. 뻔히 알면서도다시 못 올 길에 들어서야 하는 처지가 한없이 서글펐고 한편으로는 착잡하기 그지없었다.

3

"태완이 아버지가 천국시니어타운으로 들어갔다."

철 노인이 과일 접시를 들고 오는 맏딸 윤실을 쳐다보며 말했다.

"언제 가셨어요? 아직 근력이 좋으시잖아요."

윤실은 의외라는 듯 두 눈을 동그랗게 뜨고 다가앉았다. 그 커다란 눈이 더 크게 보였다.

"오늘 오전에 들어갔다. 같이 가기로 하고서 의리도 없이 먼저 들어가 버렸다."

철 노인의 표정은 무척 쓸쓸해 보였다.

"아빠, 그런 데는 들어가지 마셔요. 제가 잘해드릴게요."

윤실은 부친의 손을 감싸 잡았다.

"아빠가 저희와 함께 계셔서 좋아요. 애들도 나갔다 들어오면 할아버지부터 찾잖아요."

"신청은 해 놨다만 거긴 워낙 대기자가 많아서 언제 들어갈지 모른다고 하더라."

"그거 취소하시고, 저희와 함께 살아요!"

윤실의 목소리는 애절했다.

"고맙다…."

결국, 철 노인은 말끝을 흐리고 말았다.

"엄마하고도 약속했어요. 엄마 마지막 부탁도 그거였어요!"

윤실은 울먹이기 시작했다.

"짝패가 없으니 재미가 없을 것 같구나."

철 노인은 무언가 마음을 굳힌 말투였다.

"제가 더 재밌게 해 드릴게요. 저는 아빠 그런데 절대로 안 보낼 거예요. 당장 입소원 취소하셔요!"

윤실은 흐느끼며 부친의 어깨에 기댔다.

"알았다. 얼마를 더 기다려야 차례가 올지 모르는 일이고, 차례가 왔을 때 포기해도 늦지 않으니 그냥 내버려 두자꾸나. 하여튼 우리 딸 고맙다."

철 노인은 맏딸의 등을 가볍게 두드렸다.

"그런데, 아저씨는 어떻게 그리 빨리 들어가셨어요?"

윤실은 마음을 진정시키느라 애쓰는 눈치였다.

"태완이가 권력기관에 있단다. 아마도 그 애가 손을 썼지 싶다."

철 노인은 맏딸의 얼굴에 흘러내리는 눈물을 닦아주었다. 완 노인의 외아들 완태완은 꽤 잘나가는 공무원이었다. 어느 정당 출신 국회의원의 보좌관으로 정계에 입문하여 그 당의 대통령후보 선거대책본부 기획팀에서 실무자로 있다가 별정직 공무원으로 특채되었다. 완 노인은 그 아들 자랑이 대단했다. 요즈음은 어느 정당과 끈이 닿아 있는 아들이 관심을 가지면 안 통하는 게 없는 세상이었다. 거기에 줄을 섰다 하면 모든 게 무소불위였다. 오죽하면 어느 정당 파라다이스라는 말까지 생겨났을까. 양심의 가치를 굳게 믿고 준법정신을 신조 삼아 국민의 4대 의무에 충실하면 만사가 형통할 것이라는 신앙으로 살아가는 철 노인으로서는 꿈도 꾸기 어려운 세상이 바로 요즈음이었다.

완 노인은 천국시니어타운에 입소하기 바로 전날, 동네 중심가 한식당에서 철 노인과 점심을 같이 했다.

"나 혼자 들어가게 되어 미안하네. 태완이한테 자네도 같이 들어갈 수 있도록 하라고 했네만…."

완 노인은 변명을 늘어놓았다.

"사람 사는 게 어디 마음대로 되는가? 기다리다 보면 차례가 오겠지…. 먼저 가서 자리 좀 잘 잡아놓게."

철 노인은 친구의 심기를 편하게 해주느라 애쓰는 모습이었다.

"우리 태완이에게 손 좀 더 써 보라고 다시 닦달해 보겠네."

완 노인은 계속 미안한 속내를 드러내고 있었다.

"절대 그러지 말게. 나는 내 힘으로 사는 사람이네. 자네도 잘 알지 않는가!"

철 노인은 타인의 힘을 빌리고 싶지 않았고, 그런 청탁으로 수오지심을 오염시키고 싶지 않았다. 세상이 완전하게 흙탕물로 변하고 악취가 코를 찌르더라도 아닌 건 아니었다. 그게 철 노인이 세상을 사는 방식이었다.

"어찌 됐든 면목이 없네. 미안하네."

완 노인도 자신의 처사가 정도는 아니라는 걸 잘 알고 있었다. 그러면서도 위력이 막강한 아들을 두었다는 자부심과 우월감을 은근히 만끽하고 있었다.

"절대로 미안해하지 말게나. 그나저나 거기 가서는 그 성질은 좀 죽이게. 웬만하면 그냥 웃으며 넘어가도록 하게나."

"고맙네. 잘 될지 모르겠네만 노력은 하겠네. 아무리 자네가 그래도 우리 태완이에게 힘 좀 더 써보라고 전화를 넣을 테니 조금만 더 기다려보게."

완 노인은 원래 과격한 데가 있었고 우월감 또한 남달랐다. 그에 더하여 아들의 위력을 등에 업었다는 생각이 확고해 지면서 날이 갈수록 그의 목소리는 날카로워졌고 목덜미는 철근콘크리트처럼 뻣뻣해지고 있었다.

4

"음식이 생각보다 많이 부실하네…."

완 노인은 천국시니어타운에 입소한 첫날 점심을 먹고 식당을 나서면서 투덜거렸다.

"이 정도면 집밥보다 백배 낫지 않아요?"

완 노인의 옆을 지나가던 최 노파가 말참견했다. 그녀의 목소리는 무척 유들유들했다.

"집에서 더 잘 먹는 것도 아니잖아요!"

최 노파는 천국시니어타운에 입소한지 2년도 더 되었다. 여기저기 참견 안 하는 데가 없는 천방지축이었다. 최 노파 뒤로는 박 노파와 민 노파가 뒤뚱거리며 따라가고 있었다.

"솔직히 말해 음식이 최상은 아니지!"

박 노파가 민 노파를 바라보며 입을 비쭉거렸다.

"그러게 말이야. 저번에는 독단으로 반찬 타박을 하더니만, 오늘은 딴소리하고 자빠졌네!"

민 노파가 박 노파의 옆구리를 찌르며 빈정거렸다.

"밥맛은 좀 그렇지만, 다른 건 모두 괜찮아요. 이만한 노인휴양원도 아마 없지 싶어요."

박 노파가 완 노인을 위로했다.

"아마도 이곳보다 더 쾌적한 곳은 없을 겁니다."

민 노파도 완 노인을 위로했다. 박 노파와 민 노파의 말을 들으며 약간은 심기가 부드러워진 완 노인은, 박 노파와 민 노파의 뒤에서 여남은 발자국 떨어져서 아주 느린 걸음으로 정원을 한 바퀴 산책했다. 모든 게 낯설었고 눈에 거슬리는 것들도 많았다. 소문으로 듣던 것보다 하 못하다는 느낌이 들었다. 그날 저녁, 완 노인은 저녁밥을 먹고 숙소에 들어서자마자 침대 머리맡에 설치한 비상벨을 눌러댔다. 이미 그 방에서 생활하고 있던 정 노인은 갑자기 지병이 악화하여 중환자실로 이송된 상태였다. 잠시 후 출입문이 열리면서 젊은 직원이 달려왔다. 직원은 낡은 작업복을 입고 있었고 숨이 턱에 닿은 듯 헐레벌떡하고 있었다.

"어르신, 무슨 일이 났어요?"

젊은 직원은 출입문을 열고 들어서면서 소리쳤다.

"자네 이리 좀 와서 이 침대를 한번 살펴보라고!"

완 노인은 침대를 손가락으로 가리켰다. 침대는 정 노인의 침대와 크게 달라 보이지 않았다. 젊은 직원은 침대를 차근차근 살펴보기 시작했다. 무릎을 꿇고 엎드려 침대 밑까지 샅샅이 더듬어 살폈다.

"뭐 이상한 게 없는 것 같습니다만…"

젊은 직원은 완 노인을 바라보며 말끝을 흐렸다.

"그렇게 큰돈을 받아먹으면서 이런 낡은 침대에서 늙은이를 재워도 된단 말인가? 여길 봐. 녹이 잔뜩 슬어 있지 않은가!"

완 노인이 가리키는 침대의 지지대에는 불그스레하게 녹이 슬어 있었다. 잘 살펴보지 않으면 보이지도 않을 것 같은 작은 녹이었다.

"제가 닦아드릴게요. 잠깐만 기다리세요."

젊은 직원은 휴지를 뽑아내어 녹을 문지르기 시작했다. 땀을 뻘뻘 흘리며 녹을 제거했다.

"어르신, 녹을 말끔히 닦아냈습니다. 무엇이든 불편한 게 있으시면 비상벨을 눌러주세요."

젊은 직원은 생각보다 성실하고 친절했다. 완 노인은 또 다른 꼬투리를 잡으려던 생각을 지워버렸다.

"고맙네, 수고 많았네!"

완 노인은 그렇게 천국시니어타운에서 조금씩 명호가 나기 시작했다. 얼마 되지 않아 완 노인의 존재를 모르는 사람이 없게 되었다. 천국시니어타운 측으로는 매우 껄끄러운 존재였고, 그러나 함부로 대할 수도 없는 인물이었다. 그 뒤에 어느 정당에서 잘나가는 아들이 버티고 있어서였다. 실제로 천국시니어타운의 애로 사항을 완 노인의 아들을 통하여 해결한 것도 몇 건 있었다. 그러다 보니 천국시니어타운에서는 완 노인이 나서면 안 되는 것도 쉽게 된다는 소문이 돌았다. 완 노인은 그렇게 천국시니어타운의 해결사가 되어갔고, 걸핏하면 아들을 들먹였다. 무엇인가 난처하거나 난관에 봉착하면 아들을 내세웠다.

"우리 아들이 그러는데 그건 그렇지 않다던데!"

"내일 우리 아들이 면회를 온다 했는데…."

그러나 완 노인의 아들은 단 한 번도 면회를 온 적은 없었다. 완 노인이 완전하게 코너에 몰려 있을 때 몇 번인가를 지배인과 통화를 한 적은 있었다. 사리에 부합되지 않는 것이라도 지배인은 완 노인의 편에서 일을 처리했고, 완 노인이 원하는 대로 마무리해주었다. 그럴 수밖에 다른 도리가 없었고, 그게 가장 구순한 방법이었다. 큰돈 들이지 않고 천국시니어타운의 존재를 확실하게 해주는 방법이기에 그랬고, 그런 유력한 인물과도 인맥을 만들어놓으면 손해될 게 없으니까 그랬다. 사실 천국시니어타운은 여러 가지 의혹이 있었다. 불합리한 운영상황도 설왕설래했다. 누군가 마음을 모질게 먹고 파고들면 시끄러워질 것들이 한두 건이 아니었다. 이제까지 관행과도 같았던 나머지 보증금을 반환하지 않는 것도 그렇고, 특히 입소자 중에서 5년 이상을 생존한 노인이 하나도 없다는 점은 누구도 납득할 수 없었다. 아무리 건강한 노인이라도 3년쯤 되면 단지 며칠 아프다가 죽은 몸이 되어 대기자에게 자리를 내어주는 것이었다. 자녀들이 그 점을 따졌어야 했는데, 대부분은 고령의 부모들이 깨끗하게 저세상으로 간 것만 감지덕지했다. 정신을 차려 다시 살펴봐야겠다는 생각이 들었다 하더라도 이미 시신은 화장한 후였다. 시신의 부검도 하나 이루어지지 않았다. 그저 생의 마무리를 잘해주는 그런 곳으로 소문만 더 무성하게 났고, 머지않아 황혼 길에 접어들어야 하거나, 이미 그 길을 걷고 있는 인간들에게는 점점 더 매력적인 노인휴양원으로 선망의 대상이 되고 있었다.

사실 천국시니어타운 측에서 보면 완 노인은 없으면 속 편한 존재였다. 자치회장의 입장에서도 완 노인은 완전히 달갑지 않은 존재였다. 완 노인으로 인하여 자치회의 위상이 크게 흔들리고 있었다. 더구나 자치회장의 신경을 건드리는 것은 완 노인이 일부 노파들로부터 인기와 신뢰가 대단하다는 거였다. 그네들은 완 노인을 그 집의 가장처럼 존중하고 있었다. 다른 노옹들에 비하여 완 노인은 노파들에게 지극히 신사적이었다. 노옹들 대부분은 노파들을 멸시하거나 함부로 대하기 일쑤였다. 특히 박 노파처럼 다리를 절거나 민 노파처럼 수전증이 있어 거동 자체가 불편한 노파들은 거들떠보지도 않았다. 그네들은 항상 찬밥 신세였다. 그러나 완 노인은 박 노파와 민 노파에게도 인간적인 배려를 아끼지 않고 있었다. 까칠하기로 소문난 최 노파도 완 노인에게만은 지극히 우호적이었다. 그건 갑자기 뇌졸중에 걸려 한쪽 팔다리를 못 쓰다가 졸지에 가버린 아내에게 속죄하는 심정이 투사되어 나타난 현상이라고나 할까.

5

완 노인이 천국시니어타운에 들어가고 석 달쯤 지난 초여름, 울창한 숲속의 산비탈 길을 뉴칸타카 한 대가 조심스럽게 기어오르고 있었다. 도로는 차량 두 대가 겨우 비켜 갈 정도로 비좁았고 굽이도 많았다. 뉴칸타카는 힘겹게 천국시니어타운 정문에 들어섰다. 깊은 산중이었지만 풍광은 웅장하면서도 아름다웠다. 주변은 잘 가꾸어 놓은 주목이 군락을 이루고 있었고, 붉은벽돌담장 밑으로는 장미와 야생 찔레꽃이 한창이었다. 2층 건물 중앙현관 앞에는 119구급차가 사이렌을 울리며 서 있었고, 두 대의 경찰차도 경광등을 번쩍거렸다. 몇 사람의 직원이 분주하게 오갔고, 입소자들은 하나도 보이지 않았다. 분위기가 심상치 않았다. 윤실은 천국시니어타운 본관으로 향하는 도로 가장자리에 뉴칸타카를 세웠다.

"아빠, 도착했어요. 오긴 왔는데 그냥 아빠와 함께 되돌아가고 싶어요."

윤실은 그런 산만한 시설에 부친을 내려놓고 싶지 않았다.

"근심하지 말거라!"

철 노인의 마음은 그런대로 편해 보였다.

"태완이 아버지도 예 있으니…."

"아저씨가 기다린다고 하셨지요?"

윤실은 창밖을 두리번거렸다.

"현관 앞에서 기다린다고 했다. 곧 나오겠지…."

철 노인도 창밖을 두리번거렸다. 그러나 분주하게 오가는 직원들과 제복을 입은 경찰관을 빼놓고는 아무도 보이지 않았다.

"구급차가 빠져나가면 내리세요."

윤실이 철 노인은 돌아보았다.

"그러자꾸나."

철 노인은 창밖에서 눈을 떼지 못하고 있었다.

건물 안에서 한 무리의 직원들이 들것을 들고 달려 나왔다. 119구급차는 들것을 싣고 사이렌을 더 요란하게 울리며 황급히 빠져나갔고, 직원들은 건물 안으로 모두 사라졌다. 윤실은 중앙현관에서 가까운 주차장에 뉴칸타카를 주차했다. 철 노인이 안전 벨트를 풀며 말했다.

"양쪽 깜박이를 켜고 기다리자. 곧, 나올 거다."

윤실은 양쪽 깜빡이를 켜고 시동을 껐다. 그리고 차창을 통하여 밖을 내다보았다. 절간 같았다. 너무도 깊은 산속에 들어와 있다는 느낌밖에, 여기서 사람이 살아도 되는 건가 싶었다. 사람의 움직임이 전혀 없다는 게 마음을 더 무겁게 했다. 한참을 기다렸는데도 완 노인은 그림자도 안 보였다. 이곳에서는 어떤 보이지 않는 힘이 자유를 속박하고 있다는 생각이 들었다. 윤실은 고개를 좌우로 저었다.

"아빠, 아저씨는 보이지 않네요. 들어가서 만나보시면 좋겠어요."

부녀는 뉴칸타카에서 하차하여 사무실로 들어갔다. 사무실에는 두 사람의 직원이 심각하게 이야기를 주고받고 있었다. 더 젊어 보이는 직원이 물었다.

"어쩐 일이세요?"

"완 노인을 불러줄 수 있을까?"

철 노인이 점잖은 말투로 말했다.

"누구요? 완 노인이요? 왜 그러시는데요?"

더 나이 많은 직원이 눈을 크게 떴다.

"내 친구야. 현관에서 기다린다고 했는데, 나타나질 않아서…"

"그분은 방금 나가셨는데…."

더 젊어 보이는 직원이 얼버무렸다.

"어디로 나갔다는 거야?"

철 노인이 직원들 쪽으로 다가서며 물었다.

"119보셨잖아요. 병원으로 가셨어요. 기절했거든요."

직원은 자기 일이 아닌 듯 건조한 말투였다. 그 순간 철 노인의 다리는 그 자리에 주저앉아야 할 정도로 힘이 빠져나가고 있었다. 더 물어봐야 할 게 있을 것 같은데 도무지 무슨 말을 해야 할지 떠오르지 않았다. 머릿속이 완전하게 텅텅 비어버린 것만 느낄 뿐이었다. 오늘 아침나절까지 건재하지 않았던가. 그런 짝패가 기절을 해서 병원으로 실려 갔다니? 도저히 상상도 할 수 없는 일이었다. 철 노인의 다리는 심하게 후들거렸다. 윤실은 재빨리 부친을 부축하여 간이 소파에 앉혀 드렸다. 철 노인의 손은 덜덜 떨렸고 숨소리는 매우 거칠었다. 철 노인은 두 눈을 감고 심호흡을 하기 시작했다. 그렇게 한참을 버텨냈다. 서서히 정신을 가다듬을 수 있었다. 핏기 가셨던 얼굴에 화색이 돌기 시작한 건 꽤 시간이 흐른 후였다.

"아빠, 정신이 좀 드시나요? 오늘은 다시 집으로 가셨다가 다음 기회에 입소하시는 게 좋을 것 같아요. 그렇게 하셔요!"

"아니다. 너무 근심하지 말거라!"

그러면서 철 노인은 직원을 불렀다.

"젊은 양반 이리 좀 와 보시오!"

더 나이 많은 직원이 고개를 돌려 철 노인을 바라보았다. 그 직원은 천국시니어타운 지배인이었다.

"사실대로 말 좀 해주시오! 완 노인은 왜 갑자기 그렇게 됐소?"

철 노인의 목소리에는 위엄이 있었다. 어느 누구라도 함부로 대해서는 안 되겠다는 생각이 들게 하는 인품이 느껴졌다. 그건 철 노인이 살아온 궤적의 실체였다. 지배인은 자리에서 벌떡 일어나 철 노인 옆으로 다가섰다. 지배인은 약간 망설이는가 싶더니 입을 열었다.

"그분과는 어떤 관계신가요?"

"내 단짝 친구요! 노후를 여기서 함께할 요량으로 들어왔는데…"

"그러시다면 소상하게 말씀드리지요. 아직은 의식이 불명하신 것 같습니다만…"

지배인은 철 노인이 앉아 있는 소파 맞은편에 자리를 잡고 앉았다.

"따님이신가요? 따님도 거기 앉으세요."

지배인은 윤실에게 소파를 가리켰다. 윤실은 소파 가장자리에 다소곳이 앉았다.

"그분은 입소하는 날부터 남달랐던 것 같아요. 모든 게 예사롭지 않았어요. 저희 직원들은 하나서 열까지 그분을 염두에 두고 일을 처리해야 했으니까요."

철 노인은 말없이 듣고만 있었다. 지배인은 철 노인의 표정을 간간이 살피며 이야기를 이어갔다.

"그런데, 며칠 전부터 아주 유별나게 설쳐대셨어요. 뭐라 할까. 신들린 사람 같다고나 할까. 아무튼, 그대로 설명하기 어려울 정도로 흥분해 있었어요. 좋게 표현하면 제 세상 만난 사람처럼 보였다니까요. 오늘은 아침부터 영 다른 사람처럼 보였어요. 표정도 밝고 인사도 먼저하고 정원 빗자루질도 솔선하고 평소와는 완전히 다른 사람이 되었어요. 식사 시간에도 밥투정도 안 하시고, 그래서 우리 직원들이 그런 말까지 했다니까요. 본성이 변하면 죽는다는데, 죽을 날이 얼마 남지 않았나?"

천국시니어타운에서는 아침 일찍 기상하여 정원을 빗질하거나 휴지를 줍는 건 관습처럼 되어있었다. 완 노인은 입소한 다음 날 아침 그걸 트집 잡았다. 시설의 청소는 입소한 노인들이 할 일이 아니라고 이의를 제기했다.

"하기 싫으면 그만두셔. 이건 누가 시켜서 하는 게 아니라고!"

입소자 자치회장이 나서서 완 노인을 윽박질렀다. 완 노인은 물러서지 않았다. 그렇게 완 노인은 자치활동을 부정적인 시각으로 치부하며 겉돌았다. 그러던 것이 며칠 전부터 완연하게 달라졌다. 가장 먼저 기상하여 빗자루질도 하고 정원에 나 있는 잡초도

뽑으며 설레발을 쳐댔다. 그걸 보는 노옹들이 이제는 이구동성으로 완 노인을 빈정거리기 시작했다.

"지난밤에 무얼 잘못 먹었나?"

여느 때 같으면 서로서로 인사를 나누며 협동적으로 활동했을 터인데, 옹기종기 모여 완 노인을 구경하듯 바라보며 빈정거릴 뿐이었다. 식전 자치활동이 끝나고 아침 식사 시간에도 완 노인의 신기한 짓거리는 계속됐다. 거동이 좀 불편한 사람들의 식판을 들어주거나 치워주는 건 미덕이었다. 완 노인은 그마저도 한 적이 별로 없었다. 박 노파와 민 노파에게는 예외였지만…. 그런데 완 노인은 누구보다 먼저 식당에 들어가서 이 사람 저 사람의 식판을 들어다 주었고, 가장 늦게까지 남아서 비워버린 식판을 치워주었다. 그건 또 하나의 구경거리였다. 완 노인은 노옹들이 작당하여 자신을 비웃으며 험담하고 있다는 것을 감지하고서도 전혀 개의치 않는 눈치였다. 저녁 식사 시간에도 완 노인의 그런 행동은 그대로였다. 그럴수록 일군의 노옹들은 완 노인의 소행에 대하여 입방아를 찧고 빈정거렸으며 몇몇은 놀려대기까지 했다. 그 중심에는 자치회장이 있었다. 자치회장은 곽 노인이었는데, 그는 완 노인이 설쳐대는 걸 두고 볼 수가 없었다. 그래서 두 노인은 수시로 충돌했다. 자치회장 곽 노인은 관록이 쟁쟁한 인물이었다. 평생을 한가닥 하며 산 인물이었다. 말발도 대단했다. 그의 말발을 당해내는 사람은 아무도 없었다. 직원들도 또 다른 입소자들도 모두가 그의 말발 앞에서는 순한 양이 되었다. 그러던 것이 완 노인이 나타나고부터는 그의 말발에 힘이 빠지기 시작했다. 권력을 거머쥐고 있는 아들을 둔 완 노인을 당할 자는 아무도 없었다. 젊은 시절 아무리 난다 긴다 했더라도 아들을 등에 업고 설쳐대는 완 노인보다 더 위력 있는 자는 적어도 천국시니어타운에는 없었다.

6

사고는 하필 철 노인이 입소하는 날 점심시간에 터졌다. 완 노인은 점심을 먹고 서둘러 식판을 반납하고 식당 안을 둘러보았다. 식당 출입문 부근 한쪽에서는 자치회장을 비롯한 일군의 노옹들이 옹기종기 모여 있었고, 거동이 불편한 박 노파가 쩔뚝거리며 식판을 들고 식기 반납대로 힘겹게 걸어가고 있었다. 완 노인은 재빨리 박 노파의 식판을 빼앗듯 받아들었다. 그때 빈정거리는 소리가 들렸다.

"꼴값하고 있네!"

완 노인은 아랑곳하지 않고 박 노파의 식판을 반납하고는 식사가 방금 끝난 민 노파의 식판도 치워주었다. 민 노파는 그게 고마웠는지 커피자판기에서 커피를 뽑아다 완 노인에게 내밀었다.

박 노파도 커피를 뽑아다 내밀었다. 자치회장을 비롯한 일군의 노옹들은 완 노인의 그런 소행이 눈에 거슬렸다. 누군가가 중얼거렸다.

"눈꼴이 시어서 도저히 못 봐주겠네."

완 노인은 양손에 커피잔을 들고 출입문 쪽으로 걸어갔다. 그 뒤를 박 노파와 민 노파가 따랐다. 그 광경을 바라보던 자치회장이 걸쭉한 목소리로 빈정거렸다.

"참으로 보기 좋소! 절름발이 미녀들 틈에서 다 늙게 호강하시는구려!"

완 노인은 가던 걸음을 멈추고 몸을 되돌렸다. 다 참아도 절름발이 미녀들이란 말은 참을 수가 없었다. 완 노인이 성난 얼굴로 째려보자 일군의 노옹들은 시치미를 떼고 눈길을 다른 데로 돌렸다. 완 노인은 다시 걷기 시작했고, 박 노파와 민 노파도 완 노인을 따라 출입문을 나서고 있었다. 바로 그때 자치회장이 또 빈정거렸다.

"둘씩이나 꿰차지 말고 양보 좀 하시구려!"

완 노인은 더는 참을 수가 없었다. 황급히 몸을 되돌려 자치회장에게로 다가갔다. 자치회장이 또다시 빈정거렸다.

"커피 한 잔은 날 주시려고?"

"그래! 두 잔 다 마셔봐!"

완 노인은 커피잔을 자치회장 얼굴에 던져버렸다. 자치회장은 커피를 뒤집어쓰고 휘청거렸다. 그 틈을 타서 완 노인은 자치회장의 엉덩이를 걷어찼다. 그걸 보고 있던 일군의 노옹들이 한꺼번에 달려들어 완 노인을 에워쌌고, 자치회 총무가 완 노인의 몸통을 주먹으로 가격했다. 완 노인은 중심을 잃고 비틀거리다가 그 자리에 고꾸라졌다. 공중박이로 나가떨어지면서 대리석 바닥에 이마를 꼬나 박았다. 퍽! 완 노인의 머리통 깨지는 소리는 마치 포탄이 터지는 소리처럼 거칠게 식당 안에 울려 퍼졌다. 대리석 바닥은 금세 붉은 피로 물들기 시작했다. 그 광경을 바라보고 있던 박 노파는 재빨리 휴대폰을 꺼내 들고 119에 전화를 걸며 울부짖었다.

"여기 천국시니어타운인데요, 사건이 터졌어요. 사람이 죽어가고 있어요!"

식당 안에서 점심 식사를 관리하던 지배인은 사태의 심각성을 감지하고 재빨리 완 노인의 아들에게 전화를 걸었다. 그래야 무언가 도움을 받을 수 있을 것 같아서였다. 그 연락을 받은 태완은 그 시간 민원인의 향응을 받고 있었다. 낮술도 거나하게 걸친 상태였다. 태완은 지배인의 전화를 받자마자 안전벨트도 매지 않은 채 천국시니어타운으로 차를 몰았다. 눈에 보이는 게 있을 리 없었다. 빨간신호등 조차 보이지 않았다. 태완의 검정색 승용차는 몇 대의 차량을 스치고 추돌하면서 천국시니어타운 진입로에 들어섰다. 거기서부터는 험준한 산골짜기 벼랑길이었다. 태완은 백 척도 넘는 설벽의 커브 길에서 무섭게 가속 페달을 밟아댔다. 그

시간 완 노인은 완전히 의식을 잃은 상태에서 119구조대의 심폐소생술을 받으며 병원으로 이송되는 중이었다. 119구급차는 산골짜기 벼랑길을 급하게 달려 내려가고 있었다. 태완의 승용차는 가까스로 119구급차를 피할 수 있었다. 그러나 다음 순간 눈앞에 나타난 절벽은 피할 수가 없었다. 검정색 승용차는 천야만야한 절벽으로 굴러떨어지고 말았다.

"아빠, 아저씨도 안 계시는 데 그냥 집으로 가셔요."

윤실이 철 노인을 잡아끌었다.

"아니다. 어렵게 왔으니 여기에 있으련다. 네가 아비 때문에 너무 고생이 많았다."

"아빠, 그런 말씀 마셔요. 아빠가 저희 곁에 계셔서 얼마나 행복한지 몰라요. 어서 차에 타셔요."

윤실의 목소리는 울먹였고 애절했으며 가늘게 떨리고 있었다.

"이제 나도 여기서 자유롭게 살아보련다. 내가 거처할 숙소나 확인해다오."

윤실은 부친의 고집을 꺾을 수 없었다. 철 노인의 숙소는 건물 동쪽 2층 중간이었다. 2인용 침실 남쪽 창문 밑, 정 노인이 사용하던 자리였다. 책상이 두 개 있었고, 캐비닛이 두 개 있었다. 화장실이 한 개, 책상 위에는 데스크톱이 놓여 있었다. 완 노인의 일상용품은 거기에 그대로 있었다. 철 노인은 짝패의 온기를 느끼며 한시라도 빨리 돌아와 주기를 간절히 기원했다. 윤실은 부친의 생활용품을 정리했다. 하염없이 흘러내리는 눈물을 손등으로 훔치며 트렁크에서 옷가지며 세면 용구며 서적들을 꺼내어 정성스럽게 정리했다. 침대는 비교적 부드러웠고 침구는 정갈했으며, 책상 위에는 하루 생활시간표와 주의사항도 놓여 있었다. 개인이 사용할 수 있는 소형냉장고는 물론 냉온수가 공급되는 정수기도 있었고, 화장실에는 샤워부스도 있었다. 윤실은 그런 걸 보면서 약간은 마음이 놓였으나 눈물은 그칠 줄 몰랐다.

"아빠, 저희가 자주 찾아뵐게요."

"그래, 고맙다. 그렇지만 자주는 오지 마라. 너희 보고 싶으면 내가 전화할 테니 그때나 애들 데리고 오거라!"

철 노인은 애써 의연한 척하고 있었다. 윤실은 철 노인의 두 손을 모아 잡았다. 앙상하고 거칠었지만 참으로 따뜻한 아버지의 손이었다. 부친을 침대 옆 소파에 앉혀드리고 주차장으로 향했다. 운전석에 앉아 두 눈을 감고 기도를 올렸다. 그리고는 천천히 뉴칸타카를 몰았다. 심산유곡에 늙은 아버지를 내버리고 도망치는 기분에, 눈물이 앞을 가려 도저히 운전하기가 힘들었다.

윤실은 커브가 급한 길목에 뉴칸타카를 세우고 차에서 내려 천국시니어타운 쪽을 올려다보았다. 멀리 산꼭대기에서 아버지가 손을 흔들어 주는 것만 같았다. 한참을 그렇게 서 있다가 억지로 마음을 가나듬고 다시 뉴칸타카에 오르려던 순간이었다. 벼랑 끝 계곡 밑바닥에 무엇인가가 보였다. 자세히 살펴보니 검정색 승용차였다. 차량은 형체를 알아보기 힘들 정도로 박살이 나 있었다. 뛰어 내려가 현장을 확인하고 싶었으나, 계곡은 너무 가파르고 험준하여 접근할 수가 없었다. 윤실은 스마트폰을 꺼내 들고 119를 눌렀다.

"검정색 승용차 한 대가 깊은 계곡에 굴러떨어졌어요. 생존자는 없는 것 같아요. 천국시니어타운으로 올라가는 길 마지막 커브예요."

검정색 보따리

1

　중앙산 동쪽 아늑한 골짜기에 자리한 전통기와집 거실의 티테이블, 그 테이블 위에는 이른 아침의 햇살을 받아 유난히도 화려해 보이는 인쇄물이 한 장 나뒹굴고 있었다. 그것은 최언술의 정년퇴임식 초대장이었다. 추석훈은 초대장을 집어 들고 한참을 노려보다가 귀가 밝은 사람은 알아들을 수 있을 정도로 중얼거렸다.
　"그런 인간 퇴임식에도 가야 한단 말인가?"
　최인술의 정년퇴임식 참석 여부를 놓고 추석훈의 고민은 점점 더 깊어지고 있었다. 평소에 너무도 정의롭고 사려가 깊으면서 의리 또한 남달라 '중앙산 계포'라는 별명이 붙었던 추석훈이었다. 이해심과 인정도 대단하여 많은 이들이 무엇이라도 함께 도모하고 싶다던 추석훈이었다. 그러나 상대가 최언술이었기에 추석훈은 소파에 비스듬하게 기대앉아 금박무늬가 휘황찬란한 초대장을 이리저리 훑어보며 결단을 못 내리고 있었다. 최언술의 정년퇴임식은 바로 그날 오전 10시 30분이었다. 추석훈은 연신 벽시계를 힐끔거리며 들고 있던 초대장을 티테이블로 던져버렸다.

2

최언술과 추석훈은 이 도시 중앙산 남쪽에 우뚝한 광역시청 인사담당부서에서 내리 3년을 동업했다. 최언술은 태생이 벽촌이었다. 전깃불도 없고 시내버스도 들어가지 않는 두메산골이었다. 그런 산골에서 찢어지게 가난한 농부의 외아들로 태어나 거기까지 진출한 것은 무엇인가, 그만의 특출한 재주가 있어서였다. 추석훈이 학창시절 킥복싱체육관을 드나들면서 도민체전에서 동메달까지 땄던 전력을 은근히 과시하며 해결사로서 입지를 굳혔다면, 최언술의 그 특출한 무엇은 바로 말발이었다. 그 당시만 해도 말발은 가장 무서운 무기였다. 말발만 좋으면 무한정 돈도 벌고

막강한 권력도 거머쥘 수 있는 세상이었다. 말발이라는 무기 앞에서는 누구도 당하지 못하는 게 인간이었다. 실제로 말발 하나만으로, 가진 것이라고는 쥐뿔도 없으면서, 가방끈이 한 뼘도 안되게 짧은데도, 당대 최상의 대우를 받았던 인간이 몇 있었다. 최언술이라는 인간도 말발은 특출했으나 실무능력은 별로여서 하는 일마다 허점투성이였다.

"오늘도 한소리 또 들었네. 젠장!"
최언술은 한숨을 내쉬며 힘들어했다. 최언술은 광역시장한테만 불려갔다 하면 조인트를 한두 대씩 걷어 채이거나 쌍욕을 배가 터지도록 먹고 나왔다. 그럴 때마다 최언술은 당장 때려치우고 고향에 내려가서 돼지나 기르고 싶다고 넋두리를 하며 엄살을 부려댔다. 최언술은 고향 동네 농고 축산과에서 공부한 실력을 살려 돼지나 닭만 길러도 먹고 사는 건 문제 없다는 말을 밥 먹듯 했었다. 축산진흥만이 살길이라고 너도나도 떠들어대던 시대였으니까.

"그런 일은 누구나 겪어. 값진 경험일 수도 있다네. 조금만 참고 깊이 생각해서 처리하면 모든 게 곧 좋아질 걸세. 힘내시게!"
추석훈은 퇴근길에 최언술을 대폿집으로 잡아끌고 들어가 커다란 뚝배기에 막걸리를 가득 따라주며 따뜻하게 위로해 주었다. 아주 여러 번 그렇게 했고, 그때마다 최언술은 머리를 깊이 조아리며 추석훈에게 고마워했다.

"선배님 감사합니다. 두고두고 명심하겠습니다!"

그렇게 해서 추석훈은 최언술의 구세주요 버팀목이 되었고, 최언술은 그 부서에서 근근덕신 버텨낼 수 있었다. 그렇게 버티면서 차츰 요령도 늘어났고 배짱도 두둑해졌다. 타고난 말발에다 요령까지 터득하다 보니 최언술은 그 누구보다 특출해 보였다. 최언술이 나서면 막혔던 통로도 활짝 열렸고, 악착같이 대들던 민원인도 순한 양으로 변했다. 하는 일마다 죽을 쒀대던 최언술이 아니었다. 광역시청 최고의 해결사요 설득의 명수라는 칭호가 이름 석 자 뒤에 따라붙었고, 결국 광역시장도 최언술을 주목하기에 이르렀다.

'중앙산 계포'라는 의리의 사나이 추석훈은 일정한 연한이 다 되어 다른 부서로 영전을 했고, 최언술은 그 인사담당부서에서 최 고참이 되어 호랑이 행세를 하게 되었다. 그때부터 최언술의 목과 어깨에는 있는 대로 힘이 들어갔고, 말발은 더욱더 강해졌다. 그 위력 앞에 또 다른 많은 인간이 머리를 조아리며 굽실거렸다. 그럴수록 최언술은 점점 더 기고만장이었다. 세상에 무서운 게 아무것도 없는 최언술이었다.

최언술은 워낙 말발이 센지라 몇 마디 말로써 수많은 인간을 농락했고, 한두 번 자리를 같이했다 하면 그 인간을 완전하게 동패로 만들었다. 사실 말발 센 인간이 모든 걸 거머쥐던 시절이었기에, 그 점에 대하여 누구도 이의를 달지 못했다. 정의와 원칙도 말발 앞에서는 전혀 속수무책이었다. 광역시장조차도 최언술의 말발 앞에서는 정신이 몽롱해질 수밖에 없었다. 최언술만큼 가려운 데를 시원하게 긁어주고 속을 후련하게 훑어주는 인간은 어디에서도 찾아볼 수 없었다. 드디어 광역시장은 최언술이 나서면 차기 선거에서 유권자들의 표를 거의 긁어모을 수 있을 것 같은 착각에 빠져버리고 말았다. 그렇게 최언술에게 마취된 광역시장은 때와 장소를 가리지 않고 최언술을 칭송하고 다녔다.

"모두가 최언술만 같으면 좋으련만…."

그렇게 해서 최언술은 중앙산 남쪽 광역시청의 세 번째 높은 자리로 전격 발탁되었다. 그렇게 말발 하나로 승승장구했고, 말발 하나로 많은 인간 앞에 군림하며 위세를 떨치고 또 떨쳤다. 광역시청의 가장 핵심이라는 인사담당부서에서 최고의 요령을 터득했고, 최고로 은밀한 기밀까지 섭렵한 최언술을 당해낼 인간은 그 어디에도 없어 보였다. 천하의 무적이라고나 할까? 최언술에게 줄을 대면 만사가 형통인 세월이 빠르게 흐르고 있었다.

- 모든 것은 최언술을 통하여!

그 당시 광역시청에서 유행어처럼 떠돌던 말이었다.

3

실제로 그랬다. 일찍이 최언술과 연줄이 닿아 최언술 못지않게 잘 나가던 인간이 하나 있었다. 그 인간은 최언술의 고향 후배였는데, 이름은 공교롭게도 채술언이었다. 최언술과 그 채술언은 호형호제하는 사이로까지 발전해 있었다. 채술언은 출장을 자주 다니는 부서에 있었다. 출장을 나가면 여기저기서 생기는 게 무척 많았다. 돈 한 푼 안 들이고 값비싼 양주도 진탕 마실 수 있었고, 공짜로 고급 호텔에서 묘령의 여자와 잠도 잘 수 있었다. 물론 두둑하게 촌지도 받았다. 그런 좋은 자리를 꿰찰 수 있었던 것은 오로지 최언술 덕분이었다. 채술언은 그렇게 해서 긁어모은 금품의 절반을 검정색 보따리에 싸서 최언술에게 상납했다. 채술언은 그렇게 독직하다가 완전히 벼랑 끝에 몰리는 신세가 되었다. 관례로 보아 채술언은 파면이 불가피했다. 미리 사표를 쓰면 파면만은 면할 수 있을 거라는 생각으로 최언술을 찾아갔다. 커다란 검정색 보따리를 들고 밤늦게 최언술의 자택을 방문했다.

"내가 나서볼게! 그런데 이것으로는 씨가 안 먹힐 텐데…"

최언술은 채술언이 들고 온 커다란 검정색 보따리를 눈으로 가리키며 엄지손가락을 치켜들었다. 엄지손가락은 광역시장을 지칭하는 것인지, 아니면 또 다른 권력기관을 지칭하는 것인지 최언술만이 알고 있는 신호였다. 그런 경우에는 평소의 호형호제도 아무 소용 없었다. 결국, 채술언은 그런 검정색 보따리를 두 개나 더 최언술에게 갖다 바쳐야 했고, 최언술은 그 세 개의 커다란 검정색 보따리를 모두 혼자서 꿀꺽해 버렸다. 그리고 징계위원회 위원들에게 일일이 전화를 걸었다.

"채술언을 정직 정도로 마무리해 주시지요!"

최언술의 전화는 거의 협박조였다. 최언술이 그렇게 할 수 있었던 것은 그 징계위원들의 구린 전력을 속속들이 알고 있어서였다. 일찍이 인사담당부서에 있을 당시 광역시청과 연관이 있는 요인들의 비리를 탐문하여 비망록에 숨겨놓았었고, 적당한 기회에 조금씩 그걸 들먹이는 게 최언술만의 수법이었다. 그렇게 해서 채술언은 파면도 모자라는 큰 죄를 짓고도 정직 2개월로 기사회생할 수 있었다. 그날 저녁 채술언은 최언술을 찾아가 무릎을 꿇고 조아렸다.

"형님 감사합니다! 제 친형님처럼 모시겠습니다! 형님은 실로 하늘 같은 선배이십니다! 죽어도 이 은혜 잊지 않겠습니다!"

채술언은 그런 우여곡절을 겪으면서 변신에 변신을 거듭한 끝에 광역시의회 재선 의원의 몸으로 중앙산 동서남북을 삽살개처럼 누비면서 한껏 설쳐대고 있었다.

그러나 인간 세계는 그렇게 단순하거나 일방적이지는 않았다. 그것은 이미 역사가 증명한 바였다. 말발과 우격다짐으로 굴러가는 시대는 급격히 저물어가고 있었다. 권세와 금품에 눈이 어두운 인간들이야 말발 하나만으로도 안 먹히는 게 없었지만, 정의와 원칙을 지향하는 인간들에게 말발이나 금품은 한낱 빛 좋은 개살구에 불과했다. 일찍부터 언행이 일치하지 못했고 표리부동하며 사기꾼 기질이 농후했던 최언술은, 서서히 뭇 인간의 기피 인물이 되면서 결국은 지탄의 대상이 되었고, 조직으로부터 완전히 외면당하는 신세로 전락하기에 이르렀다. 그럴 즈음 광역시청과 공정을 진심으로 사랑하는 인간들은 일제히 소리 높여 외쳐댔다.

"최언술은 무능하고 부패했다! 당장 퇴출시켜라!"

아무리 말발이 센 최언술이라도 광역시청의 그런 분위기는 돌이킬 수가 없었다. 그 거센 흐름을 광역시장도 최언술도 도저히 버텨낼 수가 없었다. 이미 한물간 최언술을 감싸 주다가 어떤 봉변을 당할지도 모른다는 불안감 때문에 광역시장은 밤잠을 설쳐야 했다. 결국, 광역시장은 최언술을 일 년 내내 스포트라이트를 한 번도 받지 못하는 한직으로 좌천시킬 수밖에 없었다. 그곳은 중앙산 북쪽 음지의 작은 건물이었다. 그 건물은 하루 24시간 거의 햇빛을 볼 수 없는 아주 한적한 개응달이었다.

"최언술을 5일 후부터 음지의 건물에서 근무하게 하라!"

최언술은 인사명령을 받자마자 무척 커다란 검정색 보따리를 하나 싸 들고 광역시장을 찾아가 무릎을 꿇고 읍소했다.

"이번 명령을 거두어 주십시오! 일 년만 있으면 정년인데 제발 그때까지만 봐주십시오! 지금 그리로 가면 저 최언술은 일생일대의 불명예입니다. 이 검정색 보따리가 너무 약소하다면 세상에서 가장 커다란 보따리를 즉시 대령하겠습니다!"

광역시장은 최언술이 내민 커다란 검정색 보따리가 무척 궁금하긴 했지만, 일부러 못 들은 척하면서 창문 밖 먼 하늘을 바라볼 뿐이었다. 높고 파랗던 하늘에 시커먼 구름 덩어리가 밀려오면서 하늘은 빠르게 어두워지고 있었다. 소나기라도 한줄기 쏟아질 것 같은 하늘이었다. 검정색 보따리로는 씨가 먹히지 않는다고 판단한 최언술은 더 솔깃한 제안을 하며 광역시장의 눈치를 살폈다.

"저의 이 소박한 청을 들어주신다면 저의 모든 역량을 발휘하고 제가 구축해 놓은 인맥을 총동원하여 차기 선거에서도 크게 이길 수 있도록 도와드리겠습니다!"

그러나 광역시장은 싸늘하게 눈길을 돌려버렸다. 결국, 최언술은 아무 대답도 듣지 못하고 검정색 보따리만 광역시장 앞 테이블 위에 올려놓고 물러나야 했다. 최언술이 광역시청 세 번째 넓은 방으로 돌아와 의자에 앉으려는 순간, 광역시장의 비서가 검정색 보따리를 들고 헐레벌떡 따라 들어왔다.

"시장님이 이 보따리는 돌려드리랍니다!"

최언술은 최후의 수단으로 자신의 수족과도 같았던 채술언을 광역시의회 의원회관으로 찾아갔다. 최언술의 손에는 무척이나 커다란 검정색 보따리가 들려 있었다. 아주 옛날 채술언이 늦은 밤에 자택으로 들고 왔던 것보다 서너 배는 더 큰 검정색 보따리였다. 채술언은 옛날의 채술언이 아니었다. 하늘 같은 선배라는 최언술이 행차했는데도 소파에 다리를 꼰 채로 삐딱하게 앉아서 일어서지도 않았다. 그런 막돼먹은 태도는 소싯적에 최언술에게서 배운 그대로였다. 최언술은 채술언의 맞은편에 쪼그리고 앉아서 자초지종을 이야기했다.

"자네가 좀 나서주게. 시장은 자네의 이야기라면 무서워하는 것 같던데…."

"형님의 일인데, 조만간 제가 시장을 만나보겠습니다만…."

"조만간이 아닐세! 내일모레면 그리로 부임해야 하네!"

"그렇다면 오늘 오후에 당장 시장과 담판을 짓겠습니다. 그리고 결과를 즉시 알려드리겠습니다. 가서 기다리십시오!"

최언술은 채술언의 자신만만한 태도에 일말의 희망을 걸고 중앙산 남쪽 광역시청 세 번째 넓은 방으로 돌아와 목이 빠지게 전화를 기다렸다. 채술언의 전화는 퇴근 시간이 거의 한 시간을 넘겼는데도 오지 않았다. 조바심이 극에 달한 최언술은 채술언의 휴대폰 번호를 눌렀다. 번호판을 누르는 손가락이 덜덜 떨리고 있었다. 그 시간 채술언은 도시건설과장이라는 인간의 접대를 받고 있었다. 도시건설국장 자리로 승진하려는 도시건설과장의 향응이었다. 이미 채술언은 거나하게 취해 목소리는 약간 맛이 가 있는 상태였다. 도시건설과장이 들고 온 두툼한 검정색 보따리를 만지작거리며 능청스럽게 전화를 받았다.

"형님! 제가 방금 전화를 드리려고 하던 참이었습니다. 제가 시장을 만났었는데, 이미 명령이 나 있어 번복은 안 된답니다. 자세한 건 조만간 형님을 찾아뵙고 말씀드리겠습니다. 지금 중요한 분과 주민 현안을 협의하는 중이라 이만 실례하겠습니다!"

채술언의 목소리는 지극히 싸늘했고, 최언술이 숨도 돌리기 전에 일방적으로 전화를 끊어버렸다. 그의 말은 모두가 거짓이었다. 광역시장을 만나본 게 아니라 전화로 그 내막을 알아봤을 뿐이었다. 광역시장으로부터 자세한 내막을 전해 들은 채술언은 최언술의 인사문제에 끼어들면 크게 손해를 볼 수 있다는 결론에 도달해 있던 터였다. 최언술은 또다시 좌절의 늪으로 빠져들 수밖에 없었다. 밤늦도록 퇴근을 미룬 채 회전의자를 이리저리 돌리며 한숨만 내쉴 뿐이었다.

4

최언술은 한직 중의 한직으로 밀리면서도 있는 대로 허세를 부렸다. 광역시장을 만나 읍소를 해 본 이틀 후, 최언술은 새로 발령받은 음지의 그 작은 건물을 의기도 양양하게 방문했다.

"금일 14시 30분 도착 예정."

최언술은 출발 전에 비서를 시켜 방문예정시간을 정식으로 통보했고, 검정색 승용차는 왁스세차까지 한 후 더 으리으리하게 치장을 하여 타고 갔다. 늘 그렇듯이 음지의 그 건물은 한산했다. 그 건물의 정문은 열려 있었다. 운전기사는 좁다란 정문을 억지로 비집고 들어가 낡아빠진 그 건물 중앙현관 앞에 조심스럽게 정차했다.

그 건물 중앙현관 앞에는 개미 새끼 한 마리도 나와 있지 않았다. 장차 그 건물의 최고 우두머리가 될 인간을 마중 나온 인간이 하나도 보이지 않았다. 최언술은 슬그머니 화가 치밀어 오르기 시작했다. 무시당하고 있다는 느낌이 빠르게 밀려왔다. 꽉 다문 입에서는 침까지 바짝 말라 들어가고 있었다. 누군가 마중을 나오겠지, 어느 누가라도 언젠가는 나타나 주겠지, 최언술은 검정색 승용차 뒷좌석에 기대앉아서 가느다란 두 눈을 떴다, 감았다 하면서 건물 안에서 누군가 달려 나오기를 기다리고 또 기다렸다. 그러나 아무리 기다려도 최언술이 탄 승용차의 뒷문을 열어주는 인간은 아무도 없었다. 참다못한 최언술이 아무 죄도 없는 운전기사에게 소리를 질렀다.

"야! 경적을 울려!"

빵! 운전기사가 경적을 한번 짧게 울렸다. 그래도 음지의 그 건물에서는 아무런 반응이 없었다. 최언술이 또 소리를 질렀다.

"더 크게 세 번 울려봐!"

빠앙. 빠앙. 빠앙! 운전기사가 경적을 길게 세 번 울렸다. 그 소리는 무척 크고 시끄러웠다. 건물 2층 오른쪽 끝 방의 창문이 갑자기 열리면서 머리를 아주 짧게 깎은 인간이 창문 밖으로 고개를 내밀고 고함을 질렀다.

"어떤 새끼야! 일하는데 시끄럽잖아!"

다른 쪽 중간에 있는 창문에서도 수염이 텁수룩한 인간이 고개를 내밀고 소리를 질러댔다. 그 인간의 목소리는 악에 받쳐있었다.

"뭣 하는 놈이야! 꺼지지 않으면 차를 박살 내버릴 테야!"

그 건물 안에 있는 인간들은 거의 모두가 그렇게 악에 받쳐있었다. 분노로 가득 찬 인간들이 모여서 한풀이를 하는 곳이 바로 그 건물이었기에 그건 지극히 당연했다. 자타가 공인하는 한직으로 밀려나 버린 인간들이니 의당 그래야만 했다. 거기에는 그런 곳에 있을 만한 인간도 없지 않았으나 어쩌다 줄을 잘못 선 인간들과 줄 서는 요령이 서투른 인간들이 수두룩했다. 사실 분노라는 것은 절망으로 가는 터널이었다. 터널을 빠져나간다 해도 무서운 절벽이 또 기다리고 있다는 걸 잘 알고 있었기에, 백주대낮인데도 그 건물에는 촉수 높은 조명등을 항상 밝혀놓고 있었다. 그래야 그나마 거기서 버텨낼 수 있었다. 잠시 후 그 건물 안에서 한 무리의 인간이 몰려나와 검정색 승용차를 바라보며 수군거리기만 할 뿐 최언술에게 다가서는 인간은 하나도 없었다.

"이젠 그만 버티고 하차하시지요!"

운전기사가 딱하다는 듯 최언술을 뒤돌아보았다. 그러나 최언술은 미동도 하지 않고 승용차를 들여다보던 인간 중에서 누군가는 차의 뒷문을 열어줄 것이라는 기대를 버리지 않았다. 높은 자리에 앉아 있는 인간은 모든 출입문을 자신이 직접 여는 게 아니었으니까. 심지어는 화장실 문 개폐도 수하친병手下親兵의 몫이니까. 그게 검정색 보따리를 좋아하는 무리의 관례였고, 관례라는 것은 함부로 깨버리면 안 되는 것이니까. 그러나 음지의 그 건물 안에서 나온 인간들은 무식해서인지, 체념한 건지, 아니면 최언술의 소행머리가 너무 가소로웠는지, 승용차의 뒷문을 열어주는 인간은 아무도 없었다. 최언술은 점점 더 열불이 치밀어 올랐다. 울화통이 터질 것만 같았다. 참다못한 최언술이 운전기사에게 또 소리를 질렀다.

"저 인간들에게 가서 누구라도 좋으니 당장 문을 열어주라고 해! 어서!"

운전기사는 검정색 승용차의 시동을 끄고 하차하여 중앙현관 앞에 모여 웅성거리고 있는 한 무리의 인간들에게 천천히 다가가서 지극히 공손하게 애걸했다.

"저 어른이 뒷문을 열어주어야 차에서 내린답니다. 어느 분이라도 좋으니 제발 그렇게 해주시기 바랍니다!"

"웃기는 인간이군. 함께하긴 영 그른 것 같다. 우리 들어가서 하던 일이나 하자!"

한 무리의 인간들 속에서 누군가가 소리쳤다. 그 인간은 대머리가 정수리까지 훌떡 벗겨져 있었다. 거기에서는 그래도 꽤 높은 자리에 있는 인간 같아 보였다. 대머리가 정수리까지 벗겨진 인간이 성큼성큼 걸어 들어가자 모두 그 뒤를 따라 들어갔다. 운전기사는 할 수 없이 다시 검정색 승용차에 올라탔다.

"어찌할까요? 여기서는 도저히 씨가 먹히지 않는데요!"

최언술은 대답도 없이 담배를 한 가치 꺼내 물었다. 담배를 꼬나 문 최언술의 손가락이 사시나무 이파리처럼 떨렸다. 최언술은 담배 한 가치를 모두 빨아 삼킨 후 흥분이 가시지 않은 목소리로 떠듬거렸다.

"여기서 잠깐 기다려! 곧, 나올 테니까."

최언술은 스스로 검정색 승용차의 뒷문을 열고 하차하여 느리게 그 건물의 중앙현관으로 향했다. 높은 자리에 앉아 있는 인간이 직접 자기 손으로 출입문을 열다니…. 철칙과도 같았던 관례가 허물어지는 순간이었다. 현관문을 힘겹게 밀고 어두침침한 현

관 안으로 들어가는 최언술의 뒷모습이 한없이 처량하고 한심해
보였다.

5

추석훈이 정년을 일 년쯤 남겨 놓고 있을 때 팔순을 겨우 넘긴
모친이 노환으로 별세했고, 추석훈은 세 가지 경로로 지인들에게
부고를 날렸다. 하나는 SNS로, 또 하나는 광역시청 내부 통신망
으로, 그리고 또 하나는 같은 부서에서 동업하던 인간들의 연락
망을 통하여 날렸다. 추석훈의 상가는 조화와 만장으로 뒤덮였
고, 검정색 양복을 입은 문상객으로 앉을 자리가 없었다. 그러나
최언술은 부고를 세 개씩이나 받고도 3일장을 치를 때까지 추석
훈의 모친 빈소에는 끝내 나타나지 않았다.

추석훈은 최언술의 부친 장례식 때 광역시청 인사담당부서의
전 직원들과 함께 험준한 고개를 세 개나 넘고 아슬아슬한 벼랑
길을 수없이 돌아 백 리가 넘는 비포장도로를 거의 세 시간이나
달려가 밤새워 빈소를 지켜줬고, 장지까지 상여를 메고 가서 회다
지도 해 주었다. 광역시청 인사담당부서 명의로 화려한 3단 조화
와 8척 만장도 하나 걸어주었다. 물론 조의금은 무척 두툼하게 챙

겨주었다. 그때 최언술은 추석훈에게 감격의 눈물까지 흘리며 고마워했었다.

"백골난망입니다. 이 은공은 절대로 잊지 않겠습니다!"

"일찌감치 멀리했어야 했는데…."

추석훈은 최언술과의 과거를 회상하며 씁쓸한 심정을 가늠할 수 없었다. 최언술의 인간답지 않은 소행은 그것만이 아니었다. 성향이 비슷한 인간들과 작당하여 그 부서가 공동으로 관리하는 비자금을 상당량 착복하거나 유용했었다. 그 비자금이라는 것은 사실은 여기저기서 은밀하게 긁어모은 검은돈이었기에 정식으로 회계장부에 기재할 처지도 못 되는 눈먼 돈이긴 했다. 그때도 추석훈은 최언술을 크게 질책하지 않았고, 그냥 모른 척 넘어가 주었다. 그런 것 말고도 최언술의 인간답지 않은 처사는 얼마든지 더 열거할 수 있지만, 이쯤에서 덮어주는 게 좋을 것 같다. 그것은 개발도상국의 어리석고 암울했던 시대에 검정색 보따리를 이리저리 주고받으며 교묘하게 세상을 버텨온 인간들의 마지막 존엄을 그나마 지켜주는 것일 테니까.

최언술은 우여곡절 끝에 스스로 검정색 승용차의 뒷문을 열고 하차하여 찾아 들어간 음지의 그 건물에서 온갖 수모를 당하면서도 일 년을 거뜬히 버텨냈다. 분노와 갈등이 뒤범벅된 그곳에서 그나마 목숨을 부지할 수 있었던 것은, 그래도 최언술 특유의 말발의 힘이 컸다. 최언술은 우두머리답지 않게 사흘돌이로 분란을 일으켰다. 언쟁이나 멱살잡이를 안 한 직원이 거의 없었다. 심지어는 여고를 갓 졸업한 계약직원과도 대판 싸웠다. 상황이 그런데도 최언술은 음침한 그 건물의 이 방 저 방을 수시로 들락거리며 거들먹거렸다.

"내 정년퇴임식을 그럴듯하게 할 생각이야. 준비를 잘해 주게!"

최언술은 총무담당 직원을 집무실로 불러 근엄한 말투로 지시했다. 총무담당 직원은 시큰둥한 표정을 지으며 다분히 조롱 섞인 말투로 물었다.

"과연 퇴임식에 축하객이 몇 명이나 될까요?"

"내 핸드폰에 절친들 전화번호가 천이백 개쯤 들어있으니…. 적어도 9백 명은 오지 않을까?"

총무담당 직원은 다분히 빈정거리는 말투로 받아쳤다.

"제 생각으로는 의자 90개도 못 채울 것 같습니다만…."

총무담당 직원이 자신을 과소평가한다는 생각에 기분이 뒤틀린 최언술은 얼굴을 있는 대로 일그러뜨리며 고성을 질러댔다.

"허튼수작 말고 준비나 잘해! 이제 끝났다고 막 보는 거야! 내 정년퇴임식에 오지 않고는 못 배길 인간이 한둘이 아니라고! 나 최언술이 아직은 죽지 않았다고!"

총무담당 직원은 최언술을 한 번 더 비웃어줄까 하다가 그만
두었다. 며칠만 잘 버티면 그 허접한 꼬락서니를 영영 보지 않아
도 된다는 생각에 기꺼이 마음을 가다듬을 수 있었다. 최언술이
핸드폰에 저장된 천이백 개의 명단을 총무담당 직원에게 건네주
었다. 그 명단 속에는 추석훈도, 채술언도, 또 아무개도, 또 다른
아무개도 다 들어있었다. 물론 광역시장의 이름도 들어있었다. 출
입문을 열고 밖으로 나서는 총무담당 직원에게 최언술이 악을 쓰
듯 소리를 질렀다.

"하나도 빠뜨리지 말고 연락해! 정년퇴임식 초대장은 금박을
넣어 최고로 화려하게 만들도록!"

6

추석훈은 그날 아침까지 최언술의 정년퇴임식에 참석할까 말
까를 놓고 고심에 고심을 거듭하고 있었다. 인간답지 않은 인간과
관계를 지속해야 한다는 게 영 마음에 걸렸다. 그러나 추석훈은
누구보다 의리 있는 인간, '중앙산 계포'였다. 최언술이 말발로 세
상을 버텨왔다면 추석훈은 의리 하나로 세상의 중심에 섰던 터였
다. 진정한 의리는 자기희생 없이는 빛나지 않는 법. 추석훈은 최
언술의 성년 퇴임식장을 상상해 보았다. 평소 그 인간의 소행으로

보아 퇴임식장은 텅 비어있을 것이 분명했다. 기꺼이 참석하여 좌석을 하나라도 더 채워주고, 자신도 의리 있는 인간임을 다시 한번 확고하게 각인시키고 싶은 생각이 굴뚝같아졌다.

추석훈은 장롱 속에서 오랫동안 잠자고 있던 검정색 양복을 한 벌 꺼내 다림질을 다시 했고, 평소 즐겨 매던 검정색 바탕의 빨강색 줄무늬 넥타이를 질끈 맸다. 신발장 맨 위에 처박아 놓았던 검정색 구두에 구두약을 듬뿍 바르고 광택을 내어 신었다. 몇 년은 젊어 보였고 현직에 있을 때의 당당하던 모습이 되살아나는 기분이었다. 그렇게 단장을 잘 차린 추석훈은 최언술의 정년 퇴임식장을 향하여 검정색 승용차를 빠르게 몰았다. 그날따라 중앙산 북쪽 음지의 그 작은 건물로 향하는 도로는 헐렁했다.

주차장에는 안내하는 인간도 하나 없었다. 추석훈은 검정색 승용차를 주차장에 아무렇게나 세우고 그 건물 2층 최언술의 정년 퇴임식장으로 향했다. 퇴임식장 입구에는 그 흔한 3단 화환도 하나 없었다. 로비에 비치한 방명록에 이름을 썼다. 방명록 앞쪽에 전혀 생소한 이름이 몇 보일 뿐이었다. 한복을 곱게 차려입은 안내원이 꽤 두툼한 식순 안내장을 나눠줬다. 추석훈은 식순 안내장을 받아 들고 식장 안으로 들어갔다.

최언술의 정년 퇴임식장은 예상했던 대로 썰렁했다. 썰렁하다기보다 대부분 좌석이 비어있었다. 총무담당 직원의 말대로 하객

90명은 꿈도 꾸기 어려운 상황이었다. 완전히 개점 휴업상태였다. 파리만 날린다고나 할까.

개회할 시간이 훨씬 지났으나 도저히 퇴임식을 거행할 수가 없었다. 객석이 텅 비어있는데 어떻게 퇴임식을 거행한단 말인가. 추석훈은 총천연색으로 치장한 식순 안내장을 펼쳤다. 식순 안내장의 내용은 참으로 거창하고 기가 막혔다. 주요 경력은 30가지가 넘었고, 주요 상훈도 그 이상이었다. 지방행정서기 직급으로 동사무소 호적계장 직무대리를 한 경력과 농고 졸업식장에서 우등상을 탄 것까지 들어있었다. 더욱 가관인 것은 장차 고향을 지역구로 하는 국회의원이 되고 말겠다는 원대한 포부까지 밝혀놓고 있었다. 은퇴 후에 살 집 주소까지 있었는데, 그곳은 중앙산 서쪽의 최고급 주택가였다. 말마따나 찢어지게 가난한 두메산골 농부의 외아들로 태어난 최언술이 정년 후에 그런 고급 주택가에서 여생을 즐길 수 있게 된 것은 실로 대단한 출세였다.

추석훈은 식순 안내장을 덮어버렸다. 그리고 눈을 감았다. 아무리 의리도 중요하지만 지금 이 자리에 있지 말아야 하는 게 더 좋았을 거라는 생각이 밀려들기 시작했다. 그렇다고 그 판국에 식장을 빠져나갈 수도 없는 노릇이었다.

"참석하기로 했던 주요 인사가 교통 사정이 좋지 않아 아직 도착하지 못한 관계로 개회식을 10분 연기하겠습니다. 잠시만 더 기다려주시기 바랍니다!"

사회를 맡은 인간이 짜증스러운 목소리로 멘트를 했다. 10분을 더 넘게 기다렸다. 그러나 더 입장하는 인간은 하나도 보이지 않았다. 사회를 맡은 인간은 그런 멘트를 두 번이나 더 해야 했다. 그래도 아무 소용이 없었다. 할 수 없이 총무담당 직원은 그 건물 안에서 어영부영하고 있는 인간들을 모두 불러들였다. 그랬는데도 하객석은 썰렁했다. 최언술과 같은 부서에서 동고동락했던 인간은 추석훈 밖에 없었다. 과연 추석훈은 중앙산 계포다웠다. 가족석에서는 어린 애 하나가 울음보를 터뜨렸고, 달래려다 못한 애 엄마가 신경질적으로 애를 윽박지르며 식장 밖으로 끌고 나갔다.

어느덧 개회식 예정시간보다 한 시간이 더 흘러가고 있었다. 여기저기에서 짜증 섞인 목소리가 흘러나오면서 크게 술렁이기 시작했다. 어떤 성질 급한 인간은 화장실에 가는 척 밖으로 나갔다가 뒤도 돌아보지 않고 주차장으로 향했다.

"이제는 입장해야지요!"

총무담당 직원이 연신 시계를 들여다보고 있는 최언술을 재촉했다. 검정색 양복을 잘 차려입은 최언술이 느리게 일어섰다. 옆에 앉아 있던 최언술의 부인도 피곤한 기색을 감추지 못하고 따라 일어났다. 새로 지어 입은 한복이 화사하기 이를 데 없었지만,

왠지 애처롭고 쓸쓸해 보였다. 최언술 부부는 식장 가운데 통로를 느린 걸음으로 걸어서 단상에 마련된 안락의자에 나란히 좌정했다. 그 건물 안에서 일을 하는 척하다가 갑자기 동원된 인간들이 열렬하게 박수를 보냈다. 머리를 아주 짧게 깎은 인간과 수염이 텁수룩한 인간은 뜻 모를 소리까지 지르며 그 누구보다 신나게 손뼉을 쳐댔다.

최언술의 역사적인 정년퇴임식은 무척이나 싱거웠다. 축사도 하나 없었고, 축전도 한 통 없었으며, 모두가 다 하는 기념 촬영도 하지 못했다. 오로지 돋보였던 것은 최언술의 장황한 회고사였다. 참으로 거창하고 화려한 최언술의 역사였다. 그 역사대로라면 최언술의 정년 퇴임식장은 빈자리가 하나도 없어야 했다. 추석훈은 최언술의 회고사를 들으며 어릴 적 먹은 젖이 목구멍으로 올라오는 역겨움을 느꼈다.

7

최언술의 정년퇴임식 피로연장은 식당 종업원들로 붐볐다. 피로연에 참석한 하객보다 식당 종업원들이 훨씬 더 많았다. 그들은 시빙할 거리를 찾느라 애꿎은 식탁만 문질러대고 있었다. 추석훈은 피로연장에서 최언술과 마주 앉았다. 실로 오랜만이었다. 최언술이 회한에 젖은 목소리로 약간은 울먹이면서 입을 열었다.

"선배님 제가 인생을 잘못 살아왔나 봐요…."

지그시 눈을 감고 생각에 잠겨있던 추석훈이 잠시 뜸을 들인 후 최언술을 노려보았다. 무엇인가 할 말은 하고야 말겠다는 표정이었다. 추석훈의 목소리는 다분히 훈계조였다.

"말이 나와서 말인데, 내가 보기에 자네는 존경받을 만한 인생은 아니었던 것 같네! 도대체 주고받은 검정색 보따리가 몇 개야! 난, 그런 거 하나도 없다네! 내 말, 혹여 귀에 거슬리는 게 있더라도 끝까지 들어보시게!"

그렇게 시작한 추석훈의 이야기는 10분도 넘게 이어졌다. 추석훈은 이야기를 하면서 격투기로 단련된 주먹으로 식탁을 몇 차례 두들기면서 흥분을 감추지 못할 때도 있었다. 그럴 때마다 최언술은 자세를 고쳐앉아야 했다. 잘못하다가는 그 주먹에 얻어맞을지도 모른다는 위기의식 때문이었다. 추석훈의 예상치도 못했던 고언을 들으며 심기가 크게 뒤틀렸지만, 최언술은 최대한의 극기력을 발휘하며 선배에 대한 예를 갖출 수밖에 없었다.

"선배님의 말씀 감사합니다. 지난날에도 그토록 충고해 주셨는데…. 저의 선친 장례식 때도 밤새워 빈소를 지켜주셨고, 장지에서는 회다지까지 직접 해주셨는데…. 저는 자당님 부고를 받고도 문상도 못 가고…"

최언술이 머리를 긁적이며 고개를 숙인 채 횡설수설하고 있었다. 추석훈은 더는 할 말을 찾지 못하고 고개를 숙이고 있는 최언술의 반쯤 벗겨진 머리통만 뚫어지게 바라볼 뿐이었다. 잠시 후 최언술은 숙였던 고개를 번쩍 치켜들고 추석훈을 응시하면서 아주 교묘하게 화제를 돌렸다.

"저는 그래도 선배님은 참석해 주실 줄 알았습니다. 그리고 선배님도 잘 알고 있는 아무개도, 또 다른 아무개도, 특히 채술언이는 열 일을 제치고 이 자리에 와 줄 것이라 믿었습니다. 그 인간들은 제가 참 많이 봐줬거든요! 검정색 보따리 꾸리는 요령도 잘 가르쳤거든요! 제가 그동안 봐준 인간만 해도 오늘 좌석이 부족했을 텐데… 그때 절대로 봐주지 말았어야 하는 건데, 싸가지 하나 없는 놈들!"

최언술은 격분한 나머지 음성마저 떨리고 있었다. 분노가 머리 끝까지 치밀어 오르는 표정이었다. 추석훈은 도무지 말귀를 알아듣지 못하는 최언술과 마주 앉아 오찬을 함께 하고 싶지 않았다. 그렇다고 음식을 먹다 말고 일어날 수도 없는 노릇이었기에 마지막 의리를 지키기로 모질게 마음을 지어먹고 내키지 않는 수저질을 계속하면서 하던 이야기를 이어 나갔다.

추석훈의 이야기가 끝나기를 기다렸다는 듯, 최언술은 찌푸리고 있던 비산을 활짝 펴고 머리를 깊이 조아리며 그 얄팍한 입술을 현란하게 움직였다.

"선배님 감사합니다! 이 생명이 다할 때까지 선배님의 그 주옥 같은 말씀 명심하겠습니다! 십전대보탕보다 더한 보약이 분명합니다. 선배님은 예나 지금이나 이 아둔한 후배의 롤모델이십니다. 제가 고향에서 총선 캠프를 차리면 선배님을 선대본부장으로 모시려고 합니다. 마지막으로 한 번만 더 도와주시기 바랍니다!"

최언술이 머리를 더 깊이 조아렸다.

"그래…? 선량이 되고 싶다? 그런데, 얼마 전 공로연수 기간에 해외여행을 한 적 있나?"

추석훈은 무엇인가 골똘히 생각하는 듯싶더니 예상치 못한 질문을 했다.

"고등학교 친구들 아홉이 부부동반으로 북유럽을 보름쯤 다녀왔습니다만…"

최언술은 대수롭지 않게 대답하며 젓가락으로 깍두기를 집어 들었다.

"그렇군. 소문이 맞는가 보네. 내가 궁금해서 그러는데, 그때 다른 친구들은 모두 이코노미석을 타고 자네는 비즈니스석으로 여행을 했다면서?"

추석훈은 경멸의 눈초리로 최언술의 깍두기를 집어 든 오른손을 주시했다.

"그럼요. 제가 해외 출장을 많이 다녀서 마일리지가 엄청나거든요. 지구를 열다섯 바퀴도 더 돌 수 있는 마일리지를 갖고 있답니다. 그때 사용 안 하면 영영 썩힐 것 같아서…. 그것뿐이 아니었어요. 우리 부부는 호텔도 스위트룸에서 묵었어요. 친구들요? 물론 개들은 스탠다드였지요. 마누라가 무척 좋아하데요. 모두가 우리 부부를 선망의 눈으로 바라보는데, 약간 쑥스럽고 미안하긴 했어요."

최언술은 집었던 깍두기를 다시 내려놓고, 자랑이라도 하듯 그 사실을 시인했다.

"참으로 기상천외한 현상이었네. 그러고도 마음이 편하던가? 자네에게 동료는 무엇이고 지인은 무엇이며 친구는 또 무엇인가? 참으로 경이롭네…."

추석훈은 최언술을 노골적으로 빈정거렸다.

"무엇이 경이로운데요?"

최술언이 정색을 하고 따져 물었다.

"그런 인격이 훈장까지 받으며 정년퇴임을 했다니…. 기적중에 기적일세!"

추석훈은 좌고우면 없이 최언술의 정곡을 찔렀다.

"그런 기적이 고향에서 반드시 다시 일어나도록 할 겁니다. 선배님과 함께 말입니다. 제발 제가 마지막으로 내미는 손을 내치지 말아주세요."

아무리 그래도, 최언술은 추석훈에게 일말의 기대를 저버리지 않는 눈치였다.

"과연 자네 고교 동창들이 몇 표나 찍어줄까? 선거사무소 창문으로 날아드는 주먹 돌의 수량이 자네 득표수보다 훨씬 더 많을 것 같네. 일찌감치 꿈 깨게나!"

결국, 추석훈은 최언술이 모욕감을 느끼고도 남을 만한 말을 단호하게 내뱉었다.

"동창들 마음 돌려놓는 건 자신 있습니다. 그놈들은 삼겹살에다가 막걸리 한잔이면 모두 나가떨어집니다. 비자금은 쓰고도 남을 정도고요. 제가 누굽니까? 그동안 인사담당부서에 있을 때 요소요소에 심어 놓은 협력자들만 움직여줘도 문제 될 게 하나도 없습니다. 저는 기필코 당선할 겁니다!"

최언술의 허풍은 기가 찰 정도였다. 그 목소리는 소싯적 대폿집에서 내뱉던 입놀림보다 더 세련되어 있었다. 억양은 더 간드러졌고 템포는 더 빨랐으며 음색은 더 감미로웠다.

사실 최언술은 수저를 들었다 놨다 하면서 추석훈의 진심 어린 충고를 듣는 척하고 있었지만, 머릿속에서는 또 다른 컴퓨터가 빠르게 돌아가고 있었고, 마음속으로는 또 다른 분노가 무섭게 꿈틀거리는 걸 참아내느라 안간힘을 다하고 있었다.

"오늘 내 정년퇴임식에 나타나지 않은 인간들…. 어디 두고 보자! 나, 최언술이 무슨 수를 써서라도 국회의원이 되어 너희들 깡그리 요절을 내고 말 거다!"

　최언술은 마치 추석훈 너도 들어보라는 듯, 누구라도 들어야 마땅하다는 듯, 증오와 원망을 독기와 뒤범벅하여 독백하는 듯 독백이 아닌 말투로 주절주절 읊어대면서, 노기로 이글거리는 두 눈을 날카롭게 뜨고는 거칠게 수저를 집어 들었다. 그리고는 다 식어 빠진 갈비탕을 볼이 메져라 게걸스럽게 퍼먹기 시작했다. 마치 꿀돼지가 죽통에 코를 처박고 여물이 뒤섞인 꿀꿀이죽을 먹어 치우듯 하는 최언술, 그 모습은 온전한 인간이 아니었다. 추석훈은 견디기 어려울 정도로 역겨움을 느꼈다. 최언술과 연을 맺고, 고락을 같이하며 교유했던 세월이 억울했고, 화가 치밀었다. 인간이 아닌 것은 거기에 합당한 대우가 필요하다는 생각이 뇌리를 스쳤다. 순간, 추석훈은 분기탱천하여 수저를 식탁에 내던져버렸다. 그와 동시에 자리에서 벌떡 일어났다. 비호처럼 최언술에게로 다가가 볼때기에 주먹을 날렸다. 소싯적 킥복싱 선수의 주먹은 살아 있었다. 퍽! 턱이 돌아가는가 싶더니 최언술은 바닥에 고꾸라졌고 씹고 있던 고깃점과 밥풀과 깍두기 조각들이 튀어나와 피로연장은 순식간에 아수라장이 되었다. 그래도 그것은, 최언술의 검정색 보따리보다는 덜 지저분했다.

아름다운 재회

석 달 전만 해도 출입문에 불이 날 정도였다. 점심을 같이 먹자
는 이들도 많았고, 부속실에서는 수시로 따끈따끈한 원두커피를
들고 들어왔다. 그날은 아침에 교감과 서무과장이 들어와 티 타
임을 한차례 가진 것 말고는 점심도 학교 후문 옆에 있는 관사에
가서 그녀와 장칼국수를 끓여 먹었다. 그렇게 칼국수로 점심을
때우고 오후 1시 10분 전에 교장실로 되돌아왔다. 그래도 자리는
지켜야 한다. 8월 말일까지는 별고가 없어야 한다. 그래야 연금도
온전하고, 아무짝에도 쓸데없긴 하지만 청조근정훈장도 날아가
지 않는다. 내가 들어오자 부속실에서 커피를 한 잔 들고 들어와
티테이블에 놓고 나갔다. 말없이 들어왔다가 말없이 나갔다. 그게

그들이 끝 무렵의 시골 교장을 대우하는 방법이었다.

커피는 거들떠보지도 않고, 나는 벽면에 걸려 있는 역대 교장들의 인물사진을 바라본다. 초대 교장 나까무라, 2대 교장 다나까, ……, 제10대 최규형 교장. 아, 최규형 교장이라. 그분은 글쎄올시다, 이다. 모든 게 우격다짐이었다. 돈과 술은 왜 그리 밝히는지…. 그때 내가 이 학교에서 교직의 첫발을 내디뎠다. 교감은 홍성팔. 교무과장은 황경락. 학생과장은 신현삼. 그래, 신현삼 과장은 존경할 만한 교육자였지. 나는 2학년 축산과 담임이었고…. 나, 철윤섭. 제18대 임흥주 교장으로부터 물려받았으니, 나는 이 학교 제19대 교장이다. 바로 저 위치에 내 사진이 걸릴 것이고, 그 사진은 학교가 존재하는 한은 저 자리를 지킬 것이다. 그러니 마무리를 확실하게, 멋지게 해야 한다. 어떻게 확실하고도 멋진 마무리를 할 수 있을까?

나는 소파에 주저앉는다. 그 생각이 머릿속을 쉬지 않고 맴돈다. 궁리에 궁리를 해보지만 별 뾰족한 방법이 떠오르지 않는다. 답답하다. 다 식은 커피잔을 들고 창가로 간다. 창문을 열어젖힌다. 운동장 맞은편, 교문이 한눈에 들어온다. 참으로 아름다운 교문이다. 내가 교장으로 부임하던 해, 총동문회의 지원을 받아 교문의 문주를 새로 건립했다. 줄잡아 저 교문으로 들어와 3개 성상 형설의 공을 쌓고, 저 교문을 나가 밥을 먹고 사는 이들이

15,678명이다. 지난 2월 졸업장의 끝 번호가 그랬다. 그래, 교장이 그런 것쯤은 기억하고 있어야 교장답겠지…. 그들에게 딸린 식솔까지 합하면…? 학교의 존재가치는 그런 게 아닐까? 어찌하여 평생 애들 가르치느라 자기 자녀들의 졸업식에도 한번 가지 못했던 교장을 청문회에 불러다 놓고 호통을 치는가? 교장에게 호통을 칠만한 인격자가 과연 누구일까? 그런 인격이 있기나 한 걸까? 어찌하여 이 땅에는 큰 바위 얼굴을 닮은 어른이 없는 걸까? 어른이 존재하지 못하는 사회는 누구의 책임인가? AI시대에 제자는 무엇이고, 스승이라는 단어는 수명이 얼마나 남았을까? 생각에 생각이 꼬리를 문다. 여전히 답답할 따름이다. 시간 흘러가는 소리만이 점점 더 날카롭게 창문으로 흘러든다.

바로 그때, 좀처럼 보기 어려운 새까맣고 중후한 승용차가 교문 밖 신작로를 아주 저속으로 지나간다. 마치 이 학교를 힐끗거리며 훔쳐보기라도 하듯, 아주 천천히 달려가는 새까맣고 중후한 승용차. 저런 멋진 승용차 속에는 도대체 누가 타고 있을까? 저 교문을 드나들던 아이라면 어울릴 것 같다만…. 나는 그런 생각을 하며 한 모금도 마시지 않은 커피잔을 티테이블에 팽개치듯 내려놓고, 소파에 주저앉아 오전에 뒤적이던 신문을 다시 뒤적이기 시작한다.

내가 그 애, 박상실을 만난 건 운명적이었다. 전방 보병사단에서 군수장교로 복무하다가 전역을 하고, 대학 4년 동안 열정적으로 참여했던 동아리의 지도교수가 다리를 놓아 농산물검사소에서 사회 첫발을 내디뎠다. 임시직이었는데, 2년 정도만 어영부영하면 정규직이 보장되는 기관이었다. 나는 그곳에서 겨우 1년 6개월을 버티다가 운 좋게도 시골 고등학교로 첫 발령을 받았다. 내가 첫 발령을 받은 학교는 농업과, 축산과, 그리고 임업과가 개설되어있는 실업계고등학교였다. 학교에서 약 5리쯤 되는 후미진 산골짜기에 실습농장과 실습목장, 그리고 연습림이 있었다. 발령을 받던 그해, 나는 2학년 축산과 담임을 맡았다. 워낙 시골이라 그런지 가정 형편이 좋지 못한 학생들이 유달리 많았다. 도시락을 싸 오지 못하여 물로 허기를 채우는 학생도 있었고, 수업료를 제때에 내지 못하여 등교 정지를 당하는 학생들도 꽤 여러 명 있었다. 교납금을 마련하기 위하여 며칠씩 결석을 하며 품팔이를 하는 학생들도 있었다. 박상길은 1학기 중간에 전학을 왔다.

교직 초년병으로 정신을 차리기조차 힘들었던 그해 5월 초, 생각지도 않던 전화를 받았다. 박남신 과장이었다. 그는 도청소재지에서 2백 리도 더 되는 시골까지 나를 찾아오겠다는 거였다. 나는 달갑지 않았으나 거절하기도 그랬다. 박 과장은 공금 알기를 자기 쌈짓돈 정도로 여겼고 직원들은 머슴처럼 부려먹는 인물이었다. 내가 농산물검사소에서 뛰쳐나온 이유도 다는 아니지만, 박 과장의 그런 소행 머리와도 관련이 깊었다. 지극히 사소한 일로 그와 한바탕했고, 그걸 빌미로 그렇지 않아도 비전이 별로라고 여기던 그곳을 뛰쳐나왔다. 그렇지만 그는 나를 자기의 친동생 같다면서 여러모로 보살펴 주긴 했다. 막상 내가 그곳을 그만둔다고 하니까, 그는 무척 아쉬워했다. 물론 공금에서 알긴 것이겠지만, 고급 요정에서 송별연도 거하게 열어줬고 전별금도 두둑하게 챙겨주었다. 그는 출근 마지막 날 정문까지 따라 나와 나를 배웅하며 아주 정겹게 손을 잡고 등가죽을 두드려주기까지 했다.

"자넨 참 좋은 길에 들어섰네. 부러울 뿐이네."

"뭣이 부럽습니까? 선생 똥은 개도 안 먹는다는데요."

나는 건성으로 대꾸했다.

"스승은 그림자도 밟지 않는다네!"

그러면서 그는 나의 두 손을 감싸 잡은 채 이야기를 이어갔다.

"나는 아직도 선생님 한 분을 마음속에 간직하고 있다네. 중3 때 과학 선생님이신데, 시험문제를 무척 어렵게 출제하기로 이름 난 분이셨어. 다른 과목들은 대개 내가 예상하는 대로였는데, 그분의 문제지는 도저히 90점 이상을 받기 어렵더라고. 그래서 나는 커닝을 했어. 그러다 감독 선생님에게 들켜버렸지. 나는 큰 벌을 받게 되었고, 그때 그 선생님이 내 편이 되어주셨다네. 나는 심기일전했고, 성장기의 절망적이고 치욕적인 그때를 그분 덕분에 이겨낼 수 있었지. 누군가 어려울 때 힘이 되어준다는 것, 선생님

들은 그럴 기회가 많지 않겠나? 그런데 나는 뭔가? 평생 농민들이 피땀 흘려 거둔 농작물을 놓고 허물만 들춰내려고 혈안이 되어 있잖은가! 훗날 누가 나를 기억해주겠나?"

박 과장은 내가 즐겨 피우는 말보로 담배를 한 보로 들고 교무실로 들어섰다. 직원휴게실도 없던 시절이라 교무실 말석에 자리한 내 사무용 책상 옆에 빈 의자를 끌어다 놓고 이야기를 나눴다. 그는 단도직입적으로 나를 찾아온 이유를 말했다. 도청소재지의 일반계고등학교에 다니는 아들을 내게 맡기고 싶다는 거였다. 자네라면 그놈을 사람으로 만들어 놓을 수 있을 거라며 내게 매달렸다. 자식의 장래를 놓고, 나를 바라보는 그의 표정은 농산물검사소에서의 패기만만하고 거들먹거리던 박남신이 아니었다. 나는 그의 애절한 눈빛을 느끼며 더 들어볼 것이 없다는 생각을 굳혔다. 가능할 것 같았다. 나는 망설이지 않고 박 과장을 교감에게 소개했다. 교감은 나와 그를 데리고 교장실로 갔다. 교장과 교감은 그와 몇 마디 나눠보고는 박상길이 문젯거리가 많다는 것을 금방 알아차렸다. 교장과 교감이 부정적인 반응을 보이자 박 과장은 양복 안주머니에서 꽤 두툼한 봉투를 두 개 꺼내더니 교장과 교감에게 하나씩 내밀었다. 교장과 교감은 내 눈치를 힐끗거리며 살피더니 재빠르게 봉투를 받아 양복 안주머니에 쳐넣었다. 나는 그와 때를 같이하여 내 나름대로 립서어비스를 했다.

"여기 계시는 박남신 과장님은 나를 무척이나 아껴주시던 분입니다. 머지않아 도청의 최고위직에 진입하실 겁니다. 그리고 그 애를 우리 학급에 배정해주시면 제가 전적으로 책임을 지고 잘 훈육하겠습니다."

내가 그렇게 말하자 교장은 기다렸다는 듯 교감에게 그 애의 전입을 허락했고, 그로부터 3일 후, 박 과장은 아들을 데리고 내 앞에 다시 나타났다. 그 애는 이목구비가 또렷하고 키가 헌칠했다. 떡 벌어진 어깨와 굳게 다문 입은 남아다움을 더했고, 당돌하다는 느낌도 들었다. 특히 눈초리가 예리했다. 그 애가 교무과에서 입학서류를 작성하는 동안 박 과장은 나와 농산물검사소에서의 에피소드를 회상하며 담소를 나눴다. 그는 이야기 도중 아주 빠르게 주변을 살피더니 내 책상 서랍에 두툼한 봉투를 하나 찔러 넣어주었다.

"이건 뇌물이 아니니 사양 마시게."

"학생을 매개로 이런 금품이 오가면 교육상 좋지 않습니다."

나는 그것을 되돌려 주려고 무진 애를 썼으나, 박 과장의 고집을 꺾기는 어려웠다. 난생처음 받아보는 촌지였다. 그렇게 해서 그 애는 전학을 왔고, 내 반에 들어왔다. 나는 박 과장이 놓고 간 금일봉을 우편으로 반송할까 하다가 떠오르는 생각이 있어 박상길의 이름으로 단위농협에 입금해 놓았다. 거의 소 반 마리 값의 거금이었는데, 예금통장을 잘 간직하고 있다가 그 애가 졸업하는 날 건네줄 요량이었다.

　나는 그 애를 성심껏 돌보았다. 상담도 뻔질나게 했다. 아이 하나 만들어 달라는 박 과장의 간청 때문은 아니었다. 맹세컨대, 박 과장으로부터 받은 촌지 때문은 절대로 아니었다. 굳이 말하자면 나의 교육자적 양심과 열정이라고나 할까. 오로지 사명감으로 그렇게 했다. 약 2주에 걸쳐 유심히 관찰해보니, 그 애는 인정욕구를 충족하지 못하는 게 문제였다.

　인간은 생태적으로 자신의 생존 이유에 대해 어떤 확신이 필요하고, 그 확신이 있어야 생존력을 완성하는 동물이다. 말하자면 인정욕구는 인간의 생존을 위해 꼭 필요한 심리적 욕구인데, 그 애는 거기에 목이 말라 있었다. 타인에게, 혹은 자기 자신에게, 자기의 능력이 탁월하다는 것을 인정받는 일은, 자기가 생존할 이유가 충분하다는 것을 확신하는 일로써, 그 애는 가정은 물론 학교에서도 자신이 가치 있는 존재라는 신념을 갖고 삶의 목표를 설정해 주도록 하는 심리적 기제가 극도로 헝클어져 있었다. 그 애의 부모는 다그치기만 했고 믿어주지를 않았다. 박 과장은 능히 그럴 인물이었기에, 나는 그 애를 이해하는 게 어렵지 않았다. 인정욕구만 충족하면 그 애는 무한 성장할 수 있을 것 같았다. 희망적이었다. 그 애는 어쩌다 지각도 하고 아이들과 주먹다짐도 하면서 그런대로 질풍노도의 시기를 버텨내고 있었는데, 나는 애들은 그렇게 커야 한다는 소신이었다. 적어도 성장기의 애들이라면 너무 외곬이거나 너무 샌님 같은 태도는 바람직하지 않다는 믿음이 강했다. 오히려 심심치 않게 말썽을 부리는 애들이 내 제자다웠다. 도청소재지에서 불량배로 명성을 날렸던 그 애는, 전입한 지 채 4개월도 되지 않아 시골 실업계고등학교의 2학년 모두를 장악하는 천재성을 발휘하는 것이었다. 그 애가 그렇게 되기까지는 드라마 같은 사건이 하나 있었다.

실습목장의 암소 도난사건이 벌어진 것은 그해 여름이었다. 여름방학 기간에 실습목장의 한우 열일곱 마리 중에서 새끼를 밴 암소 한 마리가 감쪽같이 없어졌다. CCTV라는 것은 말도 못 들어보던 시절, 학교 당국은 실습목장 당번 학생들의 소행일 거라는 정황을 포착하고 은밀하게 범인을 탐문하는 중이었다. 그러나 오리무중이었다. 방학 기간에는 실습목장을 관리하는 당번 제도가 있었는데, 축산과 2학년 학생 2명이 한 조가 되어 이틀 동안 실습목장의 가축을 돌보고, 결과보고서를 작성하여 축산과에 제출하는 활동이었다. 나는 고향에 가서 아버지 농사일을 돌봐드리다가 개학을 사흘 앞두고 하숙집에 돌아왔고, 그다음 날 개학준비를 위하여 출근했다. 그런데 교무실 분위기가 심상치 않았다. 심상치 않은 정도를 넘어서 난리가 나 있었다. 학교는 여러 가지 시끄러울 것에 대비하여 자체해결하기로 방침을 정하고 백방으로 수소문하고 있었으나 오리무중이었다. 그래서 학교는 파격적인 현상을 걸었는데, 암소를 훔친 사실을 자수하면 퇴학만은 면하게 해주고, 범인을 제보하는 학생에게는 한 학기 수업료를 면제해 준다는 조건이었다. 학교 당국은 개학 날 종례 시간을 이용하여 그 사실을 전교생들에게 공지했다.

그날 밤 아주 늦은 시간, 우리 반 실장인 권남오가 나를 찾아왔다. 나는 직감적으로 실습목장의 암소 도난사건에 관한 실마리가 풀릴 거라는 예감이 들었다.

"어서 와라. 밤늦게 어쩐 일이냐?"

나는 반갑게 실장을 맞아들였다.

실장은 한참을 머뭇거리더니 아주 힘들게 입을 열었다.

"목장의 소도둑을 제가 알고 있습니다."

"무슨 말이냐? 차근히 이야기하렴."

나는 그 말을 듣는 순간 우리 학급이 엄청난 소용돌이에 휘말리고 있다는 느낌이 들었다.

"소를 몰래 끌어다 판 아이를 제보하려고 합니다."

실장의 목소리는 미세하게 떨리고 있었다.

"확실하냐?"

나는 여전히 긴가민가했다.

"네…"

실장의 목소리는 들릴 듯 말 듯 했다.

"우리 반 학생이냐?"

나는 제발 그렇지 않기를 바라는 마음이었다.

"…네."

실장의 목소리는 작았지만 또렷했다.

순간, 나는 현기증이 날 정도로 머리가 멍멍해지는 걸 느꼈다. 실습목장의 암소 도난사건에 우리 반 아이가 연루되다니…. 도저히 그 사실을 받아들이기 어려웠다. 우리 반의 어느 누가 그 짓을 했을까를 빠르게 떠올려보았다. 내 사랑하는 제자들, 축산과 2학년 60명 중에는 그런 짓을 할 학생은 아무도 없다는 결론이 머릿속을 지배하는 것이었다.

"실습목장의 당번 두 번째 날이었어요. 어머니가 시장에 채마를 팔러 가시다가 마주 오던 자전거에 부딪혔어요. 저는 어머니를 병원에 모셔다 놓고 가는 바람에 오후 세 시쯤 실습목장에 갔어요. 제가 없는 사이에 그 일이 벌어졌습니다."

"그게 누구냐?"

나는 실장을 노려보았다. 실장은 한참을 뜸을 들이다가 짧게 대답했다.

"…박상길입니다."

순간, 나는 머리를 좌우로 흔들었다. 내가 몇 달 동안 지켜본 그 애는 그런 구질구질한 짓을 할 막돼먹은 아이는 아니었다. 모든 행동에서 즉흥적이지 않았고, 나이에 비해 사려가 깊었다. 그 애는 의협심이 강했고 인간미도 있었다. 절대로 아둔하지 않았다. 그만하면 심성도 오염되지 않은 청년이었다. 나는 도저히 그 사실이 믿어지지 않았다. 그게 사실이라면 그럴만한 사유가 분명 있을 거라는 생각이 들면서도 나도 모르게 언성이 높아졌다.

"사실이냐?"

"네…."

실장의 목소리는 점점 기어들었다. 참으로 난해한 문제가 발생했다. 내가 담임한 학생들이 두 명씩이나 큰 사건에 연루되어 있지 않은가. 내가 해결해야 한다. 반드시 잘 해결해야 한다. 그런 생각을 하면서 그 애를 만나야 무엇인가 실마리가 풀릴 것 같았다. 나는 실장을 향해 소리쳤다.

"앞장서라!"

"십 분은 걸어가셔야 합니다."

실장은 눈치가 빨랐다. 실장과 나는 아주 빠른 걸음으로 그 애의 원룸으로 향했다. 한마디 말도 없이 거의 뛰다시피 걸어갔다. 실장이 숨을 헐떡거리며 방문을 열었다. 그 애는 책을 읽고 있었다. 방안은 사내아이 혼자 쓰는 공간치고는 꽤 넓어 보였고 매우 정결했으며, 책꽂이에는 책이 가득했다. 그맘때 그 또래의 애들은 끽연도 하고 저속한 주간지나 무협지와 같은 것들을 섭렵하기 마련인데, 그 애는 의외였다. 나를 보고도 놀라는 기색도 없었다. 오히려 의연하게 보였다. 그 애는 내가 자리에 앉자마자 무릎부터 꿇었다. 실장도 그 애와 함께 무릎을 꿇고 앉았다.

"너희들 둘이 무엇인가를 작당한 게 있을 것 같다. 숨기지 말아야 한다!"

나는 흥분을 가라앉히느라 숨을 크게 들이마셨다.

"남오는 아무것도 모릅니다. 제 소행입니다."

그 애가 고개를 숙인 채 말했다.

"그렇다면, 그 돈은 지금 갖고 있냐? 무엇에 썼냐?"

나는 그 애를 다그쳤다.

"오토바이를 사려고 모처에 감춰놓았습니다."

그 애의 목소리는 건성이었다.

"이왕 이렇게 됐으니 오토바이는 물 건너간 거 아니냐? 어디에 감춰놨는지 남오와 같이 가서 찾아와라!"

나는 더 날카로운 목소리로 말했다.

"사실은 지금 제게 없습니다."

그 애는 여전히 고개를 숙인 채였다.

"그렇다면?"

나는 약간 입에 힘을 주며 더 강하게 다그쳤다.

"그건 말씀드리기 어렵습니다. 그냥 벌을 받겠습니다."

그 애의 목소리에도 힘이 약간 실려 있었다.

"넌 그게 그렇게 단순하다고 생각하니? 네가 한 행동에 책임이 따른다는 것쯤은 알고 있을 것 아니냐? 적어도 너의 소행이 너와 관계를 맺고 있는 사람들에게 어떻게 파급될 것인가를 심사숙고하는 게 순서 아닐까? 너 혼자 벌 받으면 끝날 것 같으냐? 너 혼자만의 문제라는 확신이 서면 네 마음대로 해라!"

나는 목소리를 한껏 누그러뜨리고 일부러 최후통첩을 날리는 척했다.

"......."

그 애는 고개를 있는 대로 숙이고 입을 봉한 채 미동도 하지 않았다. 방안에는 침묵이 무거웠다.

"상길아, 선생님께는 사실을 말씀드리자!"

실장의 조용한 목소리가 침묵을 깨뜨렸다. 실장의 그 말에도 그 애는 육중한 바윗돌처럼 꿈적도 하지 않았다. 나도 다그치지 않았다. 무엇인가 내막이 있는 건 틀림없다는 생각이 들었다. 섣불리 다그칠 일이 아님은 분명해 보였다. 내심 나는 내 제자들의 편에 서기로 마음을 굳혔다. 이제부터 상황이 어떻게 전개되더라도 나는 내 제자의 편에서 모든 걸 판단할 것이라는 결심이었다.

"내, 잠깐 담배 한 대 피우고 들어오겠다."

나는 일부러 실장과 그 애 만의 시간을 주기 위하여 자리를 피했다. 담배를 피워 물고 하늘을 쳐다보니 그날따라 은하수가 더 확연했다. 학교 뒷산에서 불어오는 바람이 내 가슴과 어깨를 시원하게 감싸 돌고 있었다. 나는 그 상쾌한 바람을 들이마시며 더욱 모질게 마음을 다졌다. 내 제자들 모두를 더 강하게 교육하여

이 세상을 누구보다 더 당당하게 살아가도록 만들어 놓을 것이라고. 나는 은하수를 한 번 더 쳐다보고는 그 애의 방으로 들어갔다. 그 애와 실장은 내가 들어서자 자리에서 벌떡 일어섰다.

"모두 앉아라!"

나는 부드럽게 말하며 방 아랫목에 자리를 잡고 앉았다. 그 애와 실장이 다시 또 내 앞에 무릎을 꿇고 앉았다. 그 애들의 표정은 한결 편안해 보였다.

"자수하자는 말은 남오가 먼저 했어요."

드디어 그 애가 입을 열었다.

"저는 상길이의 의리와 우정에 감복했습니다."

실장의 목소리는 조용하면서도 또렷했다.

"무슨 말이냐?"

나는 짐짓 이해하기 어렵다는 표정을 지었다.

"우리 반에는 수업료가 밀린 친구들이 여러 명 있잖아요. 여름 방학을 하는 날 종례 시간에 선생님께서 그 애들을 호명하시면서 개학하기 전까지는 무슨 일이 있어도 서무과에 납부해야 한다고 하셨습니다."

실장의 말은 사실이었다.

"그래! 최승겸, 허월도, 오건국, 노승열, 이정항, 신동건, 지찬웅, 박재훈, 최재형을 일으켜 세워놓고 경고 아닌 경고를 했지…. 내 그날 빈싱 많이 했나. 소봉히 이야기를 해줘도 좋을 것을 그렇게 친구들 앞에서 까발리며 엄하게 경고까지 했으니…."

"선생님, 저희는 그런 것으로 상심하거나 자존심을 상하지는 않아요. 중학교부터 수없이 그랬거든요. 다만…."

실장은 말끝을 흐렸다.

"다만?"

나는 실장을 다그쳤다.

"상길이가 그날 엄청나게 흥분했어요. 등교 정지를 당했을 경우 그 친구들을 도울 방법이 없을까, 저에게 같이 생각해 보자는 거였어요."

"그럼 소를 팔아서 친구들 수업료를 내줬단 말이냐?"

"그 돈 갖고는 모자라서 상길이가 나머지는 충당했어요. 아마도 상길이 통장은 완전히 바닥났을 겁니다."

실장은 그 애를 힐끔거렸다. 그 애는 고개를 숙인 채 미동도 하지 않았다. 박 과장은 매달 그 애의 용돈 명목으로 25만 원을 통장에 넣어주고 있었다.

"그렇다면 너희 둘이 공범이로구나?"

나는 일부러 둘을 묶어나갔다.

"아닙니다. 남오는 모르는 일입니다."

그 애는 실장이 그 일에 연루되었다는 것에 대하여 단호하게 변명하고 나섰다.

"제가 소를 끌고 우시장에 가서 팔고 올 때까지 남오는 목장에 없었습니다."

그 애의 그 말은 맞는 말이었다. 권남오의 가정 형편도 그리 좋지는 않았다. 소작농을 하는 부친은 한국전쟁 때 춘천전투에서 총상을 입고 왼쪽 다리가 절단된 상이용사였고, 그래서 모친은 텃밭에서 재배한 푸성귀를 장날마다 시장에 내다 팔아 생계를 보태야 했다.

"그렇다면 소 값은 얼마를 받았냐?"

나는 작전을 바꿨다. 그 애가 대답하기 쉬운 것에서부터 접근하여 깊이 파고들 작정이었다.

"소를 말뚝에 매어놓고 우시장을 한 바퀴 돌며 살펴봤어요. 백오십만 원은 받을 것 같았습니다. 그런데, 남오가 목장에 오기 전에 팔아야 했어요. 그래서 중개사에게 빨리 팔아달라고 했고, 결국 백만 원밖에 못 받았습니다."

"너무 헐값이로구나…. 그렇다면 실장은 그 사실을 언제 알았을까?"

실장은 머뭇거렸다. 그러자 재빨리 그 애가 나섰다.

"오늘 종례 시간에 실습목장 암소 도난사건에 대한 현상이 걸렸다는 선생님의 말씀을 듣고, 하교하는 길에 남오에게 알려줬습니다."

"그렇다면 네가 직접 자수해도 될 것을 실장을 통해서 신고하도록 했을까?"

"……."

그 애는 다시 말문을 닫고 고개를 숙였다.

"실장이 말해라! 상길이 말 대로 너는 아무것도 모르고 있었니?"

"실습목장 당번 첫날, 소 목욕을 시키면서 상길이와 농담은 했습니다. 소 한 마리만 팔면 우리 반 수업료가 밀린 친구들 등교 정지 당하는 일은 없을 거라고…"

실장은 말끝을 흐렸다.

"그게 다냐?"

나는 다시 실장을 다그쳤다.

"그렇습니다."

이번에는 그 애가 재빨리 대답했다.

"선생님이 아무리 머리를 쥐어짜도 이해하지 못할 게 있구나. 상길이가 그냥 자수하면 벌도 가벼워지고, 간단하게 끝날 수도 있는데, 친구의 허물을 적나라하게 일러바칠 생각을 했다는 게…. 내가 아는 너희 두 사람은 그렇게 경솔하지도 않고, 의리 또한 누구 못지않은 사나인데, 그렇다면 내가 너희 두 사람을 잘못 본 게로구나? 실망이 크다!"

나는 일부러 한숨을 내쉬었다.

"선생님, 제가 그렇게 하자고 했습니다."

그 애가 여전히 고개를 숙이고 말했다.

"그럼 소상히 말해라! 우리 셋은 적어도 이 일에서는 공동운명체다. 나도 너희와 똑같이 내막을 알아야 우리를 지킬 수 있다."

"저는, 남오도 매우 어렵게 학교 다니고 있다는 걸 알고 있었습니다. 평생 우정을 나누어도 후회하지 않을 친구라는 걸 일찌감치 알았습니다. 친구에게 무엇인가 힘이 되어주고 싶었습니다."

그 애가 진심을 토로하기 시작했다.

"친구를 생각하는 너의 그 심정은 참으로 갸륵하다. 박상길, 너 다시 봐야겠다."

나는 그 애를 치켜세웠다.

"제 이야기를 듣고 남오의 첫마디는, 우리 자수하자는 거였습니다. 그러나 제가 그 말을 일축하고 역제안을 했습니다. 네가 나를 제보하라고 강요했습니다. 남오는 그렇게 할 수 없다고 했습니다. 그때부터 저는 남오를 은근히 협박했습니다. 강둑에 앉아서 30분을 넘게 옥신각신한 끝에 겨우 결론을 낼 수 있었습니다. 내일 등교하는 대로 그렇게 하기로 했습니다."

그 애는 여전히 고개를 숙인 채였다.

"그런데 실장은 그길로 선생님에게 왔구나. 집에도 가지 않고… 어찌 되었든 실장이 나부터 찾아온 건 참으로 잘했다."

이번에는 실장을 치켜세웠다. 실장은 더 깊숙이 고개를 숙였고, 그 애는 말이 없었다. 한동안 침묵이 흘렀다.

"잘 알았다. 그럼 너희늘이 작당한 방법대로 진행하도록 할까?"

"아닙니다! 상길이와 함께 자수하겠습니다."

실장이 또렷하게 말했다.

"아닙니다. 남오는 죄가 없습니다. 그리고 선생님도 모른 척해 주십시오. 제가 알아서 하겠습니다."

그 애는 고집을 부렸다.

"너희들, 그거 알아야 한다. 국가의 존망과 관련한 일, 예를 들면 간첩질이나 역적질 같은 게 아닌 이상은 친구나 부모형제의 허물을 일러바치는 건 인간의 도리가 아니다. 상길인 친구를 그런 인간으로 만들고 싶지는 않겠지? 잘 생각해 보렴! 수업료 6개월 분은 해결 방법이 따로 있을 것이다."

"……"

그 애는 더는 고집을 부리지 않았다.

"그렇다면 우리 이렇게 하자! 내일 등교하는 대로 너희 둘이 함께 축산과 사무실에 가서 자수하는 거다. 그다음부터는 선생님의 몫이니 너희는 평소와 다름없이 학교생활을 하도록 해라! 다만, 오늘 우리가 나눈 이야기의 내용은 우리 셋만의 것이라는 거 잊지 말아라!"

나는 결론을 내리고, 그 애와 실장의 손을 잡아주었다. 왼손으로는 그 애의 손을, 오른손으로는 실장의 손을 잡았다. 두꺼비등 가죽처럼 거칠고 투박한 촉감이 가슴까지 밀려왔다. 무엇인가 큰 일을 해내고야 말 것 같은 내 제자들의 손이었다.

"선생님, 죄송합니다. 그렇게 하겠습니다."

그 애가 살짝 고개를 들고 작은 목소리로 말했다.

"그런데, 드릴 말씀이 있습니다."

"그래, 말해보렴!"

나는 고개를 크게 끄덕였다.

"두 가지 부탁드리겠습니다. 첫째는 친구들 수업료 내준 것을 비밀로 해주시기 바랍니다."

그 애의 목소리는 한결 더 당당해져 있었다. 듣기 좋았다.

"그다음은 뭐냐?"

내가 듣기에도 내 목소리도 편안하게 들렸다.

"저희 부모님께도 비밀로 해주셨으면 합니다."

그 애는 비로소 고개를 번쩍 들고 나를 바라보았다. 나는 그 애가 부탁하는 두 가지 사실을 놓고 잠깐 생각했다. 장차 세상을 인간답게, 당당하게 살아감에 있어 어떻게 해주는 것이 더 바람직할까를 계산했다. 결론은 즉시 나왔다. 그 애가 바라는 대로 해주는 거였다.

"알았다. 약속하마!"

나는 아주 확실하게 대답했다. 모든 게 잘 풀릴 것 같은 예감에 사로잡혀 그 애의 원룸을 휘둘러보았다. 책상 위에는 두꺼운 책들이 여러 권 쌓여 있었고, 책장에는 의외로 책이 많이 꽂혀있었다. 위인전도 보였고, 교양 인문서와 소설책도 눈에 띄었다. 일간지도 구독하는 것 같았다.

"상길인 독서를 많이 하는구나. 요즈음은 무얼 읽고 있니?"

"카네기의 인간관계론을 거의 다 읽었습니다."

그 애는 쑥스럽다는 듯 미소를 머금으며 뒷머리를 긁었다. 저 머리통 속에서 그 애만의 꿈이 옹골차게 영글어 간다는 생각이 들었다.

"좀 어려울 텐데…. 하기야 열심히 읽다 보면 문리가 틔게 돼 있다. 멈춤이 없어야 한다."

나는 그 애와 실장을 번갈아 바라보았다. 긴장이 가신 두 청년 의 얼굴에서는 형언하기 어려운 광채가 발산하고 있었다. 나는 자 리에서 일어섰다. 그 애가 재빨리 방문을 열어 주었다. 내가 방문 을 나서니 실장과 그 애가 따라나섰다. 나는 두 제자의 등을 감싸 안으며 토닥여주었다. 두 청년의 등가죽은 거대한 바윗돌 같았다. 조국의 미래를 짊어질 어깨들, 듬직하기 그지없었다. 하늘에는 은 하수가 한결 더 풍성해 보였고, 학교 뒷산에서는 더욱 상큼한 밤 바람이 불어오고 있었다. 숙소에 돌아오니 거의 자정에 가까워져 있었다.

드디어 실습목장의 암소 절도 혐의 학생에 대한 징계위원회가 열렸다. 학생과장은 박상길과 권남오를 퇴학은 아니더라도 권고 전학시키고 솟값을 변상시켜야 한다고 주장했다. 나는 자수한 학생들에게 그건 너무 가혹하다는 의견을 제시했다. 그런데 상황이 이상하게 돌아가기 시작했다. 징계위원회에 불려온 그 애가 진술했던 내용을 번복하는 것이었다.

"권남오는 저와 당번 활동을 같이한 것 말고는 이 사건과 관련이 없습니다. 소는 저 혼자 끌고 나갔습니다. 벌은 저 혼자 받겠습니다!"

실장도 물러서지 않았다.

"소를 훔치자는 이야기는 제가 먼저 꺼냈습니다. 소는 박상길이 끌고 가서 팔았지만, 저는 우시장 주변에서 망을 봤습니다. 저에게 벌을 주십시오!"

학생과장은 좀처럼 물러서지 않았다. 나는 징계위원회의 정회를 요청했다. 그리고 징계대상 두 학생은 내보냈다. 나는 정회 시간에 학생과장과 독대했다. 학생과장만 알고 있어야 한다는 조건을 걸고 암소 값 백만 원의 용처를 밝혔다. 학생과장도 나 못지않은 교육자였다. 모든 사고방식이 교육적이었다.

"뜻밖입니다. 처음부터 그 사실을 알았다면 참작할 수 있었습니다. 권남오는 정학 1주일, 박상길은 정학 2주일이면 어떨까요? 그리고 솟값은 변상해야 합니다."

"감사합니다. 물론, 시세대로 변상시키겠습니다. 하지만, 권남오와 박상길의 징계양정에는 차이를 두지 않았으면 합니다."

"남임선생님의 말씀 이해합니다. 같이 노력합시다."

신현삼 학생과장은 나 못지않게 학생들의 미래를 염두에 두고 있었다.

"담임선생님은 장래가 매우 촉망되는 제자를 두셨습니다. 장차 무언가 큰일을 할 아이들 같습니다. 그런 제자 만나기 쉽지 않습니다."

그렇게 해서 그 애와 실장은 정학 10일의 징계처분을 받았다. 그다음 날, 나는 그 애 이름으로 솟값을 변상했다. 더구나, 수태한 지 6개월이 넘은 암소였기에 2백만 원이나 변상해야 했다. 그 돈은 박 과장이 그 애를 처음 데리고 왔던 날, 내 책상 서랍에 놓고 간 바로 그 돈에다 그 액수만큼을 내 봉급통장에서 충당했다.

그 애는 징계처분을 받던 날 밤 아주 늦게 나를 찾아왔다. 나는 따뜻하게 그 애를 맞아들였다. 그 애는 들어서자마자 무릎을 꿇고 통사정을 했다. 부모님께는 절대로 비밀로 해 달라는 말을 또 하는 거였다. 그렇게만 해주시면 진정 새사람으로 다시 태어나겠다는 거였다. 그리고 현재 구상하고 있는 사업을 창업하여 큰돈을 벌 것이고, 선생님께서 대신 변상해 주신 소 값은 반드시 돌려 드리겠다며 조아렸다. 그렇게 말하는 그 애의 눈빛은 너무도 애절했고, 각오가 넘쳐흘렀다. 나는 그런 그 애의 눈빛을 믿었다. 그리고 그 애의 본성과 인간 됨됨이를 믿었다. 나는 아무 단서도 달지 않고 그렇게 하겠다는 약속을 했다. 그러자 그 애는 내게 큰절을 하고 물러갔다. 그다음부터 나는 그 애와 상담도 하지 않았고, 이렇다 할 관심도 보이지 않았다. 그 애는 별 말썽 없이 2학년을 수료하고 3학년에 진급했다. 나는 그다음 해 그 반을 그대로 이끌고 올라가 축산과 3학년 담임을 맡았다. 그 애는 일부러 거들떠보지도 않았다. 그건 나의 전략이었다. 그 애는 몰라보게 어른스러워졌고, 결국 우등상까지 받으며 그 학교를 졸업했다. 그애의 졸업식 날 그 애의 부모는 나타나지 않았다. 나중에 들은 바로는 그 애가 박 과장에게 절대로 학교에 나타나지 말아 달라고 했다는 거였다. 졸업식이 모두 끝나고 퇴근을 하려는데 그 애가 교무실로 나를 찾아왔다. 나는 다시 한번 그 애에게 대학진학을 권유했다. 그러나 그 애의 대답은 똑같았다.

"군대 갈 겁니다. 그리고 제대해서 돈을 벌 겁니다. 선생님, 저를 지켜봐 주십시오. 선생님의 은혜는 죽어도 잊지 않겠습니다. 선생님, 정말로 감사합니다. 부디 만수무강하시옵소서!"

나는 그 애의 등을 두드려주었고, 그 애는 교무실 바닥에 넙죽 엎드려 큰절을 올리고는 학교를 떠나갔다.

내가 그 애를 다시 만난 것은 그 학교 교장을 하고 있을 때였다. 나는 그 학교에서 만 5년을 근무하고 전근하여 도내 여러 학교를 전전하다가 말년에 교장발령을 받고 그 학교에 또다시 가게 되었다.

정년을 3개월쯤 남겨 놓은 어느 날 오후였다. 무료하게 신문을 뒤적이다가 '르포, 금쪽이네엄빠카페와 공교육'이라는 기사를 읽으며 답답한 가슴을 쓸어내리고 있는데, 어떤 중년의 신사가 교장실 문을 열고 들어왔다. 풍채가 매우 좋았다. 양손에는 커다란 보따리를 하나씩 들고 있었다. 나는 직감적으로 그가 박상길이라는 것을 알았다. 그 애는 나를 보자마자 교장실 바닥에 엎드려 큰절을 올렸다. 큰절을 올리는 그 애의 우람한 등을 내려다보는 순간 의구심이 들면서 긴장감이 몰려왔다. 갑자기 나타난 것도 이상하고, 그동안 소식도 하나 없었으니까. 어디서 무엇을 했는지, 조폭의 두목이 되어 무엇을 강요할지…? 그 당시는 물건을 팔아달라는 제자들도 한둘이 아니었다. 나는 긴장을 늦추지 않은 채 그 애에게 자리를 권하고 조심스럽게 박 과장의 안부부터 물었다.

"아버님은 강령하시냐?"

"아버지는 거동이 매우 불편하시고, 현재는 노인요양병원에서 치료 중이십니다."

그 애의 눈가가 촉촉해지고 있었다.

"젊어서 술과 담배를 과하게 하신 탓인 거 같다."

나는 농산물검사소에서 박 과장과 회식하던 때를 떠올렸다. 박 과장은 술은 말술이었고, 담배는 줄담배였다.

"저도 그렇게 생각합니다. 오늘도 선생님 뵈러 오는 길에 요양병원에 들려왔습니다. 선생님께서도 궁금해하실 것 같고, 아버지도 선생님께 하시고 싶은 말씀이 있지 않을까 해서요."

그렇게 말하는 그 애의 표정은 어린애처럼 순진무구했다.

"그렇구나. 참 잘했다."

나는 그제야 그 애에 대한 우려를 말끔히 지워버렸다.

"직접 찾아뵙고 고맙다는 말씀드리고 싶다 하셨습니다. 선생님 말씀만 나오면 그 말씀밖에 안 하십니다. 당신보다도 선생님을 잘 모셔야 한다고 하셨습니다."

"아버님이 괜한 말씀을 하신다."

나는 자리에 꼿꼿하게 앉은 그 애의 두 손을 잡았다. 여전히 그 애의 손은 두꺼비등가죽처럼 거칠고 투박했다. 그러나 한없이 포근한 손이었다.

"졸업하고 저는 곧바로 군대를 다녀왔습니다. 그때부터 선생님의 근황을 계속 따라다녔습니다. 문득문득 선생님을 찾아뵙고 싶었습니다만, 그때마다 선생님께서 졸업장을 나누어 주시면서 마지막 종례를 하실 때 하신 말씀이 떠올랐습니다."

"그러냐? 나는 그때 너희들에게 무슨 말을 했는지 하나도 기억에 없다."

"좋은 말씀을 많이 해 주셨습니다. 아마도 마지막 종례는 한 시간 반이나 걸렸을 겁니다. 교실 복도에서는 학부형들이 발을 동동 굴렀고, 친구들은 하나같이 짜증을 내며 투덜거렸습니다. 그러나 서는 선생님의 그 모습이 존경스러웠고, 선생님 말씀 한마디 한마디가 가슴에 와 닿았습니다. 선생님께서 그날 말씀을 마무리하시면서 두 가지를 강조하셨습니다. 첫째는 내가 너희들의 담임선생이었다는 것을 잊고 살아라! 둘째는 한가한 어느 날 자기의 인생을 되돌아봤을 때, 이분 아니었으면 이 자리에 있지 못했을 거라는 마음이 들거든 눈을 감고 내 얼굴이나 한번 떠올려다오. 나도 그러면 그걸 느낄 것이다. 그러시면서 저희의 손을 하나하나 잡고 어깨를 두드리며 보내주셨습니다. 그때 선생님의 그 모습은 저희가 범접하기 어려운 성인이셨습니다."

그 애의 목소리는 맑고 밝았다.

"이젠 삶이 안정되어 있는 게로구나. 고맙다."

"아직은 멀었습니다. 더 노력할 여지가 많습니다."

"살아 있는 한 인간은 노력해야 하느니라."

"감사합니다. 선생님 말씀 명심하겠습니다."

그러면서 그 애는 갖고 온 보따리를 티테이블 위에 올려놓았다.

"이것은 선생님 좋아하시는 말보로 담배이고, 이건 선생님의 만수무강을 염원하는 산삼주입니다."

그리고 그 애는 양복 안주머니를 뒤적여 봉투 하나를 꺼내어 두 손으로 내게 내밀었다.

"선생님, 이것은 암소 값입니다. 그 암소가 그동안 새끼를 2년에 한 마리만 낳는다고 해도 열다섯 마리는 충분히 낳았을 겁니다. 현시가로 성우 15마리 값입니다."

그 애는 크게 성공해 있었다. 고등학교에서의 전공을 살려 가공육 공장을 운영하고 있었는데, 전국의 가공육 시장을 거의 70%나 장악하고 있었다.

"아니다. 원래 그 돈은 내 돈이 아니었다. 그러니 난 받지 않을 테다!"

나는 아주 냉정한 어조로 그 애의 말을 일축해 버렸다.

"사실은 솟값을 돌려 드리는 게 아닙니다. 저를 사람으로 만들어 주신 선생님께 드리는 감사의 표시옵니다."

그 애의 목소리는 간절하다 못해 애절하게 들렸다.

"나는 그저 지켜봤을 뿐이다. 원래 너는 본성이 착하고 부모님으로부터 물려받은 자질이 남다르다. 계속 정진하기 바란다."

나도 그 애 이상으로 간절하게 말했다.

"선생님께서 제 뜻을 받아주셔야 저도 즐거운 마음으로 회사를 더 열심히 운영할 수 있습니다. 다시 한번 저에게 힘을 주시옵소서!"

그 애는 내가 다른 마음을 먹지 못하도록 못을 박았다. 더는 거절하기는 힘들 것 같다는 생각이 들었다. 나는 그 애의 뜻을 어떻게 받아들여야 할까를 놓고 머릿속으로 빠르게 컴퓨터를 돌려보았다. 순간 떠오르는 게 있었다. 그렇다. 확실하고도 멋진 마무리는 그렇게 하면 될 것이었다.

"그렇다면 우리 이렇게 하면 어떨까?"

"……."

그 애는 말없이 자세를 고쳐 앉았다.

"너의 후배들에게 장학금을 주는 것으로 하자!"

"선생님 뜻은 받들겠습니다. 그러나 그것은 제가 회사에 돌아가서 성우 15마리의 값에 해당하는 금액을 다시 보내드리겠습니다. 이것은 선생님께서 퇴임하시면 사모님과 함께 지중해 크루즈 여행이나 한번 다녀오시기 바랍니다."

그 애는 망설임 하나 없이 명쾌하게 말했다.

"알았다. 고맙구나."

나는 내심 장학기금을 두 배로 늘릴 수 있게 된 사실에 기분이 좋았다. 성우成牛 30마리를 기금으로 하는 재단법인이라…. 그 애 이름을 따서 박상길장학재단을 설립해 놓을 심산이었다.

"감사합니다. 선생님 정년퇴임식 때 내려오겠습니다. 권남오와 함께 오겠습니다!"

그 애는 또다시 바닥에 엎드려 큰절을 올리고 교장실을 나섰다. 나는 그 애를 교문 밖까지 따라 나가 배웅해주었다. 교문에서 백 미터도 더 떨어진 갓길에 새까맣고 중후한 승용차가 시동을 걸어놓고 그 애를 기다리고 있었다.

환속고개

너는 충북지방 소방본부 소방행정부서의 현직 소방관으로, 취미 삼아 소설을 써서 문예지에 기고한다. 현재는 법무 관련 업무를 전담하고 있으나, 음성소방서로 가서 인명구조 활동을 하고 싶다. 머지않은 장래에 반드시 그리하고 말겠다는 생각이다. 소설가로서 너는 많아야 일 년에 세 편 정도 작품을 발표한다. 물론 원고료는 받지 못한다. 전국을 커버하는 문예지에 너의 하잘것없는 소설이 실리는 것만으로도 감지덕지다. 너의 소설은 거의 논픽션 수준으로, 사실에 근거하여 소설을 창작한다.

달포 전, 계간 토올문학 여름호에 실린 단편도 황당무계한 에피소드기 허를 내두르세는 하시만, 꾸며낸 것은 하나도 없다. 이야기를 채색하는 기교가 너무 원론적이기 때문에 문학성을 논하기에 앞서 무미건조한 게 단점이라면 단점이지만, 잘 음미해보면 과연 그럴 수도 있을 거라는 생각이 들게 하는 면도 없지 않다. 끊이지 않는 선택의 기로에서 불만과 불안과 분노로 방황하는 현대인의 삶을 문제적 시각으로 묘사하면서 인간의 본성을 찾아가려고 노력한다. 그래서 너는 언젠가는 네 소설이 진가를 발휘하리라는 착각 속에서 지난밤에도 원고지를 세 장이나 채워 넣었다. 너는 그 이야기를 아직은 잘 알려지지 않은 산골짜기 자그마한 물웅덩이 속에서 완전 나체인 상태로 섬전창이라는 사람한테 들었다.

장남에 대한 기대가 하늘을 찔렀던 너의 부친은, 요사채에 한 칸짜리 방과 하루에 세 끼 공양을 제공하는 조건으로 이미 그 사찰에 적지 않은 시주를 해 놓은 상태였다. 사찰에서도 조건이 있었는데, 그것은 네가 거기서 공부하는 동안 승려 생활의 준칙을 준수해야 한다는 거였다. 그런 것은 그리 어려운 조건도 아니었거니와 그런 것쯤은 이미 각오하고 있던 터라, 너는 해군에서 제대하자마자 예비군복도 벗어버리지 않은 상태로 입산을 감행했다.

사찰에는 큰스님 한 분과 환갑에 가까운 주지승 한 분, 50대 초반의 부전스님 한 분, 그리고 행자가 둘 있었다. 물론 공양주도 있었다. 입산하고 얼마 되지 않아 더 나이 어린 행자와 담소를 나눌 기회가 있었는데, 자기는 입영 영장이 나와 군대에 가기 싫어서 도망쳐다니다가 이 사찰에 숨어 살게 되었지만, 또 다른 행자는 대학을 다닐 때 치정사건에 연루되어 퇴학을 맞았고 그 업보를 씻어낼 목적으로 행자가 되었다고 까발렸다. 큰스님이나 주지승도 들어내 놓고 떠벌릴 수 없는 어떤 사연을 간직하고 있을 것이 분명하다면서, 그렇게 구린 구석이 없는 인간은 백에 하나도 될까 말까 할 거라고 세상을 빈정거렸다. 그 행자의 눈초리는 철장길, 너도 무엇인가 떳떳하지 못한 사연을 품고 여기까지 굴러들어온 게 분명할 터, 잘난 척은 절대로 하지 말라고 경고하는 것도 같아 보였다. 그러나 너는 하늘을 우러러 한 점 부끄러울 게 없다는 생각으로 세상을 살고 있었고, 무엇이든 하려고 마음만 먹으면 못할 것이 없다는 자신감이 충만해 있었다. 그건 네가 해군 특수전전단에서 단련한 정신력이었다. 그 당시만 해도 그랬다. 훗날 과거를 되돌아보고서야 절대로 그렇게 자만하지는 말았어야 했다는 회한으로 자책하곤 했는데, 사실 그건 너무 늦었다는 증거에 불과하다. 만약 네가 좀 더 일찍 그걸 깨달았더라면 지금과는 또 다른 삶을 살고 있을 거라는 생각이 든다. 솔직히 말해서 너의 삶은 만족스럽지 못한 구석이 너무 많았다. 너는 무엇이든 누구의 간섭도 받지 않고 모든 걸 하고 싶은 대로 해야 직성이 풀리는데, 네가 하는 일은 하나부터 열까지 윗사람의 지시를 받아서 로봇처럼 움직여야 하고, 마음대로 할 수 있는 게 아무것도 없었다.

환속고개 정상에서 북쪽은 자진골이고 남쪽은 오리골이다. 사찰은 오리골 막바지, 아마도 백 살은 더 돼 보이는 가래나무 숲속이고, 물웅덩이는 자진골 안막에서 약간 하류 쪽이다. 그러니 사찰에서 물웅덩이로 가려면 환속고개를 넘어야 한다. 환속고개 정상에는 집채보다 커다란 바위들이 마치 장승처럼 버티고 서서 길목을 지킨다. 성인 하나가 겨우 빠져 나갈만한 바위틈을 비집고 들어가 미로 같은 동굴을 통과해야 환속고개를 넘을 수 있다. 동굴에는 삼백 년이나 묵은 구렁이가 똬리를 틀고 있다가 환속고개를 넘어서는 절대 안 되는 사람이 들어서면 그 신비로운 형체를 보여준다는 전설도 있다. 아무런 짐을 지지 않은 맨몸으로 사찰에서 환속고개 정상까지는 반 시간쯤 걸리고, 거기서 빠른 걸음으로 십 분쯤 내려가면 폭포와 물웅덩이가 나온다. 환속고개 정상에서 자진골을 내려다보노라면 폭포수 소리가 아주 가늘게 들린다. 어떤 탁발승은 그 소리가 마치 과부가 밤중에 오줌 싸는 소리처럼 들리기 때문에 누구든지 그 소리를 듣고는 초연하기는 힘들 거라는 농담을 해서 점심 공양을 마치고 사찰 봉당에 앉아 방담을 즐기던 사찰 식구들을 크게 웃긴 적도 있다.

자진골 초입에는 공동야영장이 있다. 야영장은 군청 사회체육과에서 임시직원을 상주시켜 관리하고 있는데, 워낙 경관이 수려하고 물과 공기가 정갈하여 도시민들이 즐겨 찾는다. 신록이 한창일 때는 적어도 열흘 전에는 예약해야 자리를 배정받을 수 있을 정도이다. 야영장에서 험준한 오솔길을 한 시간쯤 숨을 헐떡이며 올라가야 폭포와 물웅덩이를 만나고, 물웅덩이 하류 3백 미터쯤에는 박달나무 군락이 있다. 박달나무 군락 상류 쪽은 산세가 험하고 살모사나 멧돼지가 수시로 출몰한다는 소문이 있어 일반인들은 출입을 꺼린다. 야영장에서 음성터미널까지는 승용차로 대략 20분의 거리이고, 시내버스는 두 시간에 한 차례씩 오간다.

오리골 입구의 작은 마을까지는 시내버스가 하루 한 차례 왕복한다. 그 마을 주민들은 한 시간 반쯤 시내버스를 타고 읍내에 가서 볼일을 본다. 네가 사찰로 들어갈 때도 음성터미널에서 시내버스를 타고 달래강을 따라가다가, 오리골 입구의 마을에 내려 책 보따리를 짊어지고 거의 한 시간 반을 걸어 올라가야 했으나, 오로지 해내고야 말겠다는 각오를 다지며 힘든 줄 모르고 발걸음을 옮길 수 있었다. 사찰이 빤히 올려다보이는 길목, 아름드리 산돌배나무에는 눈꽃보다 더 하얀 꽃송이가 마치 너의 장도를 축복하는 꽃다발처럼 보였다. 너는 산돌배나무 아래 옹달샘에서 땀을 씻어냈고, 한껏 부풀었던 희망을 다시 한번 가다듬은 다음 보무도 당당히 일주문에 들어섰다.

너는 주지승에게서 그 물웅덩이 이야기를 처음 들었다. 그날은 너무 더웠다. 가래나무 그늘, 주지승이 호박돌에 쪼그리고 앉아 적삼을 벗어젖히고 부채질을 하고 있었나. 너는 해우소에서 용변을 보고 대웅전 뜨락 밑을 조심스럽게 지나가고 있었다. 주지승의 걸쭉한 목소리가 들렸다.

"공부가 뜻대로 되는가?"

너는 걸음을 멈추고 주지승을 바라보며 하소연을 했다.

"너무 덥습니다. 어디 멱이라도 감을 데가 있을까요?"

"있긴 있지만, 중생이 거기서 목욕을 하면 십중팔구는 길이 바뀌는데…"

주지승은 시선을 가래나무 사이로 보이는 하늘 어딘가에 고정한 채였다.

"거긴 어딘데요?"

너는 주지승에게 바짝 다가섰다.

"저 고개를 넘어가서 두어 발짝 내려가 봐! 물웅덩이로 폭포가 떨어져. 병풍처럼 생긴 바위 뒤에 옷을 벗어놓고 웅덩이에 몸을 담그면 덥단 소린 다신 안 나와. 거듭 말하지만, 저 고개를 넘으면 길이 바뀌어!"

주지승은 사찰 뒷산 잘록한 부분을 가리켰다. 너는 주지승을 뒤로하고 방으로 들어가 러닝셔츠까지 벗어젖히고 민사소송법을 펼쳤다. 그래도 너무 더웠다. 그러나 이를 악물고 법 조항을 외워나갔다.

그다음 날은 아침부터 열기가 장난이 아니었다. 도저히 견디기 어려웠다. 그래도 점심 공양까지는 견뎌냈다. 민사소송법을 외우기 시작했으나 도저히 외워 지지가 않았다. 무엇이든 시험의 첩경은 닥치는 대로 달달 외우는 것이거늘…. 너는 책을 펼쳐놓은 채 밖으로 나갔다. 사찰 뒷산 정상에서 내리 부는 바람이 땀으로 범벅이 된 너의 뺨을 살살 간지럽혔다. 사찰에 들어와서 처음 느껴보는 기분이었다. 바람이 불어오는 곳을 향하여 발걸음을 옮기기 시작했다. 사찰 경내를 벗어나니 곧바로 아주 호젓한 오솔길이 나타났다. 산짐승들이나 오르내렸지 싶은 풀숲을 따라 위로 올라가니 바람은 더 상큼했다. 한 발짝 두 발짝 정상을 향하는 발걸음에는 너도 모르게 힘이 실리고 있었다. 그렇게 발걸음을 옮기다 보니 어느새 커다란 바위들이 뒤엉켜 길을 가로막고 있었다. 되돌아 갈까 하다가 마치 괴물과도 같은 바위를 하나 비켜 돌아가 보았다. 바위틈에 작은 동굴이 있었다. 너도 모르게 그 동굴로 빨려들어갔다. 반쯤 기고 반쯤 걸어서 동굴을 빠져나가니, 눈앞에 새로운 광경이 펼쳐지고 있었다. 하늘도 새로웠고 바람도 새로웠다. 발밑은 내리막길이었다. 들릴 듯 말 듯한 폭포수 소리, 그것은 모리스 라벨의 물의 유희보다 더 환상적인 음악이었다. 소리가 들려오는 쪽으로 뛰어 내려갔다. 주지승의 말은 사실이었다. 마치 병풍처럼 생긴 바위 뒤에 옷을 벗어버리고 물웅덩이에 뛰어들었다. 밑바닥의 모래알이 또렷할 정도로 물이 맑았다. 오랜만에 몸속에 쌓여 있던 열기와 살가죽을 뒤덮고 있던 땟국을 씻어냈다. 날아갈 것 같았다. 마음을 가다듬고 주변과 물속을 살펴보았다. 기가 막힌 절경이었다. 폭포는 열 길이 넘어 보였고, 수량은 그리 많지 않았으나 물보라는 우아하기 그지없는 데다가 신비롭기까지 했다. 폭포수 바로 아래쪽은 물거품이 뽀글거렸고, 자그마한 소용돌이가 끊이지 않았다. 겉보기에는 지극히 평화로운 물웅덩이였다. 무엇이나 그렇듯 물밑은 달랐다. 커다란 바위들이 산만하게 뒤엉켜 있고, 바닥에는 자갈돌과 호박돌이 굵은 모래에 파묻혀 있었다. 어떤 돌은 기둥처럼 꼿꼿하게 서 있었고, 어떤 돌은 비스듬하게 다른 돌에 걸쳐있었다. 누군가 일부러 송곳으로 뚫어놓은 것 같은 구멍이 선명한 바위 옆에는 꽤 규모 있는 동굴도 보였다. 만약 물귀신이 있다면 그 속에 도사리고 있을 것 같은 그런 동굴이었다. 너는 최상의 컨디션이 되어 오리골 사찰로 돌아갔다. 깐에는 한껏 정결한 심신으로 재무장했다는 자부심이 들었다. 새로운 각오를 다지며 일주문을 지나 천왕문에 들어섰다. 사천왕이 왕방울 같은 눈을 부릅뜨고 노려보고 있었다. 언제 보아도 오금이 저리게 무서운 사천왕, 그 앞에서는 죄도 없이 주눅이 들었다. 너는 고개를 숙였다.

"얼굴에 생기가 도는군. 길이 새롭지 않던가?"

주지승이었다. 너는 움찔했다. 처음엔 사천왕의 호령인 줄 알았다. 몹쓸 짓을 들킨 심정으로 요사채를 향해 빠르게 발걸음을 옮겼다.

너는 원래가 법학도였다. 고교 시절에는 교지편집부에서 동아리 활동을 했고 비록 입선은 못 해봤지만, 학교를 대표하여 제헌절기념 백일장에도 참가했었다. 너는 청운의 꿈을 품고 그래도 이름이 높다는 지방국립대 법학과에 수석으로 들어갔다. 네가 그렇게 법대에 합격하자, 출신고교 교문에는 네 이름 철장길, 석 자가 뚜렷한 축하 현수막이 내 걸렸다. 그때까지만 해도 너는 그 정도로 잘 나가는 청춘이었다. 법대생들의 길은 그가 누구라 하더라도 오로지 그 길, 너도 그 길을 정해 놓고 법대에 들어갔던 터였다. 그래서 입학하던 이듬해부터 사법고시를 보기 시작했다. 3학년 때 1년간 휴학을 하고 다시 복학하여 법학사 학위를 받을 때까지 세 번이나 도전했다. 물론 1차에도 한번 합격하지 못했다. 오기가 생긴 너는 해군 특수전전단에 지원 입대했다. 특수전전단이라면 생소할 것 같아서 얘긴데, 그냥 UDT라면 들어보지 않았을까. 해병대보다, 공수특전단보다 더 혹독한 훈련과정을 거쳐야 하는 병과로 UDT의 신조는 불가능은 없다, 였다. 너는 그런 기질을 배양하고 단련할 목적이었다. 만기 제대하기까지 부대장의 특별 배려로 두 번이나 사법고시에 도전했으나, 모두가 허탕이었다. 너는 은근히 약이 올랐다. 거기까진 그래도 견뎌낼 수 있었다. 모욕감이 들 정도로 자괴감을 들게 했던 것은, 너보다 한참 저조한 성적으로 입학했던 동기 녀석이 졸업하자마자 사법고시에 합격하고 해군 법무관이 되어 제 깐에는 위로한답시고 부사령관과 함께 2

호 차에 편승하여 너를 찾아온 일이었다. 정말이지 자존심이 뭉그러지는 걸 느꼈다. 그렇게 쪽팔리는 감정은 처음이었다. 그래서 사법고시에 필요한 서적들을 트렁크에 가득 채워 넣고, 귀향한 다음 날 입산을 감행했다. 그 사찰은 법대 재학시절 사법고시에 합격한 선배의 제자랑 같은 경험담을 들으면서 훗날 그렇게 하기로 마음먹고 점찍어 놨던 곳이었다.

네가 섬전창을 처음 만난 곳은 자진골 바로 그 물웅덩이였다. 그건 우연이었다. 그러고 보면 너와 섬전창은 처음부터 물속에서 발가벗고 만났다. 그러니 통성명도 발가벗은 채로 해야 했다. 알몸으로 통성명을 하다니…. 죽마고우의 시작이 그런 것일까? 참으로 희한한 만남이었다.

그날도 무척이나 무더운 날씨였다. 머리에 쥐가 날 정도로 정신을 집중해서 파고들었지만, 공부가 잘되지 않았다. 며칠째 몸도 씻지 못한 상태였다. 보던 형법학을 그대로 팽개치고 사찰을 빠져나와 환속고개를 넘었다. 숲에서 발산하는 열기도 대단했으나 폭포수 소리는 진작부터 너를 물속으로 끌어 잡아당기고 있었다. 너는 병풍바위 뒤에 옷을 벗어 던지고 물웅덩이로 들어가려다가 멈칫했다. 물속에 무엇인가가 들어있었다. 분명히 그건 인간이었다. 머리가 길어서 처음에는 여잔 줄 알았다. 너는 재빨리 두 손으로 불두덩을 가렸다. 그러나 그가 먼저 알아보고 손짓까지 하며 소리를 질렀다.

"어서 들어와요! 벌써 다 봤어요."

너는 잠시 머뭇거리다가 물웅덩이로 들어갔다. 그도 완전한 알몸이었다. 팔뚝과 가슴팍에는 용 모양의 문신이 꿈틀거렸다. 그걸 보면서 너는 혐오감이 엄습하는 걸 느꼈다. 은근히 적대감도 끓어올랐다. 그러나 겁나는 건 없었다. 수중에서는 물귀신도 무릎을 꿇는다는 무적의 UDT가 아닌가! 너는 만약에 대비하여 경계심을 곤두세우고 후끈거리는 몸을 냉각시키기 시작했다. 두 눈을 지그시 감고 숨을 깊이 몰아쉬며 촉각을 곤두세우고 있는데, 걸쭉한 목소리가 귀를 울렸다.

"고시 공부하시오?"

너는 순간 어떻게 반응해야 할까를 가늠해 보았다. 굳이 숨길 일도 아니고 부끄러울 것도 없었다. 그리고 세상만사에 비밀이란 존재할 수 없는 것, 너는 두 다리에 힘을 주고 소리가 나는 쪽을 향하여 조금은 퉁명스럽게 대꾸했다.

"그래요. 어찌 알았소?"

"이 시간에 여기 이 물웅덩이에 들어오는 사람은 백 퍼센트요!"

그의 목소리는 비록 걸쭉하긴 했으나 발음이 또렷했고 여운이 길었다. 너는 또다시 두 눈을 감고 호흡을 길게 하며 심신을 가다듬느라 배에 힘을 주었다. 심호흡을 내략 여남은 번 했을 때, 또 그의 걸쭉한 목소리가 들렸다.

"우리, 이 물속에서 만난 것도 인연인데 통성명이나 합시다!"

너는 또다시 생판 모르는 사람과, 그것도 흉측한 용 모양의 문신까지 한 인간과 통성명을 하는 게 어떨지를 놓고 고민에 들어갔다. 흉악범일지도 모르고, 그렇지는 않더라도 지명수배 상태인 조폭일 수도 있는 자, 타인에게 혐오감을 느끼게 하는 인간을 알고 지낸다는 것이 과연 얼마나 득이 될까? 장차 하늘에 닿을 듯 고결한 법조인으로서의 인생행로에 걸림돌이 되지는 않을까 싶었다. 그러나 순간 범법자들의 생태를 파악할 절호의 기회라는 생각이 뇌리를 스쳤고, 너도 모르게 손을 내밀었다.

"그래요. 나는 철장길이오. 지금 저 너머 오리골 사찰에서 사법고시 준비를 하고 있소이다."

"나는 섬전창이오!"

하면서 그는 네 손을 덥석 잡았다. 악력이 예사롭지 않았다.

"저 아래 자진골 초입에서 카페를 하고 있어요. 카페는 수요일이 휴일이라서 매주 이 시간에 여기서 업보를 씻어내지요."

그렇게 통성명이 끝나자마자 그가 농담을 걸어왔다.

"철 형, 물건이 예사롭지 않소이다."

너는 그의 업보를 씻어낸다는 말의 의미를 곱씹느라 잠시 머뭇거렸다.

"여긴 처음이오?"

섬전창이 또 말을 건넸다.

"아니, 두 번째요."

너는 시큰둥하게 대답했다.

"그렇다면, 이 물웅덩이에 대하여 알려 줄 테니 한번 들어보겠소?"

"……"

너는 말 없이 고개를 끄덕였다.

"이 물웅덩이는 물이 줄지도 않고 늘지도 않아요. 저 병풍바위 밑이 제일 깊은데 대략 두 길은 될 것 같고, 오히려 폭포수 바로 아래는 한 길도 안 돼요. 지금 우리가 서 있는 이곳 밑바닥은 모래와 자갈이 섞여 있지만, 병풍바위 부근은 바위가 매우 복잡해요. 물속에 들어가서 잘 살펴보니까, 기둥처럼 서 있는 바위도 있고, 그 기둥 위에 마치 들보처럼 걸쳐있는 바위도 있어요. 폭포 바로 밑은 크고 작은 바위가 복잡하게 얽혀 암벽을 이루고 있는데, 물속 깊이 들어가 보면 나처럼 우람한 몸집도 드나들 수 있는 동굴이 하나 있어요. 무엇인가 그럴듯한 전설이 깃들어 있을 것도 같아요. 이 물웅덩이에 들어와서 조용히 눈을 감고 폭포수 소리를 듣노라면 새로운 길이 열리는 기분이지요. 그래서 나는 매주 이 시간 여기에 와요. 비가 내려도 눈발이 날려도 오지요. 여긴 한 겨울에도 얼지를 않아요. 한겨울에도 이 물속에서 사색할 수 있는 외지라면, 성공은 따놓은 당상인데…. 형씨는 한번 시도해보시오!"

그는 숨도 쉬지 않고 일사천리로 늘어놓았다. 물속의 상태를 설명하는 그의 목소리는 정갈했고 표정은 보기 드물게 진지했다. 지난번 네가 대략 훑어본 것과 다른 게 없었다. 그의 모든 걸 믿어도 좋을 거라는 생각, 장차 깊은 우정을 나눌 수도 있을 거라는 생각이 들었다. 다만, 그의 업보를 씻어낸다는 말이 자꾸만 귓가를 맴돌았다.

그렇게 너와 섬전창은 물웅덩이 속에서 발가벗은 채로 통성명했고, 매주 수요일 오후에 물웅덩이 속에서 이런저런 이야기를 나누며 한여름의 열기를 씻어냈다. 매번, 그는 남의 이야기를 하는 듯 실제로는 자신의 이야기를 하는 것이었다. 네가 듣기에 그의 이야기는 재미뿐만 아니라, 이야기의 내용을 생각하지 않으면 안 되게 하는 구석도 있었다. 만남이 거듭될수록 다음번 만남이 기다려졌고, 그다음 이야기가 궁금해졌다. 너는 그해 늦여름까지 그와 여섯 번을 만났다. 그렇지만 마지막 두 번은 말도 한마디 나누지 못했다.

섬전창과 바로 그 물웅덩이에서 네 번째로 함께 멱을 감던 날, 그날은 그렇게 무더운 날은 아니었다. 점심 공양을 하자마자 너의 발걸음은 생각지도 않게 자진골을 향하고 있었다. 너는 병풍바위 뒤에 도착하자마자 옷을 벗어놓고 물웅덩이로 뛰어들었다. 그는 어린 애처럼 물장구를 치다 말고 새삼스럽게 손을 내밀며 너를 반겼다. 무언지 모르게 그날따라 악수하는 느낌이 달랐다. 목소리도 여느 때와 달리 정감이 깊었고, 때에 따라서는 허허롭게도 들렸다. 그가 너의 손을 잡은 채로 물었다.

"거기 주지승은 중다운 데가 있던가요?"

너는 순간적으로 머리를 굴려보았다. 중답다? 어떤 게 중다운 것인가? 도대체 중은 어떻게 보여야 중답다 할 수 있는가? 너는 그의 말에 즉답하지 못했다. 그러자 그는 전혀 뜻밖의 말을 하는 거였다.

"주지승의 말, 너무 믿지 말아요. 아니, 내 말은 그 사람뿐만 아니라 누구라도 그렇다는 말이요. 그냥 들어주면서 공감하는 척하면 된다 이 말이요. 공감하는 척하면서 말이요!"

너는 그 정도는 이미 터득하고 있던 터였다. 인생 28년을 살아오면서 믿는 도끼에 발등을 찍힐 뻔한 게 한두 번이 아니었기에…. 네가 머릿속에서 나름대로 컴퓨터를 굴리려고 이리저리 논리회로를 꿰맞추고 있는데, 그는 또 이해하기 어려운 말을 하는 것이었다.

"인간사, 마음먹은 대로 안 되는 게 인간사요. 아무리 발버둥을 쳐도 되지 않을게 되는 경우는 절대로 없습디다. 애당초 될 것은 눈감고 두 다리 쭉 뻗고 누워 있어도 일사천리로 잘 되더라 이 말이요. 어머니 자궁 속에서 수정란이 만들어지기 이전에 그 누군가가 그려놓은 실계도내로 출생하여 한껏 대우받으며 살거나,

아니면 남의 시중이나 들며 구질구질하게 살거나, 병약하게 살거나 펄펄 날며 살거나, …, …하면서, 그게 다 설계도대로라는 거지요. 그 점에 대하여 형씨의 관점은 무엇이오?"

그 말을 하면서 섬전창은 너를 뚫어지게 쳐다보았는데, 그러는 그의 눈빛은 그렇게 그윽할 수가 없었다. 도저히 마주 볼 수가 없었다. 그리고 그 물음에 너는 대답할 수가 없었다. 너는 그의 눈을 피하여 또다시 물속으로 머리를 처박았다. 맑고 차가운 물줄기가 얼굴을 감싸 안고 흘러갔다. 숨만 차지 않다면 그냥 그렇게 물웅덩이 속에 있고 싶었다. 그러나 숨이 차서 더는 버틸 수가 없었다. 너는 참았던 숨을 몰아쉬면서 머리를 물 밖으로 쳐들었다. 기다렸다는 듯 그가 이야기를 계속했다.

"나의 절친 중에도 출세 좀 해볼 요량으로 오리골 바로 그 사찰에서 거의 4년 동안이나 땀을 흘렸던 친구가 있어요. 그러다 환속고개를 넘어 이 물웅덩이에 몸을 담그게 되었는데, 네댓 번 담그다 보니 다른 길이 보였답디다. 형씨도 다른 길을 걷고 싶지 않다면, 더는 이 물웅덩이에 오지 말아요. 아무리 땀이 흐르고 몸이 근질근질해도 거기 오리골 산돌배나무 아래 웅달샘에서 등목이나 하던가, 하늘에서 불어오는 바람의 힘을 빌리도록 하시오. 제발 그리하시오!"

"모든 게 마음먹기 나름 아닐까요? 징크스라든가, 아니면 그렇게 하면 이렇게 될 것이라든가, 하는 것들은 나약한 의지력의 도

피처에 불과하다는 게 내 신념이오!"

"신념이라…. 물론, 그렇긴 해요. 그렇지만 그런 것들을 뛰어넘을 의지력을 지닌 인간은 그리 많지 않다는 게 문제지요. 내 친구 녀석도 나름 신념 하나만은 누구 못지않다고 자부하던 인간이었소만, 결국은…."

그의 목소리는 갑자기 자조적으로 변하고 있었다.

"그 친구, 그 사찰에서 머리 싸매고 공부할 때, 하루는 하도 힘들어서 스님 한 분과 긴 대화를 나눈 적이 있었는데…, 그 스님도 결국은 오리골을 뒤로하고 환속고개를 넘어 자진골로 내려갔답디다."

"그런 일도 있었군요. 이 물웅덩이에는 미지의 사연들이 꽤 많이 가라앉아 있을 것 같은 느낌이 드네요."

너는 배에 힘을 주고 물속에다 배뇨하며 건성으로 대꾸했다. 따끈한 기운이 살짝 허벅지를 휘감다가 사라졌다. 섬전창은 네게 하고 싶은 이야기가 있는 듯 한참 허공을 쳐다보며 뜸을 들였다. 그러더니 무언가 깊숙이 숨겨 놓았던 것을 이 세상에 내놓아야 하는 허탈함과 안타까움이 뒤섞인 표정으로 너를 향해 눈길을 돌렸다. 너도 그의 눈길을 피하지 않았다. 왠지 모르게 가슴이 아릿했다. 그 순간 그가 입을 열었다. 그의 목소리는 들릴 듯 말 듯 낮고 비장했다.

"지금 이야기를 하시 않으면 영원히 묻혀버릴 것 같아서…. 그래야 그 친구의 가슴속 응어리가 풀릴 것 같아서…"

섭전창의 이야기는 청산유수였다. 녹음기라도 있었다면 좋았을 것을. 그가 그날 물웅덩이 속에서 너에게 들려준 긴 이야기의 줄거리이다.

- 그 친구는 가난한 집안에 태어나 중소도시의 별 이름도 알려지지 않은 공과대학에서 전기공학을 전공했다. 그 친구는 죽기 살기로 열심히 공부했다. 졸업논문은 전자기공학계의 최고 권위를 자랑하는 저널에서 그해 가장 주목할만한 논문으로 평가받았다. 당연히 여러 대기업에서 파격적인 연봉과 특전으로 초빙 제안이 들어왔다. 미국의 다국적 기업에서도 모셔가고 싶다 했다. 그러나 그 친구는 전기전자공업정책을 주도하는 공무원이 되고 싶었다. 국가의 전기전자산업 환경을 일신하는 게 우선이라는 인식이 강했다. 산업환경을 선진국 수준으로 조성하면 전 세계의 전기전자제품을 거의 한국이 독식할 수도 있을 거라는 확신이었다. 그건 전혀 허황한 꿈이 아니었다. 이 땅의 산업환경정책은 쥐뿔도 모르는 비전문가들이 탁상공론으로 매대기를 치는 중이었다. 그 친구는 학부 4년 동안 방학을 이용하여 산업현장의 인턴사원으로 그 실상을 낱낱이 들여다볼 수 있었고, 그래서 그런 결론을 얻었던 터였다. 그 친구는 대학 4학년 때 기술고시에 응시했다. 아주 근소한 점수 차로 낙방했다. 가능성이 있다고 판단했다. 대학을 졸업하던 해 두 번째로 또 도전했다. 그러나 또 합격하지 못했

다. 그다음 해 또 응시했다. 번번이 근소한 차이로 낙방하는 거였다. 그 친구는 부선망 독자로 현역 입영은 면제를 받는 몸이었다. 남들이 군대에 가서 허송하는 3년 동안 본격적으로 기술고시에 매달리면 반드시 합격할 것 같았다. 그래서 찾아간 곳이 오리골이었다. 그렇게 공부하면서 네 번이나 연거푸 도전했으나 모두 실패였다. 심기일전하여 다음 해 기술고시를 준비하다가 아주 우연히 겉멋 들린 행자를 만났고, 그를 따라 커다란 암석이 뒤엉켜 있는 고개를 넘어가 물웅덩이에 몸을 담그게 되었다. 그날도 아무도 모르게 그 고개를 넘어 그 물웅덩이에서 멱을 감고 부리나케 사찰로 돌아오는 길이었다. 아주 빠른 걸음으로 일주문을 들어서는데 주지승의 목소리가 들렸다.

"난 자네가 하산한 줄 알았지…."

"저는 제 꿈을 이루기 전에는 결단코 하산하지 않습니다!"

그 친구는 단호하게 말했다.

"그런가? 그렇다면 환속고개는 함부로 넘나들지 않도록 하게. 그리고 한일소에는 발을 담그지 않아야 꿈을 이룰걸세!"

주지승의 목소리는 다분히 훈계조였다.

"환속고개는 뭐고, 한일소는 또 뭡니까?"

그 친구는 주지승에게 따져 물었다.

"저 고개를 넘으면 속세로 되돌아간다는 거 아니겠나? 여기서 고행 정진하다가 뜻을 이루지 못하고 하산하는 길목이야. 거기서 쭉 내려가다가 첫 번째로 나타나는 물웅덩이가 한일소지. 거기로 떨어지는 폭포는 선뇨폭포이고, 폭포와 물웅덩이를 가리고 있는 바위가 병풍바위라네. 한일소, 한이 넘쳐나는 물웅덩이란 뜻이겠지. 그리고 선녀들이 쪼그리고 앉아 오줌을 싸댔다 해서 선뇨폭포라네. 어찌 됐거나 자진골의 모든 것은 중생들의 의지와는 거리가 먼 것들이야. 알아듣겠나?"

그 친구는 환속고개를 넘지 말고, 한일소에 몸을 담그지 않아야 꿈을 이룰 수 있다는 주지승의 말을 들으며 그것은 그냥 말장난에 불과할 뿐이라고 생각했다. 그리고는 말없이 방으로 들어가 공부를 시작했다. 공부가 잘되지 않았다. 주지승의 말만 머릿속을 맴돌았다. 환속고개를 넘지 말아야 성공한다? 그러나 이미 환속고개를 넘지 않았는가! 그 말이 사실이라면 이미 성공은 물 건너간 게 아닐까. 그런 생각이 시도 때도 없이 떠올랐다. 무엇인가 정신을 가다듬고 집중하려고 하면 느닷없이 한일소로 떨어지는 선뇨폭포의 물소리가 귀를 울렸다. 도저히 외워 지지가 않았다. 하루에 한 페이지도 외울 수가 없었다. 그런 날이면 몰래 사찰을 빠져나가 환속고개를 넘어 한일소에서 몸을 식혔다. 한일소에 들어가 있으면 세상만사가 자신의 것이었다. 결국, 그 친구는 보던 책을 모두 소각장에서 불살라버리고 환속고개를 다시 넘어 자진골 초입의 공동야영장 입구에 있는 카페에서 실로 오랜만에 진한 커피를 한잔 마시고 시외버스터미널로 가는 시내버스에 올라탔다.

그동안 상황은 많이 변해 있었다. 대학 동기들은 나름 각자의 영역에서 확고한 위치를 점하고 있었다. 자신보다 하 못하다고 여겼던 자들의 위세 앞에서 한없이 작아지는 신세였다. 그건 자존심의 문제였다. 도저히 견딜 수가 없었다.

- 새로운 영역을 개척할 것이다!

그 친구는 그렇게 마음을 먹고 건설 현장에 뛰어들었다. 말하자면 노가다판이었다. 거기도 문제가 많았다. 노동환경은 말이 아니었다. 도저히 인간의 대우라는 것은 없었다. 그 친구는 또 다른 결심을 했다.

- 노동운동을 하리라!

그 친구는 현장 노동자들과 격의 없이 어울렸다. 때로는 그들과 잠도 같이 잤고 고도리도 같이 쳤다. 일자무식한 척도 했고, 때에 따라서는 기술자문도 해주었다. 그렇게 하면서 그 친구는 현장 노동자들의 뜻을 규합해 나갔다. 그들과 어울리다 보니 그들을 따라 팔뚝과 가슴팍에 문신도 해야 했다. 그렇지만 마약, 도박, 계집질, 선동질, 극렬투쟁, 이념투쟁, 뭐 그런 건 하나도 하지 않았다. 그렇다고 사용자 측과 내통하거나 어용은 단호하게 배척했다. 저축도 꼬박꼬박했다. 홀어머니에게 생활비와 용돈을 넉넉히 보내드렸고, 여동생 대학등록금도 모두 대주었다.

그렇게 세월은 흐르고 흘러, 조합원이 2천 5백 명이나 되는 굴지의 건설회사 노조위원장이 되었다. 그때 하나밖에 없는 여동생이 결혼했다. 그 친구는 미혼의 혼주였다. 전국 각처의 노조 관련 인사들이 예식장을 가득 메웠다. 여동생이 신혼여행을 떠나고, 현장으로 복귀하기 위하여 노모에게 하직 인사를 드렸다. 노모는 대문 밖까지 따라 나오며 애원했다.

"제발 장가 좀 가거라! 아버지 뒤를 이어야 할 거 아니냐? 네가 좋다 하면 내가 네 짝을 찾아보마."

그 친구는 사흘 밤낮을 고민했다. 모친의 그 애절한 모습을 잊을 수가 없었다. 이왕이면 모친이 좋아하는 여인을 아내로 맞아드리는 게 옳다고 생각했다. 나흘째 되는 날 모친에게 전화를 걸었다.

"엄마가 좋아하는 며느릿감을 찾아보세요."

그 친구의 모친은 그녀의 친정 동네 실업계고등학교를 졸업하고 단양읍의 작은 병원에서 간호조무사로 일하고 있는 서른일곱 살의 노처녀를 찾아냈다. 그 처자는 부모도 형제자매도, 그리고 다른 친인척도 하나 없었다. 우선 선을 봤다. 그 친구는 모친이 찾아낸 여인이었기에 무조건 수용하리라 마음을 먹고 맞선보는 장소에 나갔다. 그런대로 호감이 가는 여인이었다. 그녀와 대여섯 번 데이트를 한 끝에 약혼했고, 서둘러 결혼식 날짜를 잡았다. 그녀는 그 친구가 오리골에 들어가서 환속고개를 넘나들다가 목표 달성도 하지 못하고 하산했다는 이야기를 듣고는 무척이나 아쉬

위했다. 먼 훗날 생활이 안정되면 자진골에서 환속고개를 거꾸로 넘어 오리골에 가보자면서 모정 어린 눈길로 그 친구를 위로하는 거였다. 그 친구는 그런저런 것을 종합하여 그녀가 평생 배필로 부족함이 없으리라 단정했던 터였다. 신접살림은 고향 집에 차리기로 했다. 고령의 노모를 봉양하기 위해서였다.

결혼식은 고향 동네 단위농협 예식장에서 거행되었다. 그 친구가 마흔다섯 살에 접어든 화창한 봄날이었다. 그새 그 친구는 전국건설노총위원장이 되어있었다. 주례는 신부가 다니는 사찰의 주지승이었다. 하객이 구름 같았다. 전국 각처에서 노조위원장이라는 명함을 지닌 자들이 거의 모두 참석했다. 정·재계 인사들과 건설회사의 사장들이 보낸 화환으로 농협예식장 건물은 통행이 어려울 정도였다. 그런데 사고가 터졌다. 화촉을 밝히기 위해 단상으로 오르던 노모가 발을 헛디뎌 계단에서 굴러 넘어졌고, 머리를 계단 모서리에 부딪혀 의식을 잃었다. 노모는 병원응급실로 급송되었고, 병원에 도착하기도 전에 숨을 거두었다. 당연히 결혼식은 중단되었다. 신부는 대기실에서 예식장에 입장도 하지 못한 상태였다. 모친의 시신은 영안실로 옮겨졌고, 병원 장례식장에는 빈소가 차려졌다. 그 친구는 신랑의 신분에서 곧바로 상주로 변신해야 했다. 턱시도를 벗어버리고 상복을 갈아입었다. 전국의 노조위원장들은 부랴부랴 검정색 넥타이를 갈아 매고 문상을 해야 했다. 정·재계 인사들과 건설회사 사장들은 서둘러 조화를 보냈다. 더 많은 조화가 장례식장 길목에 늘어섰다. 그 지역에서 그렇게 많은 조화가 들어선 적이 없었다. 대통령과 국회의장까지 조화를 보냈으니 무슨 말이 더 필요할까. 현직 군수의 부친이 작고했을 때도 그렇질 못했다. 터미널에서부터 장례식장까지 약 5백 미터의 거리가 온통 조화로 발 디딜 틈이 없을 정도였다. 그 친구는 노모의 삼우제를 치르자마자 여동생을 불러놓고 아주 묵직한 저금통장과 도장을 건네주며 간곡하게 부탁했다.

"미안하다. 네가 뒷정리 좀 해라. 나는 도저히 뭐가 뭔지 모르겠다. 결혼식 축의금과 장례식 조의금은 모두 네게 일임하마. 그런데, 부탁 하나만 하자. 너의 언니가 됐을 여인에게 축의금 들어온 것 반만 주면 좋겠다. 내키지 않으면 그렇게 안 해도 된다."

"아냐, 오빠. 결혼식 축의금은 모두 언니에게 줄게요."

그 친구의 여동생은 참으로 착했다.

"아니다. 줄려면 반만 줘라. 나머지는 모두 너한테 주고 싶다."

그게 그 친구의 본심이었다. 동네 사람들은 결혼식 축의금과 장례식의 조의금은 어림잡아도 7억은 넘었을 거라고 입방아를 찧었다. 그 친구는 그날 밤 잠도 한숨 자지 못하고 고뇌했다. 결정적인 순간에 자신의 의지와는 상관없이 기구하고 비참하게 맥이 끊겨버리는, 이상야릇하면서도 변화무쌍한 너의 인생에 그녀를 끌어들이지 않기로 마음을 먹었다. 그 친구는 그다음 날 아내가 되기로 했던 여인을 찾아갔다.

"우리 인연은 여기까진 것 같소. 미안할 따름이오. 나를 원망하시오."

그녀는 한마디 말도 못하고 하염없이 눈물만 흘렸다.

모든 걸 내팽개치고 그 친구가 숨어든 곳은 자진골 초입의 공동야영장이었다. 그간의 삶을 반성하고 인생을 정리하기에 안성맞춤이라 생각했다. 평생의 반려자가 되기로 약속했던 여인에 대한 죄책감이 컸던 그 친구는 다소나마 그 업보를 씻어내고 싶었다. 매주 한 차례씩 한일소에 들어가 마음을 정리했다. 혹한기에도 그걸 거르지 않았다. 마음의 정리가 완전하다 싶으면 그녀를 찾아가 다시 용서를 구하고 영원히 자진골로 들어갈 요량이었다. 그렇게 하면서 딱 1년이 흘렀다. 그러던 어느 날, 아주 우연히 그녀가 나타났다. 그녀는 자진골에서 선뇨폭포 구경을 하고 환속고개를 넘어 그 사찰의 법당에 들어가 예불을 한 다음, 오리골을 빠져나가서 달래강으로 갈 작정이라 했다. 그 친구는 그녀에게 동행할 것을 제안했고, 그녀는 한참을 망설이다가 고개를 끄덕였다. 그 길로 두 사람은 자진골을 오르기 시작했다. 앞서거니 뒤서거니, 어느 때는 나란히 걸으면서 많은 대화를 나눴다. 그 친구는, 여동생이 1억 원짜리 자기앞 수표를 그녀에게 네 장이나 주었다는 사실과 그녀는 그중에서 두 장을 방위성금으로 내놨다는 사실을 처음 알았다. 사진골을 오르면서 그녀는 세상을 살고 싶지 않다는 말을 꽤 여러 번 했다. 세상에 아무런 연결고리도 없고 미련 또한 없다 했다. 그 친구도 세상을 살고 싶지 않았다. 단 하나 여동생은 이미 시집 식구를 따라 호주로 이민 가서 잘살고 있었다. 두 사람은 걷고 또 걸어서 선뇨폭포까지 올라갔다. 두 사람은 폭포 상단 암벽 옆에서 걸음을 멈추고 환속고개를 올려다보았다. 그 친구는 손가락으로 마치 한 무리의 괴물이 뒤엉켜 으르렁거리는 것 같은 산등성이를 가리켰다.

"저게 환속고개요."

그녀는 말없이 고개를 끄덕이더니 뒤돌아서서 한일소를 내려다보기 시작했다. 조금만 발을 헛디디면 절벽 아래로 떨어질 듯 아슬아슬했다. 그 친구는 왼손으로는 암벽에 매달린 소나무 가지를 단단히 잡고 오른손으로는 재빨리 그녀의 손을 잡았다. 그녀의 손은 얼음장처럼 차갑고 거칠었다.

"환속고개를 넘어 오리골로 함께 가볼까요?"

그 친구는 조심스럽게 그녀의 표정을 살폈다.

"이제 그걸 넘어서 무얼 하겠어요! 난, 내 의지대로 되었던 게 하나도 없어요."

그녀는 한일소에서 눈을 떼지 않고 말했다.

"그건, 나도 마찬가지요!"

그 친구도 한일소에서 눈을 뗄 수가 없었다.

"그럼 결론은 난 거잖아요! 참으로 아늑한 물웅덩이네요…"

그녀의 목소리는 듣던 중 단호했다. 그 친구는 오른손에 힘을 주었다. 그녀가 그 친구에게로 고개를 돌렸다. 호수보다 더 깊은 눈동자, 그 눈에서 흘러넘치는 눈물이 두 뺨을 적시고 있었다. 두 사람은 마주 보고 고개를 끄덕였다. 잠시 후 한일소에서는 또 한 차례의 한 맺힌 소리가 흘러넘치고 있었다.

섬전창은 이야기를 마무리하며 자기가 그 두 사람의 시신을 수습하여 장사까지 지내줬다고 했다. 그런데 너는 그의 이야기를 들으며 어느 순간부터 그런 생각이 들었다.
- 이건 섬전창의 친구 이야기가 절대로 아니다. 섬전창 자신의 이야기가 분명하다.
섬전창은 네게 그 친구의 이야기를 들려주면서 자신이 원하는 해답을 찾으려고 애쓰는 모습이었다. 그의 애절한 표정에서 너는 그걸 읽을 수 있었다. 그의 두 눈은 보기 드물게 맑고 그윽했으며, 순간적으로 눈가가 촉촉해지는 것을 여러 번 보았다. 네가 무엇인가 말을 하려는 순간, 섬전창은 재빨리 물웅덩이를 벗어나 병풍바위 뒤로 가버렸다. 네가 물 밖으로 나오니 그는 너에게 또 보자는 말도 하지 않은 채 아주 황급하게 오솔길을 뛰어 내려가고 있었다. 무엇인가 시간에 쫓기는 모습이었다.

다시 또 1주일이 흘렀다. 너는 몸이 근질근질했다. 섬전창의 그

다음 이야기가 궁금했다. 너는 공부에 집중할 수가 없었다. 한걸음에 환속고개를 넘었다. 솔직히 그와 만나고부터 공부보다는 그의 언행에 더 신경이 쏠리는 걸 어쩔 수 없었다. 그가 했던 말이 머릿속에서 영 떠나지를 않았고, 그가 이다음에는 어떤 말을 할 것인가가 궁금했다. 병풍바위 뒤에 도달하자 너의 몸은 후끈거렸고, 땀으로 범벅이었다. 너는 물웅덩이로 뛰어들었다. 그러나 한일소에는 아무도 없었다. 곧 문신으로 얼룩진 몸을 자랑하듯 섬전창이 나타나겠지…, 생각하며 너 자신만의 시간을 즐겼다. 노래도 부르고 시도 읊었다. 웃어도 보고 소리도 질렀다. 참으로 오래간만에 그렇게 해보았다. 속이 다 후련했다.

인간은 혼자 있을 때의 행위가 본성이다. 이토록 깊은 산중, 아무나 접근하기 어려운 물웅덩이 속에서, 인간은 인간이 아니라는 걸 너는 깨닫고 있었다. 머릿속에 떠오른 것, 가슴에 밀려오는 감정, 하고 싶은 그 무엇, 그런 것들은 모두가 인격자인 양 거들먹거렸던 법학도 철장길, 바로 너의 실상이었다. 너는 그걸 절감하면서 한일소를 독차지하고 있었다. 그러면서 마치 새끼 밴 암소의 오줌 줄기 같은 폭포수 바로 밑까지 다가갔다. 얼굴을 하늘로 들어 폭포수를 얼굴에 뒤집어쓰며 조금씩 암벽 쪽으로 발을 옮겨보았다. 그러는데 발밑에 무엇인가 걸리는 게 있었다. 모래도 아니고 자갈도 아니고 바윗돌도 아닌 이상야릇한 것이었다. 물컹물컹하고 냉기 감도는 촉감은, 흔히 말하는 물귀신에게 걸려들었을지도 모른다는 생각이 들기에 충분했다. 그렇지만 순간 호기심이 발동했다. 너는 숨을 크게 들이마시고 머리를 물속에 처박았다. 눈을 크게 뜨고 물속을 살펴보았다. 폭포 밑 동굴 입구를 사람 하나가 가로막고 누워 있었다. 너는 숨이 차서 머리를 물 밖으로 들어 올렸다. 숨을 크게 들이마시고 다시 물속으로 들어가 동굴을 가로막고 누워 있는 인체를 더 자세히 살폈다. 아무리 보아도 그것은 섬전창이었다. 두 눈을 똥그랗게 뜬 채로였고, 옷은 단정하게 입은 채로였다. 너는 그의 손을 잡아끌었다. 그러나 그는 딸려오지 않았다. 더 힘껏 잡아당겨 보았다. 그래도 그는 그대로였다. 몸은 밧줄로 묶여있었고, 그 밧줄은 폭포 밑, 구멍 뚫린 바위를 관통하여 기둥처럼 생긴 바위에 고정되어 있었다. 너는 숨이 차서 다시 물 밖으로 고개를 내밀고 심호흡을 한 다음 다시 물속으로 들어갔다. 묶여있는 밧줄을 풀어 그를 물 밖으로 끌어 올릴 요량이었다. 구멍 뚫린 바위에 단단히 묶여있는 밧줄을 끌러보았다. 밧줄은 생각처럼 쉽게 풀리지 않았다. 다시 물 밖으로 머리를 들고 심호흡을 하며 생각을 가다듬었다.

　- 그렇다. 내가 손댈 일이 아니다. 영원히 그렇게 있도록 하는 것이 그의 영혼을 달래는 것이리라.

　그런 생각을 하면서 물속 바위 주위를 더 폭넓게 살펴보았다. 동굴 입구 섬전창의 시체를 타 넘어 동굴 속까지 기어들어 갔다. 동굴 속의 물은 뼈가 저릴 정도로 차가웠다. 너무 차가워 견디기 어려웠다. 그것이 무엇이라도 거기에서는 절대로 부패하거나 변질되지 않을 것 같았다. 숨이 가빠서 물 밖으로 빠져나가려고 몸을 돌리는 순간, 너는 또다시 두 눈을 의심했다. 동굴 깊숙이 사람이 또 하나 보였다. 긴 머리카락이 물의 흐름을 따라 춤추듯 너울거리는 게 분명 그것은 여인이었다. 그렇다. 섬전창의 아내가 되어야만 했을 여인이었다. 순간, 너의 뇌리를 스치는 게 있었다.

　- 그렇지, 그렇게 하자! 먼 훗날, 그때까지도 그렇게 하는 게 옳다는 생각이 들면….

　너는 서둘러 물웅덩이를 빠져나왔다. 병풍바위 뒤로 돌아가 옷을 걸치고 환속고개를 다시 넘어 사찰로 돌아갔다. 숨어들 듯 요사채로 들어가 문을 걸어 잠그고 상법을 펼쳤다. 글씨가 눈에 들어오지 않았다. 눈을 똥그랗게 뜬 섬전창이 긴 머리칼을 휘날리며 마냥 행복해하는 여인을 바라보는 그림이 어른거렸다. 너는 눈을 감았다. 눈을 감아도 망막을 자극하는 것은 바로 그 그림이었다. 저녁 공양 시간, 너는 끼니를 건너뛰었다. 일찌감치 자리에 누웠다. 잠도 오지 않았다. 뒤척이다가 일어나 상법을 다시 펼쳤다. 법 조항이 눈에 들어올 리가 없었다. 오로지 그 광경만 어른거렸다. 다시 자리에 누웠다. 반듯하게 누우면 천장에 그림이 그려졌고, 모로 누우면 벽에 그 그림이 그려졌다. 그림은 몸을 뒤척일 때마다 산지사방하고 있었다. 너는 한숨도 잠자지 못하고 일생에서 가장 긴 밤을 보냈다. 그러면서 한 가지 결론을 얻었다.

- 날이 밝으면 섬전창의 아직도 감지 못한 두 눈을 감겨주리라.

음력 7월 중순 새벽의 환속고개, 만월을 약간 넘긴 달빛이 으스름했다. 한일소에 이르니 어둠은 한 가닥도 남아 있지 않았다. 폭포수 소리가 한 많은 산골짜기의 넋두리인 양 애절하게 울려 퍼지고 있었다. 병풍바위 뒤에 옷을 벗어놓고 물웅덩이로 뛰어들었다. 그때부터 너는 UDT 대원이었다. 먼저 오른손으로 섬전창의 두 눈을 감겨줬다. 그리고 그의 몸에 얽어 놓은 밧줄을 한 가닥 한 가닥 잡아당겨 보았다. 느슨한 부분이 많았다. 물 밖으로 나와 숨을 크게 몰아쉬고 다시 물속으로 들어갔다. 느슨한 매듭을 다시 조이고, 최대한 폭포수 밑 동굴 속으로 끌어당겨 여인과 거의 한 몸이 될 정도로 동여맸다. 절대로 풀어지지 않도록 동여맸다. 더 할 수 없이 편안한 상태로 수장했다는 느낌이 들었다. 누구에게 들키지만 않으면 두 남녀는 거기서 그렇게 영생할 수도 있겠다는 생각을 하면서 한일소를 빠져나왔다. 서둘러 병풍바위 뒤로 돌아가 옷을 걸치고, 사찰을 향해 환속고개를 오르기 시작했다.

- 괜한 환속고개가 아니로다.

느닷없이 그런 생각이 들었다. 섬전창을 만나 한일소에서 나누던 대화들과 무더위를 핑계로 환속고개를 넘나들던 시간들이 되살아나면서 머리가 지끈거렸다. 모든 게 헝클어졌고 뒤틀려버렸다는 생각뿐, 도지히 가닥을 정리할 수 없었다. 비좁은 동굴을 빠져나가 환속고개 정상에 올라섰다. 가쁜 숨을 몰아쉬며 오리골을 내려다보았다. 사찰에서는 가느다란 연기가 피어오르고 있었다. 연기는 산골짜기를 잠깐 맴돌다 옅은 안개 속으로 빨려 들어갔다. 연기와 함께 사찰이 사라지는 것은 아닌지…. 언젠가는 사라질 사찰에서 미래를 준비하는 게 맞는지…. 사찰은 비우는 곳이지 얻어서 축적하는 곳은 아닐 터, 주지승의 말이 머리를 때렸다.

  - 환속고개를 넘으면 길을 바꿔야 해!

  환속고개를 넘으면 길이 바뀐다? 그렇다. 너의 길은 이미 바뀌고 있었다. 너는 생각도 없이 사찰을 지나쳐 오리골을 뛰어 내려가고 있었다. 아름드리 산돌배나무를 보고서야 정신이 번쩍 들었다. 너는 걸음을 멈추고 뒤돌아섰다. 사찰이 올려다보였다. 이상하게도 낯설고 아득했다.

  - 그래, 법조는 내 길이 아니다. 법이라는 잣대로 인생의 흔적을 측정하여 그것이 기니 짧으니, 옳으니 그르니 하면서 군림이라도 하듯 위세를 떠는 삶, 그렇게 해서 생계를 유지하는 삶, 누가 그런 삶을 숭고한 삶이라 할까. 누가 그런 삶에 온정을 느끼며 마주 앉아 커피 한잔이라도 마시고 싶을까. 그건 두려움의 대상 그 이상도 그 이하도 아니지 않을까. 삶이 끝나갈 무렵에 누군가에게서 진정으로 고맙다는 말 한마디쯤은 들어야 하지 않을까. 맞아, 그런 길이 내 길이지. 내 길에서 정성을 다하는 거야!

너는 중얼거리며 사찰을 향해 무거운 발걸음을 옮겼다. 네 발걸음은 일주문을 지나 천왕문에 다다랐다. 왕방울 눈을 부라리는 사천왕을 애써 외면하고 경내로 들어서니 아침 공양 시간이었다. 배가 몹시 고팠다. 상석에 앉아 조반을 먹는 큰스님과 주지승을 힐끔거리며 금세 밥그릇을 비웠다. 큰스님과 주지승은 그 오랜 세월 환속고개를 넘은 적이 한 번도 없을까? 그런 생각을 하면서 요사채로 향했다. 방안에 들어서니 숨이 턱턱 막혔다. 빛이라고는 한 가닥도 없었다.

- 그래, 이 방에서 나가자! 이 사찰을 벗어나 오리골을 빠져나가자!

너는 보던 책과 노트를 깡그리 보따리에 싸 들고 법당 뒤쪽으로 돌아갔다. 거기에 소각장이 있었다. 오래전 섬전창이 공부하던 책과 노트를 불살랐던 그 소각장일 터였다. 아직도 손때가 덜 묻은 육법전서를 펼쳤다. 너는 헌법전문부터 한 장씩 뜯어내어 소각장에 내던지기 시작했다. 한참을 그렇게 하다가 나중에는 한 움큼씩 무더기로 뜯어냈다. 소각장에 나뒹구는 헌법의 조각들은 그냥 폐휴지에 불과했다. 성냥을 한 개비 꺼내 성냥곽에 문질렀다. 퍽 소리를 내며 불이 붙었다. 소각장에 널브러져 나뒹구는 종이 쪼가리에 불을 붙였다. 불꽃이 강하게 일어나며 빠른 속도로 타들어 갔다. 재빨리 민법을 잡아 뜯어 소각장으로 던져 넣었다. 그리고는 상법을 뜯어내어 던졌다. 그다음은 민사소송법을, 그리고는 형법과 형사소송법을 잡아 뜯어 불꽃 속으로 던져 버렸다. 소각장은 순식간에 커다란 불구덩이로 변했다. 그 불구덩이 속으로 육법전서의 가죽제 하드커버를 집어던졌다. 그리고는 닥치는 대로 사찰에서의 흔적들을 던져 버렸다. 마지막으로 하늘에 닿을 듯 솟구치던 법학도로서의 오기와 열망과 자부심까지 던져 버렸다. 너는 넋을 잃고 불구덩이를 바라보며 한참을 서 있었다. 어느 순간 참매미 소리가 요란하게 귀를 울렸다. 정신을 가다듬고 가래나무 숲을 올려다보았다. 난데없이 두견이가 한 마리 날아와 가래나무 가지에 내려앉았다. 참매미 소리에 취하여 두견이를 바라보다가 소각장으로 눈길을 돌렸다. 그렇게도 격렬하던 불꽃은 어느새 사그라들고 파란 연기가 한 가닥 가래나무 가지 사이로 피어오르고 있었다.

"중생이 고마움을 느끼는 일을 하시게. 타인의 심기를 조금이라도 불편하게 하는 일은 멀리하게나. 다시는 오리골에 들어오지 마시게!"

점심 공양을 마치고 하산하겠다는 인사를 하자, 주지승은 측은하다는 듯도 하고 후련하다는 듯도 한, 그야말로 그 속을 알 수 없는 요승의 표정을 보였다. 그리고는 곧바로 해우소로 들어가 버렸다. 너는 그쪽을 한참 동안 노려보았다. 주지승의 용변 소리는 차라리 신음이었고, 그 냄새는 사찰 경내에 진동했다. 주지승이라고 해서 특별한 게 아무것도 없었다. 그러고도 죽으면 사리가 몇 개나 나왔다고 호들갑을 떨겠지…. 그 소리와 그 냄새를 뒤로하고 하산을 시작했다. 아름드리 산돌배나무는 가지마다 돌배가 주렁주렁 달려있었다. 너는 산돌배나무 밑 옹달샘에 머리를 처박고 샘물을 들이켰다. 옹달샘이 바닥날 정도로 들이켰다. 실로 오랜만에 머리가 맑아지는 걸 느꼈다. 반은 뛰고 반은 걸으면서 시내버스 정류장까지 뒤도 한번 돌아보지 않고 오리골에서 벗어났다. 해는 아직도 중천이었다.

시내버스는 시외버스터미널 앞에 정차했다. 너는 서둘러 터미널에 들어섰다. 대합실은 혼잡하기 그지없었다. 안내판이 눈에 들어왔다. 영동행 17시 45분, 고향으로 가는 막차, 앞으로 두 시간은 더 기다려야 했다. 너는 대합실 2층 카페로 올라갔다. 기다리는 사람들로 빈자리는 몇 개 되지 않았다. 올 사람을 기다리는 사람들, 버스출발시간을 기다리는 사람들, 또 다른 무엇을 기다리는 사람들, …, 어느 곳이나 기다리는 사람들로 가득한 이 세상, 너는 그들 틈에서 창가의 빈자리를 찾아냈다. 창밖이 훤히 내다보였다. 왕복 6차선대로, 길을 건너가고 건너오는 사람들, 이리 가고 저리 가는 자동차들이 뒤섞여 차선은 말도 못 하게 뒤엉켜 있었다. 길 건너 5층 건물에는 간판이 즐비했다. 그중 하나, 소방관 준비반 개강 박두! 눈에서 섬광이 터지는 걸 느꼈다. 그것은 새로운 길이었다.

- 그렇다. 소방관이 되자! 소방관이 되어 오리골과 자진골을 관장하는 소방서에 발령을 받아 한일소에 잠들어 있는 생애 마지막 친구와 그의 아내가 될 뻔한 여인을 정성껏 수습하여 영원한 천국으로 보내주자!

너는 들고 있던 커피잔을 내려놓고 자리에서 벌떡 일어났다. 카페를 빠져나와 아직도 혼잡한 터미널을 뒤로하고 길 건너편 5층 건물을 향해 빠른 걸음으로 6차선 횡단보도를 건너기 시작했다.

에필로그

너는 정년을 5년쯤 남겨 놓고 음성소방서장으로 승진한다. 그 이듬해, 자진골 초입의 한우목장에서 탈출한 황소가 한일소에 빠지는 사건이 발생하고, 119구조대가 출동하여 익사 직전의 황소를 구출하는 과정에서 물밑 동굴 깊숙한 곳에서 두 구의 유골이 발견된다. DNA 검사를 통하여 신원은 확인했으나 연고자는 아무도 없었다. 너는 스스로 상주가 되어 그들의 장례를 치르고 골분은 달래강에 뿌린다. 그길로 너는 명퇴하고 귀향하여 너의 마지막 친구 섬전창을 주인공으로 하는 장편소설 환속고개를 탈고한다. 환속고개는 그 문학성을 인정받아 부상이 순금 일백 량이나 되는 토올문학상을 수상한다.

콩트
세 편

하나, 소설 같은 꿈

 북쪽 가까운 서산 위에 태양이 비스듬하고 가로수 그림자가
길다. 침엽수 싱그러운 숲 사이에 눈이 부시도록 하얀 층층나무
꽃들 위로 호랑나비가 떼를 지어 날아다닌다. 오색 꽃비 섞인 소
나기가 지나간 뒷동산은 만삭의 아낙네 복부처럼 아름답다. 싱그
러운 봉우리를 감싸고 드리운 쌍무지개가 신비롭기 그지없다. 고
고지성 요란하게 남매 쌍둥이 곧 태어날 것 같은 홍천 철哲 씨 집
성촌의 오후다. 마을 앞 시냇가에는 달맞이꽃 봉오리가 수줍고,
옹달샘 솟이니는 골짜기마다 산비둘기 날아오른다. 차도와 인도

가 구분 없는 신작로에 소리도 없이 달려온 검정색 승용차가 한 대 멈추어 선다. 도로변에는 새빨간 장미가 화려하고 마을 사람들은 덩실덩실 춤추듯 경쾌하다. 철영재哲榮在 박사는 승용차에서 내려 마을의 정중앙에 위치한 그의 생가를 향해 도도하게 걸어간다. 길목마다 현수막이 바람에 나부낀다. 고개를 치켜들어야 읽을 수 있게 높이 걸려있는 현수막 사이로 봉황의 무리가 현란하다. 현수막의 글씨는 대문짝만하고 또렷하다.

  - 경축 철진겸 작가 토올문학상 수상
  - 경축 철선겸 교장 한국사도대상 수상
  - 경축 철미겸 박사 한국 100대 명의 선정

모두가 철 씨들이다. 이 동네가 홍천 철 씨 집성촌이니 그건 지극히 당연하다. 마을 안길을 걸어가는 철 박사의 발걸음은 구름 위를 걷는 선비처럼 가볍고 흥겹다. 철 박사는 춤추며 크게 소리 지른다.

"어머니! 드디어 우리 애들이 해냈습니다! 어서 나와 보세요! 어머니!"

그런데 이상하다. 아무리 소리를 질러도 철 박사의 목소리에 울림이 없다. 모친의 모습도 보이지 않는다. 대문을 열고 들어서니 안마당에는 한련화와 달리아꽃이 한창이다. 뒷동산에는 아직도 쌍무지개가 걸려있고, 2층 테라스 테이블에는 한 무더기 일간지가 가지런하다. 방금 끓인 듯 연보랏빛 수증기가 피어오르는 원두커피도 한 잔 가득하다. 철 박사는 구름 의자에 기대앉아 커피를 마시며 신문을 읽는다. 신문의 첫째 면, 정치면의 헤드라인은 제1회 통일기념 목포 청진 간 대역전 마라톤대회 소식이다. 통일 대한민국의 초대 대통령이 결승지점인 청진포항경기장에서 시상식을 하는 사진이 선명하다. 예상과 달리 국방비가 크게 필요하다는 한국개발원의 정책보고서도 눈에 띈다. 분단 한반도 시대의 남북한을 합친 것보다 더 많은 국방비가 필요하다는 내용이다. 국경과 해안선이 길어지니 그건 어쩔 수 없다. 아무리 힘들어도 나라는 지켜야 하는 것 아닌가! 철 박사는 크게 고개를 끄덕인다.

경제면에는 10월 1일부터 한국의 원화가 미국의 달러화, 중국의 위안화와 함께 기축통화의 반열에 오르게 된다는 기사가 실려 있다. 그보다 더 기분 좋은 기사는 통일 한국의 1인당 GDP가 세계 최초로 20만 달러를 넘었다는 것과 한국이 드디어 G3 국가로서의 위력을 발휘하면서 세계열강의 3두 마차가 된다는 것이다. 참으로 통쾌하다. 이것은 우리가 교육을 열심히 잘해서 능력이 탁월한 인재를 많이 길러냈기 때문이다. 교육자로 살아온 평생이 이렇게 자랑스러울 수가! 철 박사는 한껏 의기양양하다. 콧노래가 절로 나온다.

사회면에는 한국인의 기대수명이 드디어 100세를 넘어섰고, 평균 출산율이 2.97명으로 5년 안에 3.05명이 될 거라는 기사가 톱이다. 이제는 사람이 재산이고 국력이다. 통일 한국이 세계 최

강국의 자리를 확고히 하려면 인구가 적어도 2억은 넘어야 한다. 출산율이 급격하게 증가하고 있으니 참으로 다행이다. 앞으로 결혼식 주례를 설 때마다 애 많이 낳으라는 것을 특별히 강조하고, 신랑 신부로부터 그렇게 하겠다는 약속도 받아 내리라! 철 박사의 각오가 대단하다.

교육 부문에 따로 지면을 할애하는 신문은 이 신문이 유일하다. 교육 면에는 한국의 인성교육 방법을 벤치마킹하기 위하여 유엔의 205개 회원국 교육부 장관들이 강원도의 어떤 고등학교를 시찰하는 사진이 대문짝만하다. 동산에 잣나무가 무성하고 세심지洗心池에 연꽃이 만발한 걸 보니 천하 유일 사대부고가 분명하다. 인성교육이 실패하면 모든 것이 끝장이다. 원칙과 도덕성을 존중하는 리더십은 시공을 초월하여 인간미 넘치는 사회를 만드는 요체이다. 톨스토이도 인간은 도덕적 의무로 연결되어 있다고 하지 않았는가! 철 박사가 거기서 애들을 가르칠 때 심어주고자 했던 덕목도 원칙과 정성과 도덕성이었다. 철 박사는 가슴이 뭉클할 정도로 감개무량하다.

이 신문이 새로 선보이는 미래 과학면에는 한국의 어떤 제약회사에서 암 특효약이 임상 실험에 성공했다는 기사가 돋보인다. 이 약은 어떤 암 환자라도 99.9% 이상 완치시킬 수 있는 영약이라는 것이다. 인간의 두뇌 속에 들어 있는 정보를 99.9% 이상 출력하는 기술이 개발되었다는 기사도 있다. 거짓말이라는 단어가

사전에서 사라질 날도 머지않은 것 같다. 철 박사는 꿈에 그리던 세상이 빠른 속도로 다가오는 걸 절감하면서도 무섭게 소리를 지른다. 마치 포효하는 호랑이 같다.

"잘난 척 말고, 코로나바이러스나 당장 물리쳐라! 이러다 지구 없어지겠다!"

서해안 어느 지역 모자 살해사건의 범인이 그 집의 차남 부부라는 기사가 지방판을 장식하고 있다. 짐승보다 못한 자식들이 너무 많다. 이 끔찍한 패륜의 보편화 현상을 어찌할 것인가? 돈 앞에서는 모든 것이 힘없이 무너져 버리는 세상이다. 돈보다 더 가치 있고 소중한 것도 많다는 것을 가르쳐야 했는데, 이제는 너무 늦은 것 같다. 교육을 조금만 더 잘했더라면 아무개 총장이나 아무개 의원, 아무개 장관이나 또 다른 아무개와 같이 구역질 날 정도로 뻔뻔스럽고 자기만 아는 공직자들은 없었을 것을! 참으로 안타깝다. 교단에 섰던 사실이 부끄럽고 교육자였던 것이 창피하다. 내일부터는 모자를 푹 눌러쓰고 마스크도 한 개 더 쓰고 검정색안경을 끼고 나들이할 작정이다. 신문을 넘기는 철 박사의 손가락이 부들부들 떨린다.

신문의 사설은 국방비증액이 절실하다는 내용이다. 두만강 압록강 서해 남해 동해로 이어지는 통일 대한민국의 광활한 영토를 지키기 위한 무기의 개발과 용병 인건비가 연간 180조 원을 넘는나. 그 막대한 국방예산을 확보하기 위해서 국회는 표에 별 도움이 안 되는 교육예산을 대폭 감액할지도 모른다는 것이다. 철 박사는 은근히 열을 받기 시작한다. 그렇게 되면 공교육이 부실하게 될 텐데, 무슨 방법이 없을까? 공교육이 망가지면 모든 게 끝장인데, 이 일을 어찌할 것인가! 교육예산을 감액하는 짓거리는 무슨 수를 써서라도 막아내야 한다! 철 박사의 화가 머리끝까지 치밀어 오른다. 목소리마저 떨린다.

"평생 내 몸 받친 이 나라 교육이다! 그런 정치는 절대 용서 못한다! 괘씸한 것들!"

철 박사는 주먹을 불끈 쥐고 테이블을 내리친다. 테이블 위의 커피잔이 굴러떨어져 허공으로 날아간다. 마시다 남은 커피가 오색구름이 되어 쌍무지개 사이를 맴돌다가 바람과 함께 사라진다. 그 순간 스마트폰이 요란하게 울린다. 철 박사는 눈을 번쩍 뜬다. 이번 주말에 친정에 놀러 오겠다는 큰애 전화다. 오랜만에 기분 좋은 낮잠을 실컷 잤다. 몸과 마음이 날아갈 것 같이 상쾌하다.

모처럼 낮잠을 자다가 꾼 꿈이다. 소설 같기도 하고 소망 같기도 한 이 꿈이 이루어지는 것은 언제쯤일까? 꿈에 읽은 신문이 조동신보인지 경한일보인지, 아니면 강원일보인지 도민일보인지 원주투데이인지 원주신문인지도 모르겠고, 발행일도 아리송하다. 발행일만이라도 잘 살펴보았다면 예언가인 척 미래학자인 척 으스댈 텐데…. 어찌 되었건 철 박사는 기분 좋게 콧노래를 부르며 치악산 비로봉이 바라보이는 아파트 창문을 활짝 열어젖힌다. 바람과 함께 사라졌던 커피 향이 다시 바람결을 타고 풍겨온다. 그녀가 커피잔을 내밀며 한마디 한다.

"무슨 기분 좋은 꿈을 꾸었나 봐요?"

둘, 세 잎 클로버 목걸이

그 악몽 같은 묘지가 보였다. 너는 츄리닝 차림이었다. 아무 일도 없었다는 듯, 그 애는 살짝 미소를 머금은 표정이었다. 너는 그 애의 눈을 쏘아보며 뚜벅뚜벅 다가갔다. 네가 가까이 가자 그 애는 미소를 거두고 한 발짝 뒤로 물러섰다. 그 순간 너는 앞차기로 그 애의 가슴팍을 가격했다. 그 애는 잔디 위에 꼬꾸라졌다.

"내놔!"

너는 몸을 일으키려고 기를 쓰는 그 애를 노려보며 소리쳤다. 그 애는 겨우 일어나 바지 주머니에서 목걸이를 하나 꺼내 들었다. 눈에 익었다. 가느다란 줄에 세 잎 클로버가 멋들어진 펜던트, 너는 가까이 다가가 목걸이의 세 잎 클로버를 살펴보았다. 이파리 뒤의 이니셜이 소문자 a였다. A의 목걸이였다. 어떤 연유로 A의 목걸이가 과 대표의 손에 있는가? 도대체 과 대표와 A 사이에 무슨 일이 있었는가? A도 너처럼 당했단 말인가?

"너 장난하고 있니?"

너는 그 애의 정강이를 걷어찼다. 그러자 그 애는 다른 목걸이를 내밀었다. 그러나 그것도 네 목걸이가 아니었다. 이니셜이 b였다. 기가 막혔다. B까지도…. 그런데 네가 그 사실을 왜 몰랐을까? 너희들 셋 사이에는 비밀이라는 건 절대 만들지 않기로 약속하지 않았는가?

너희는 K여고 3총사이다. 너는 K여중에 배정받았다. 입학식을 하고 교실에 들어가 보니 네 왼쪽에 A가, 오른쪽에 B가 앉아 있었다. 그때부터 너희는 하루도 못 보면 못사는 친구가 되었다. 3년 후, K여고에도 너희는 함께 들어갔다. 학교 안팎에서 너희를 K여고 3총사라 불러주었고, 너희는 그게 자랑스럽기까지 했다. 그 행운은 K대학까지 이어졌다. 더구나 믿기 어려운 것은 전공까지 똑같이 K학과였다. 아마도 너희 셋이 이 어수선한 세상의 이 꼴 저 꼴을 함께 보고 듣고 겪으면서 우정의 가치를 승화시키자고 굳게 다짐한 결과였을 것이다. 그리고 그 후에도 그렇게 셋이 잡은 손을 절대로 놓지 말고 살아가자는 약속도 분명히 했을 터였다. 너희는 대학 입학 기념으로 18K 프린세스 목걸이 세 개를 맞추어 서로 걸어주며 우정을 더 공고히 했다. 세 잎 클로버 펜던트가 모줄 체인에 대롱대롱 매달린 목걸이는 네가 디자인했다. 클로버잎 뒷면마다 너희 3총사 각각의 이니셜을 새겨 넣었는데, 그래도 각자의 것을 구분하기 위하여 소유자의 이니셜은 소문자로

했다. 자신을 낮추고 친구를 존중한다는 의미였다. 너희는 자랑스럽게 그 목걸이를 걸고 다녔다. 모두가 너희의 우정을 부러워하는 눈치였고, 35명밖에 안 되는 K학과에서 너희 셋이 뭉치니 안 되는 게 없었다. 그래서 과 대표도 너희 입맛대로 그 애를 뽑았고, A는 부대표 B는 학술 너는 총무를 맡았다. 그래서 그런지는 몰라도 과 대표는 바지사장 그 이상도 그 이하도 아니었다. 너희는 그런 분위기에 취하여 그 애의 가슴속에 쌓여가는 갈등과 분노에는 관심조차 없었다. 간혹 너희를 쏘아보는 그 애의 두 눈에 벌건 핏발이 서는 것도 아랑곳하지 않았다.

그날 그 애는 섬뜩하리만치 이글거리는 눈빛으로 데이트를 졸라댔다. 물론 너는 단호하게 거절했다. 그러자 그 애는 무섭게 돌변하며 너의 손목을 낚아채더니 숲속으로 끌고 들어갔다. 너는 끌려가지 않으려고 안간힘을 썼으나 한창 물이 오른 청년의 완력은 당해내기 어려웠다. 숲속에는 잘 다듬어진 묘지가 하나 있었다. 그 묘지는 규모도 제법이고 비석 또한 그럴듯한 유원지로, 네가 유치원과 초등학교 다닐 때 소풍도 여러 번 간 곳이었다. 아주 어릴 때 동네 친구들과 술래잡기도 하며 재밌게 놀던 곳이기도 했다. 학기 초에는 총무 자격으로 네가 앞장서서 그 묘지에서 K학과 야유회를 했다. 그때 너는 친구들에게 너희 집 자랑도 했다. 집으로 올라가는 길 왼쪽의 작은 연못가에서 물 위로 솟아오르

는 연잎을 뜯어 흔들어 보이기도 했고, 너의 아버지가 아끼는 양
주와 맥주도 들고나와 친구들에게 따라주기도 했었다.

　그 애는 묘지 잔디밭에서 네 손을 놓아주었다. 너는 그 애의
따귀를 갈겼다. 그러자 그 애는 무자비하게 너를 잔디 위에 쓰러
뜨렸다. 너는 틀어빼기 기술로 벌떡 일어났고, 동시에 돌려차기로
그 애의 머리통을 가격했다. 그 애가 나가떨어졌다. 나자빠진 그
애를 내려다보며 너는 생각에 잠겼다. 한 번 더, 발길질을 할까 말
까 망설였다. 그 순간, 그 애가 번개같이 네 허리를 감싸 안으며
쓰러뜨렸다. 휘둘러빼기도 틀어빼기도 먹히지 않았다. 아무리 발
버둥을 쳐도 소용없었다. 초등학교 4학년부터 갈고닦은 태권도 3
단의 호신술이 모두 속수무책이었다. 너는 고스란히 당하고 말았
다. 졸지에 상처를 입은 사타구니보다는 가슴이 더 아팠다. 그렇
다고 소리 내어 울 수도 없었다. 그 애는 너를 내버려 두고 어둠
속으로 사라져버렸다. 겨우 몸을 추스르고 집에 돌아와 거울을
들여다보니 몰골은 말이 아니었다. 목걸이도 보이지 않았다. 그날
밤 너는 창피하고 억울하여 한잠도 자지 못했다. 그 애가 죽이고
싶도록 약이 올랐다. 너는 다음 날 학교에 가지 않았다. A에게서
전화가 왔다. B에게서도 전화가 왔다. 너는 몸이 아프다고 둘러댔
다. 오후가 되자 그 애가 목걸이를 돌려주겠으니 그 묘지로 나오
라는 문자를 보내왔다. 넌 그 애가 오겠다는 시간보다 미리 묘지

로 나갔다. 독기를 품고 노려보는 네게로 그 애가 다가왔다.

"넌 인간도 아니다!"

너는 크게 소리를 지르며 돌려차기로 그 애의 옆구리를 가격했다. 그 애는 그 자리에 고꾸라졌다. 너는 버둥거리는 그 애를 쏘아보며 주먹에 온 힘을 모아 쥐었다. 그 애는 한참 동안 숨을 몰아쉬다가 비척거리며 일어나더니 상의 안쪽 주머니에서 목걸이를 하나 꺼내 들었다. 네 것이었다. 너는 목걸이를 낚아채며 6년을 넘게 갈고닦은 태권도 실력으로 그 애의 몸통을 가격했다. 그 애는 고목이 넘어가듯 잔디 위에 나가떨어져 사지를 뻗은 채 숨을 몰아쉬었다. 너는 내려찍기로 그 애의 불두덩을 가격할까 하다가 그만두고 발차기로 궁둥짝을 내질렀다. 달팽이처럼 온몸을 움츠리는 그 애를 쏘아보며 너는 발길을 돌려 집으로 향했다. 집으로 가는 길은 여느 때보다 멀고 가파르게 느껴졌다. 길옆 작은 연못에서는 석양이 힘없이 가라앉고 있었다. 너는 목걸이를 연못에 힘껏 던져버렸다. 18K 프린세스 목걸이의 정신도 함께 날려 보냈다. 시들어 앙상한 연잎 사이에서 가느다란 물결이 일었고, 빛바랜 석양의 그림자를 삼켜버린 연못에는 아주 빠르게 어둠이 가라앉고 있었다.

셋, 개 문상

　요즈음은 사람보다 더 대우받는 개들이 많다. 인간과 가장 가까운 동물이 개이긴 하지만 글쎄올시다, 이다. 국어사전에서도 개는 사람을 잘 따르고 영리하며 냄새를 잘 맡고 귀가 매우 밝은 동물이라고 설명한다. 도둑을 지키거나 사냥이나 군사 활동에 널리 쓴다고도 덧붙여 놓고 있다. 그러면서, 하는 짓이 더럽고 막돼먹은 사람을 욕하는 말로 쓰이고, 남의 앞잡이 노릇을 하는 사람을 비유하는 말로도 쓰인다고 했다. 개돼지, 개새끼, 개차반, 개지랄, 개죽음 등과 같이 말이다. 또 있다. 개살구, 개옻나무, 개 두릅, 개떡, 개소리, 개 팔자, 개잡년, 등등. 예문으로 '개 같은 놈'을 들어 놓았다.

　개 같은 놈은 이 세상에 너무 흔하지 싶다. 개 같은 놈을 가까이하려는 사람은 아무도 없을 터이다. 세상에 개 같은 놈도 어떤 경우에는 필요할지 모르지만, 그런 사람이라는 소리를 듣고 싶은 사람은 절대로 없을 것이다. 개 같이 벌어서 정승같이 살라는 말도 따지고 보면 이치에 맞는 말은 아니다. 얼마나 많은 사람에게 고통과 피해를 주어야 그렇게 되는지를 생각해볼 일이다. 개 같이 벌었다면 이미 개 같은 짓을 서슴지 않았다는 것이고, 그는 일찌감치 개가 되었던 게 분명한데, 돈을 좀 벌어놓고 정승 흉내를 낸다 한들 어느 누가 그를 존중할까. 개의 생활 습관이 몸에 배어 있는 사람이 어찌 정승 같은 생활을 감당할 수 있을까. 돈을 벌 때의 과정도 아름다워야지. 어디까지나 개는 개다.

이른 새벽 전화벨이 울렸다. 부부는 자리에서 벌떡 일어났다. 전화를 받는 섬 여인의 표정이 매우 심각하다. 무엇인가 슬픈 상황이 벌어진 듯하다. 상대방을 위로하고 또 위로한다. 이젠 그만 울음을 그치라고도 한다. 가족 중에 누군가가 갑자기 유명을 달리하여 대성통곡을 하는 것인가. 그렇지 않고서야 다섯 시도 채안 된 시간에 전화를 걸어 목 놓아 울 수 있겠는가. 아무리 생각해도 애석한 일이 벌어진 게 틀림없다. 어찌 되었건 예삿일은 아닌 것 같다.

"별 미친…"

섬 여인이 수화기를 내려놓으며 짜증을 냈다.

전화를 걸어온 사람은 꽤 가까운 친구이고, 대성통곡하는 이유는 5년을 넘게 한 이불 속에서 잠까지 같이 자던 애완견 툴툴이가 지난 밤에 급사했다는 거였다. 자정이 가까운 시간에 개 과자를 먹다가 그것이 목에 걸려 기절을 하였고, 그길로 119를 불러 인근 동물병원에 갔는데, 병원에서 얼마가 들더라도 살려만 달라고 애원을 했는데도 소생하지 못하고 새벽 두 시쯤 하늘나라로 갔고, 그래서 밤새도록 통곡을 하고 있다는 거였다. 급체한 개 때문에 119에 구조신호를 보낸 사람노 대단하고, 그 구조신호를 존중한 우리나라 소방대는 더 대단하다. 개의 생명도 생명이고 생명은 개건 뱀이건 지렁이건 모두 소중하니까…. 간혹 인간 가족보다 몇 배 더 소중한 애완견이 있다는 건 부정하기 어렵다는 걸 절감하면서 부부는 다시 침대에 누웠다.

"그럼 개 빈소는 어디에 차렸다든가?"

완 감독이 물었다.

"문자로 넣어준다고 하데…"

섬 여인이 말끝을 흐렸다.

"개 문상을 가야 하는 것 아닌가?"

완 감독이 또 물었다.

"물론이지. 문상 안 가면 아마도 지랄 지랄 개지랄할걸!"

섬 여인이 이불을 뒤집어쓰며 투덜거렸다. 완 감독도 베개를 고쳐 베며 이불을 끌어당겼다. 졸지에 달아난 잠은 좀처럼 다시 오지 않았다. 개 과자를 먹다 죽은 툴툴이에 대한 생각이 꼬리를 물었다. 그렇다면 개 문상 조의금은 얼마가 좋을까? 큰 애 혼사 때 20만 원 받았으니 10만 원은 해야 하지 않을까? 봉투에는 무어라 써야 할까? 삼가 고견故犬의 명복을 빕니다. 라고 쓰면 될까? 개 상주는 누구일까? 죽은 개의 새끼일까, 아니면 견주犬主일까? 그런 개라면 유골은 어디에 안치하는 게 좋을까? 조상 발치가 좋을까? 아니면 납골당이 좋을까? 잠은 오지 않고 별의별 생각이 다 들었다. 만약 비석을 세운다면? 그 비석 앞면에는 견공툴툴지

묘, 라고 쓰면 될 것이고 비석 뒷면에는 툴툴이의 아빠 아무개, 툴툴이의 엄마 아무개 등으로 표기하면 멋있고 어울리겠다. 그렇게만 하면 툴툴이의 비석은 비바람이 불어도 세월이 흘러가도 그 자리에서 영구히 의젓할 터이다. 그네들 부모 묘소에는 어떤 비석을 세워놓았는지도 자못 궁금해지면서 섬 여인과 완 감독은 머리가 띵할 정도로 아침잠을 설치고 말았다.

아침밥을 일찍 먹고 오후의 볼일을 앞당겨본 다음, 간단히 이른 점심을 먹은 후, 부부는 개 문상을 갔다. 완 감독은 개 장례식장 주차장에 차를 세우고 운전석에 앉아 쪽잠을 자면서 기다렸다. 섬 여인은 예상보다 더 긴 시간이 지난 후에 개 빈소에서 빠져나왔다. 개 영정 앞에서 쉬지도 않고 대성통곡하는 툴툴이 엄마를 위로하느라 그랬단다. 2일장을 치르기로 했단다. 장례식이 끝나면 개 화장장으로 가서 화장하고 그 유골을 예쁜 청자항아리에 넣어 친정 선산발치에 묻을 거란다. 툴툴이가 살아 있을 때 손가락질까지 하며 놀려대고 구박한 시집 식구들이 꼴 보기 싫어 시댁 선산엔 절대로 묻어주고 싶지 않다고 하더란다. 아담하게 봉분까지 만들고 최고급 오석으로 비석도 세워줄 거란다. 검정색 상복을 곱게 차려입은 툴툴이 엄마는 개 장례식장 출구까지 따라 나와서 개 영결식에도 참석하고 개 화장장까지 같이 가자고 조르더란다. 개 영결식 때는 검정색 옷을 입었으면 하는 눈치더란다.

완 감독은 내일도 개 장례식 조객으로 참석한 섬 여인을 목이
빠지게 기다리며 하루를 보내게 생겼다. 왜냐? 그는 아내를 끔찍
이 사랑하니까. 그리고 개는 귀여워하지만, 개 사체 앞에서 무릎
을 꿇고 명복을 빌고 싶지는 않으니까.

전통적 효와 인성의 가치를 소환하다

권혁녀(효학 박사, 수필가)

「무자 아버지」의 무자 아버지는 자식이 없는 아저씨다. 젊은 시절, 부인이 애를 낳다가 죽은 후부터 그 부인과 빛도 못 보고 세상을 떠나버린 아기만을 생각하며 쓸쓸하게 살아가는 사람이다. 외롭게 살아가는 그에게 동네 친구가 진돗개 암놈 한 마리를 선물하고 그 진돗개 이름을 무자無子라 지어 주었다. 그때부터 동네 사람들은 그를 무자 아버지라 부른다. 그러던 어느 날 새벽, 그는 무자를 끌고 가려던 개 도둑과 몸싸움을 벌이다가 흉기에 맞고 쓰러져 사경을 헤맨다.

이 소설의 1인칭 화자인 현정은, 매주 일요일 집으로 술추렴을 오는 아버지 친구 중에서 무자 아버지에게 각별한 정을 느낀다. 어떤 때는 또래 친구 같은 느낌도 든다. 그런가 하면, 그는 현정에게 공부 열심히 하고 잘 커라, 고 하면서 용돈도 주고 격려도 아끼지 않는다. 그러던 어느 일요일, 아버지 친구들이 모인 술자리에 무자 아버지가 보이지 않는다. 현정은 궁금하기도 하고 왠지 불길

한 생각이 들어 다음 날 아침 일찍 학교가는 길에 무자 아버지의 집으로 가 본다. 현정은 방바닥에 피를 흘리고 쓰러져 있는 그를 발견하고 급히 집으로 되돌아가 아버지에게 위급상황을 알린다. 그렇게 해서 무자 아버지는 목숨을 구한다. 그 일로 인해 무자 아버지와 현정은 더욱 정겨운 관계로 발전한다. 현정이 기르던 용호를 무자 아버지에게 주는 장면이나, 도둑맞았던 진돗개 무자를 다시 찾아내는 광경은 눈물겹기 그지없다. 무자 아버지에 대한 현정의 따뜻하고 속 깊은 마음이 잘 드러난다. 장 구경, 함께 먹은 자장면, 책방에 들러 사 준 책들은 두 주인공 사이의 사랑과 교감의 상징으로 손색이 없다. 무자 아버지는 현정이 상급학교에 진학할 때마다 책가방, 자전거, PC 등을 선물하고, 교육대학 졸업 후 첫 발령을 받았을 때는 거금을 들여 승용차를 사 주는 등, 친부모 이상으로 현정을 지원하고 보살핀다. 비록 혈육은 아니지만, 무자 아버지는 현정에게는 마음의 아버지로서 이 소설의 근간이 되는 정서이고, 개 도둑과 진돗개 무자는 무자 아버지와 현정을 친 부녀지간 못지않게 묶어주는 문학적 연결고리로 손색이 없다.

무자 아버지는 어린 현정에게 수시로 공부 열심히 하고 잘 커라, 고 격려하며 지원을 아끼지 않았을 뿐만 아니라 사후에는 평생의 모든 것을 현정에게 물려준다. 이것은 어른의 역할과 전통의 계승을 의미한다. 공부 열심히 하고 잘 커라, 고 하는 지극히 평범한 말 속에는 많은 함의含蓄가 들어 있는데, 그것은 작가의 인성교육에 대한 외침이라고 여겨진다. 농촌의 동네 어른이 친구의 딸에게 건네는 예사말이지만, 그 이상 후세대가 발전하기를 간곡하게 기원하는 마음을 어떠한 다른 말로 표현할 수 있을까? 성실하게 공부하고, 바른 인성을 지닌 어른으로 성장하라는 것, 이것은 모든 부모의 바람이자, 모든 어른의 마음이다. 내 자식을 향한 사랑에서 더 나아가 친지의 자식, 나아가 이웃 사랑은 이 땅의 전통적 정서이고 계승해야 할 관습이라 할 것이다. 그 원류는 맹자가 강조한 인仁에서 비롯된다. 무자 아버지가 친구의 딸을 마음의 딸로 생각하고 성원을 아끼지 않은 것으로 그것을 확인할 수 있다. 또한, 천하지궁민자天下之窮民者-천하의 곤궁한 백성-는 늙어서 아내가 없는 홀아비, 늙어서 지아비가 없는 과부寡婦, 늙어서 아들이 없는 독獨, 어려서 아비가 없는 고아孤兒를 이르는데, 이들은 우선적으로 인仁을 베풀어야 할 대상이라고 하였다. 무자 아버지는 경제적으로 궁핍하지는 않지만, 불쌍한 사람임은 자명하다. 그러한 무자 아버지를 대함에 주인공과 그 가족들은 인仁의 극치를 보여 준다. 그러면서 오히려 무자 아버지라는 사람은 순수하고 여린 마음의 소유자, 순정이 흘러넘치고 타인에 대한 이해심과 배려심이 많은 사람, 성실하고 근면한 사람, 법 없이도 사는 사람, 순박하면서도 당당하게 사는 사람이라고 칭송한다. 그것은 지고지순한 우정이다. 무자 아버지의 이와 같은 인품, 어려서부터 착하고 인정미 넘치는 현정이의 성품, 현정이 부친의 우정과 가족애가 전

편에 흐르는 이 소설은, 김영덕 소설가의 인성교육에 대한 깊이와 열정을 느끼게 한다. 개 도둑이 성행하던 시절, 개 도둑은 남의 집 마당에 놓아 기르던 개를 훔쳐 가기도 했고, 동네를 어슬렁거리는 개를 잡아가기도 했다. 그런 개들은 보신탕용으로 팔려나갔다. 개 도둑은 이 소설의 주인공인 임현정과 무자 아버지인 철선민을 묶어주는 장치로 기능할 뿐만 아니라, 이 소설의 시대적 배경을 가늠하게 하는 중요한 요소로도 부족함이 없다. 개 도둑을 앞에 놓고 그 개 도둑을 대하는 무자 아버지의 인품도 본받을 점이 많다. 근래에 대두되고 있는 회복적 정의에 입각한 징벌을 실천하는 인격이다. 평생 반성하고 속죄하는 징벌, 그리하여 다시 이어지는 개 도둑과 현정이와의 보은의 심정을 바탕으로 하는 인간관계는 가일층 성숙하고 아름다운 결말에 도달한다. 이는 전통적 사회의 재건이라 할 것이다.

주인공은 반듯하게 자라 훌륭한 교육자가 되고, 자녀도 5남매나 낳아 기르며, 유능한 교감, 존경받는 교장을 거쳐 정년 후에는 유치원을 설립한다. 무자 아버지의 뜻을 기리기 위해 그의 전 재산을 교육 사업에 투자한 것이다. 이 땅의 유아교육을 선도하고 있는 철선민유치원이 그 결과물이다. 작가는 인간이 의미 있는 삶을 지탱하는 중요한 요소는 바른 인성을 갖추는 일이라는 것, 그런 인성교육은 어릴 때부터 해야 한다는 것, 교육 중에서 유아교육이 가장 중요하다는 것, 등을 강조하면서 그 모든 것을 함축하고 한 편의 소설에 담아 철선민유치원을 상징적으로 제시한다.

「모녀성」의 섬 영감은 며느리가 아들을 낳아야 대가 끊기지 않고 가문이 번영한다고 믿는 세대의 대명사다. 섬 영감은 부인 완노파와의 사이에 2남 3녀를 두었으며, 가문의 번영을 위해 할 수 있는 일은 모두 하겠다는 확고한 의지를 지닌 사람이다. 그는 섬강 섬씨 가문의 번영을 위해 둘째 며느리이자 막내인 영림에게 장손을 출산하고, 남편의 내조를 잘해 출세시키면 전 재산을 주기로 약속하고 각서까지 쓴다. 영림은 섬씨 가문의 장손 쌍둥이를 낳음으로, 가부장제의 핵심축인 손자를 원하는 섬 영감의 기대에 부응한다. 시아버지와의 약속대로 남편을 정성껏 내조하고 시부모를 극진히 모시는 효부孝婦로서 손색이 없는 며느리이다. 야무지고 억척스러운 영림은 각고의 노력으로 아들 쌍둥이를 낳는 데 성공하고, 남편을 출세시키기 위해서 온갖 노력을 기울인다. 섬 영감의 막내 성찬은 영림의 강압적인 권고에 저항하지 못하고 영림의 로드맵대로 결국은 면장으로 승진한다. 영림은 산골 면장 관사에서 생활하는 동안, 친정의 농사일도 돕고, 인근의 초등학교 방과후 교육활동도 도와주며 향토애의 귀감을 보인다. 직접 채취한 산나물을 동기간에게 나누어 주며 가정의 우애를 다지는 인품이다. 그렇게 세월은 흐르고 고령에 접어든 섬 영감은 가족회의를 소집하고 본가에 들어와 살 자식을 찾는다. 섬 영감사후死後 본가를 물려주는 조건이다. 그러나 장남과 세 딸은 여러 가지 핑계를 대며 난색이지만, 영림은 시부모를 봉양하기로 결단을 내린다. 섬 영감은 흥분을 감추지 못한 채 본가를 영림에게 물려준다는 각서를 전달하고, 동기간의 우애를 강조한다. 그 자리에서 영림은 섬씨 가문을 명문 가문으로 만들어 놓고야 말겠다는 각오를 밝히고, 그날부터 지극정성으로 시부모를 모신다. 그러나 친정에는 일 년에 세 번도 가지 못한다.

살아생전에도 지극정성으로 시부모를 모셨지만, 사후에도 전통예법에 따라 최고의 격식을 갖춰 자식의 도리를 다한다. 그렇게 하여 섬 영감의 장례식은 섬강 섬씨 가문을 본받아 마땅한 가문으로 재조명하게 만든다. 시아버지 장례를 치르고 영림은 섬강 섬씨 가문의 번영에 대해 골몰한다. 섬강 섬씨에 대한 사회적 평판을 높이는 일, 물질적 가치를 정신적 가치로 승화시키는 일이야말로 섬씨 가문의 위상을 높이는 일이라 단정하고, 시아버지가 물려준 재산 모두를 사회에 환원하기로 한다. 그 방법으로 '섬전 창장학재단' 설립을 제안한다. 그러나 섬씨 5남매는 극구 반대하며 모든 재산은 1/n로 나눠 갖겠다고 우긴다. 장학금은 무슨 의미가 있느냐며, 오히려 영림에게 맛있는 간식과 김치말이 국수를 주문한다. 효성스럽고 반듯한 며느리 하나가 뒤틀리고 편협한 섬씨네 자녀들을 못 이기는 현실에 직면한다. 장례 절차는 며느리가 주도했으나, 유산을 처리하는 과정에서는 효행에 소홀했던 섬씨네 남매들의 탐욕 앞에서 섬씨 가문은 방향을 잃고 표류한다. 그중에서도 소신 없는 인물은 영림의 남편 성찬이라 할 것이다. 가문의 명예를 위한 것도 아니고, 아버지의 각서대로 넘겨준 재산을 지켜내겠다는 의지도 없다. 개념 없는 인간형이라 하겠다. 그렇다면 무엇보다 동기간의 우애를 중히 여기는가? 아내 영림의 노력과 공은 무의미한 희생이란 말인가? 이 물음은 비단 작가가 섬강 섬씨 일가에게 던지는 물음만은 아닐 것이다.

　세상이 순식간에 뒤죽박죽이 되어버렸다는 생각으로 가슴이 터질 듯 요동치는 순간, 영림은 엄마가 위독하다는 친정아버지의 전화를 받는다. 친정어머니의 목숨이 경각에 달려 있다. 그러나 섬강 섬씨 일가의 비인간적이고 즉흥적인 분위기에 휩싸인 성찬은 영림의 간곡한 호소를 묵살한다. 영림은 모든 것을 포기하고 단신으로 시아버지가 선물한 뉴아란타에 올라 산골 마을 친정으로 향한다. 친정어머니를 살려내고야 말겠다는 생각뿐, 정신없이 친정으로 달려가던 영림의 뉴아란타는 천야만야한 절벽 커브길에서 비행기처럼 날아올라 절벽 아래로 추락하여 불꽃을 튀기며 산산조각이 난다. 불꽃 같은 영림의 영혼은 새처럼 날아올라 친정엄마를 따라 파란 은하수에 잠든다. 참으로 허무한 반전이다. 이 비극적 결말, 대반전은 분노의 상징으로 해석하고 싶다. 섬강 섬씨네 남매들의 비인간성을 향한 분노의 포효, 이는 이 세태를 향한 작가의 경고가 아닐까?

내 가슴의 숲

　무자 아버지답지 않은 것들이 기승을 부리는 세상, 집단적 정서에 도취하면 이성도 잃고 자아도 팽개친다. 가면을 뒤집어쓰고 설쳐대는 패거리가 가히 목불인견이다. 숭배와 존경과 사랑의 대상도 눈 밖에나면 가차 없다. 생각과 목표가 다른 자, 이겨야 하고 굴복시켜야 하고, 그도 모자라 박살을 내야 안심이다. 미련도 염치도 체모도 온정도 없고, 은공도 모른다. 어른은 거추장스럽고 애들은 부담스럽다. 현실은 감질나고 미래는 불확실하다. 과연 인간의 본성은 무엇인지 헷갈린다. 우울하고 답답하며, 죄도 없이 두렵고 불안하다. 신문도 TV도 보기가 겁난다.

　그러나 지금 내 가슴엔 숲이 울창하다. 야트막한 언덕도, 아늑한 골짜기도, 고봉 준령도, 부모님이 심어놓은 나무와 내가 심은 나무와 그 나무들에서 퍼져나간 수목들이 무성하다. 나이테가 여든이나 되는 산돌배나무 밑 옹달샘은 나의 정안수이고, 버들치가 생동하는 실개천을 따라 세월은 속절없이 흐른다. 숲길 굽이굽이 명멸하던 사연들은 부식토에 뒤섞여 파랗게 이끼로 뒤덮인다. 나무는 그 자리에서 그 심성으로 뿌리를 뻗고, 줄기를 살찌워

가지를 키운다. 가지는 또 가지를 만들어 영원을 꿈꾸고 세월의 흔적은 나이테가 집적한다. 그렇게 거목이 된 나무는, 베르베르의 가능성의 나무처럼 가지마다 꿈이 영글고, 때로는 꽃으로 향기로 열매로 심신을 달래준다. 나무의 보답이다. 나무는 배은망덕을 모른다. 이제 그 멋진 나무들을 생각하는 것만으로도 나는 유로지비가 된 기분이다. 오늘처럼 아침 햇살이 눈 부신 날에는 더 많은 가지에 한결 더 찬란한 꿈이 영글 것이다. 나는 그 아름다운 꿈을 바구니에 가득 담아 정물화를 그릴 것이다. 조간신문과 TV도 유튜브도 모두 재미있게 볼 날이 올 거라는 믿음으로, 그리고 내일도 내 가슴의 숲에 단비가 내리기를 소망하면서, 당신의 그 썰렁한 거실에 정물화를 걸어놓을 것이다.

이번 이야기들은 파란 이끼처럼 아릿하고 샛노란 달맞이꽃처럼 애달플 것 같다. 내 소설이 햇빛을 보면 그 기쁨과 영광은 이루 말할 수 없다. 무자 아버지가 출간되기까지 성원과 노고를 아끼지 않은 분들께 깊이 감사드린다.

2024년 여름, 김 영 덕